사라진 모든 열정

휴머니스트 세계문학 022

사라진 모든 열정

ALL PASSION SPENT

비타 색빌웨스트 | 정소영 옮김

차례

일러두기

1. 번역 대본으로는 Vita Sackville-West, *All Passion Spent*(Vintage Classics, 2016)를 사용했다.
2. 주석은 모두 옮긴이 주다.
3. 본문 중 굵은 글씨는 원서에서 이탤릭체로 강조한 부분이다.

젊은 베네딕트와 나이절에게
늙은이들의 이 이야기를

이 위대한 사건으로 진정한 경험을

새로이 얻은 그는

위안을 얻은 평화로운 상태로 아랫것들을 내보냈다.

모든 열정이 다한 뒤 차분한 마음으로.

—《투사 삼손》 중에서

제1부

제1대 슬레인 백작인 헨리 라이얼프 홀랜드는 얼마나 오래 살았는지 대중이 그를 불멸의 존재로 여기기 시작했다. 대중은 대체로 장수하는 삶을 보며 안심하고, 불가피한 막간 같은 반응을 보이고 나면 고령을 탁월함의 표시로 여기는 경향이 있다. 장수하는 인물은 인간이 애초부터 지닌 불리함 가운데 적어도 하나, 그러니까 짧은 인생이라는 불리함을 극복한 셈이니까. 영원한 소멸에 앞서 20년을 훔쳐냈다는 것은 미리 세워진 계획에 자신의 우월성을 더한 일이다. 우리가 가치를 따지는 저울이 그렇게 작으니 말이다. 그래서 따스한 5월 어느 날 아침, 지하철에서 신문을 펼쳐본 시민들은 향년 아흔네 살의 슬레인 경이 지난밤 저녁 식사 후 덜컥 생을 마감했다는 기사를 읽었을 때 그야말로 너무 놀라서 믿을 수가 없었다. 잘 아는 듯이 '심부전'이라고들 했는데, 사실 신문에 실린 내용을 옮기는 거였다. 그러고는 한숨을 쉬며 이렇게 덧붙였다. "오랜 역사적 존재가 또 하나 사라졌군." 대체로 그런 심정들이었다. 오랜 역사적 존재 하나가 사라졌고, 그렇게 삶의 불안정성을 다시 일깨운다. 헨리 홀랜드 일생의 모든 사건과 과정이 마지막으로 신문 지면을 도배하다시피 했다. 그의 '빛나는 대학 시절의 이력'에서 시작해 놀랍도록 어린 나이에 정부 내각에 들어가 일했던 시절을 거쳐, 가터 작위와 바스 훈장과 인도의 별 훈장, 인도제국 훈장 등등(점점 줄어드는 훈장이 점점 가늘어지는 유성 꼬리처럼 그의 뒤를 따랐다)을 받은 슬레인 백작이 저녁 식사 후 의자에 늘어져 있던 마지막 순간까지 몽땅 긁어모아 크리켓 공만 한 크기로 단단히 뭉친 뒤 대중의 얼굴에 집어 던졌다. 그렇게 지금껏 쌓인 90여 년 세월이 단숨에 역사 속으로 물러났다. 양팔을 벌려 시간을 막아주던 연로한 슬레인이 이제 존재하지 않으니 시간은 단숨에 앞으로 조금 나아간 것 같았다. 지난 열다섯 해가량 공무에서 별다른 활동을 하지 않았지만 그는 언제나 **그 자리에** 있었고, 이따금 의회에 나가 펼친 온화하고 상식적인 조롱 조의 연설은 어리석은 일을 벌이기 직전인 과격한 동료의 행동을 실제 저지하지는 못했을지라도 여하튼 그들을 거북하게 했다. 헨리 홀랜드는 언제나 경제성의 가치를 높이 평가하는 사람이라 그런 공식적 발언이 드물긴 했지만, 드물었기에 유익한 불편함을 일으켰던 것이다. 전설적인 이력이 그 발언을 뒷받침

하고 있음을 다들 알았으니까. 80대나 90대에 이른 고령의 인물이 굳이 몸을 일으켜 웨스트민스터궁까지 찾아가 그만의 남다른 방식으로 조심스럽고 냉철하지만 냉소로 버무려진 의견을 내놓을 때면 언론과 대중은 주의를 기울일 수밖에 없었다. 지금껏 그 누구도 슬레인 경을 심하게 공격하지 않았다. 퇴물이라고 비난한 사람도 없었다. 유머 감각과 매력과 나른함과 상식적 태도 덕에 세대와 당파를 불문하고 다들 그를 신성불가침의 존재로 여겼다. 그런 말을 들을 만한 사람은 정치인 중에서 아마 그가 유일할 것이다. 그는 어느 면에서나 삶과 맞닿아 있는 듯했지만, 또한 그 이름난 초연함 탓에 평범한 삶과 전혀 맞닿지 않은 듯했기에 한 분야의 권위자에게 흔히 쏟아지는 증오와 불신을 초래하는 법이 없었는지도 모른다. 쾌락주의자, 인문주의자, 운동 잘하는 사람, 철학자, 학자, 매력적인 인물, 재치 있는 인물. 진정 성숙한 정신이라는 행운을 타고난 드문 영국인 가운데 하나였다. 동료와 부하들은 실질적인 문제에 관여하기를 꺼리는 그의 태도에 유쾌해하다가도 격분했다. 그에게서는 도대체 가타부타 대답을 끌어내기가 힘들었다. 중대한 문제일수록 태도는 더 경박스러워졌다. 그는 대립하는 두 정책 기조의 장점을 상술한 보고서 맨 끝에 **'맞아'**라고 적곤 했다. 그러면 그의 충복들은 심란해서 이마를 훔쳤다. 무슨 일에서나 늘 양면을 살피니 정치인으로서는 끝장이야. 그렇게들 말했지만, 몹시 화가 나서 그랬을 뿐 진심은 아니었다. 이따금 결국 막다른 골목에 몰릴 때면 정부 내각의 요직을 차지하고 앉은 어떤 잘난 인물보다 더 예리하고 확실하리라는 것을 다들 알았던 것이다. 그는 보고서를 슬쩍 훑어보고는 다른 누가 꼼꼼히 다 읽기도 전에 그 핵심과 허점을 잡아냈다. 일부러 한껏 예의를 차리며 상대의 낙관주의든 근시안적 시각이든 똑같이 절멸시켰다. 늘 예의 바르고 고상하게 경쟁 상대를 나자빠지게 했다.

그의 괴벽 역시 풍자만화가만큼이나 대중에게도 소중했다. 검은색 새틴 스카프, 과도하게 넓은 끈에 매달린 안경, 야회복 조끼에 달린 산호색 단추, 자동차가 널리 보급된 뒤에도 여전히 타고 다니는 개인 이륜마차. 그 모든 것이 전설에 수반되는 정의와 부정의의 혼란을 헤쳐나가는 데 버팀목이 되어주었다. 그리고 여든다섯의 나이에 마침내 더비 경마에서 우승했을 때, 그보다 더 큰 환호와 박수갈채를 받은 사람은 지금껏 없었다. 그런 괴벽이 확고한 정책과 아주 긴밀한 연관이 있지 않나 의심한 것은 그의 부인뿐이었다. 부인은 타고나길 냉소와는 거리가 멀었지만, 헨리 홀랜드와 함께 70년을 살면서 냉소의 얇은 막을 쓰는 법을 익혔다. "훌륭한 어른께서 영영 가버렸구먼." 지하철을 탄 시민들은 그렇게 말했다.

정말이지 영영 가버렸다. 최종적으로, 돌이킬 수 없이 가버렸다. 엘름 파크 가든스의 침대에 누운 남편을 내려다보며 부인은 그렇게 생각했다. 블라인드를 내리지 않았다. 그는 자신이 죽었을 때 집 안을 어둑하게 하지 말라고 분명히 말했었고, 그가 세상을 뜬 후라도 그의 명령을 어기는 일은 누구든 꿈도 꾸지 못했다. 햇빛을 가득 받으며 누운 그를 보면, 석공이 번거롭게 그의 조각상을 따로 만들 필요도 없어 보였다. 그가 애지중지하며 응석을 다 받아주었던 증손자 하나는 할아버지는 멋진 시신이 될 거라며 놀리곤 했는데, 이제 그 농담이 현실이 되었다. 농담으로 미리 예견되었기에 현실성이 더했다. 살아 있는 동안에도 그의 얼굴은 마치 예언처럼 죽음의 지대한 위엄이 떠오르는 유형이었다. 피부가 살짝 처진 탓에 깎은 듯 앙상한 코와 턱과 이마가 유난히 두드러져 보였다. 입술은 뚜렷한 선을 이루었고, 그 너머로 평생의 지혜가 봉인되어 있었다. 게다가 무엇보다 중요한 것은 슬레인 경이 살아생전에 그랬던 것과 똑같이 죽어서도 공들여 치장한 듯이 보였다는 점이다. 이불로 덮인 모습을 보면서도 "멋쟁이 신사네"라는 말이 나왔다.

하지만 아무리 위엄이 흘러넘쳐도 죽음이 드러내는 면은 있었다. 생전에 그렇게 고귀하던 얼굴은 죽음과 함께 그 고귀함을 약간 잃었다. 유머 감각이 가득해서 불쾌한 조소를 내보인 적 없던 입술이 지금은 너무 얇아 보였다. 주의 깊게 감추었던 야망이 거만한 곡선을 이루는 코에서 오롯이 드러났다. 매력적인 태도 아래 숨어 있던 냉정함이 이제 미소라는 보호막을 잃고 홀로 남았다. 여전히 멋진 모습이었지만 덜 상냥해

보였다. 그의 아내는 홀로 방에 앉아 남편을 두고 깊은 상념에 잠겼다. 자식들이 그녀의 마음을 읽을 수 있었다면 무척이나 놀랄 만한 생각이 가득한 채로.

하지만 자식들은 그곳에서 그녀를 관찰하지 않았다. 그들은 거실에 모여 있었다. 자식은 모두 여섯이고, 사위 한 명과 며느리 두 명을 더해 총 아홉 명이었다. 가히 어마어마한 가족 모임, 시커멓고 늙은 까마귀들이라고 막내인 이디스는 생각했다. 이디스는 늘 허둥거리면서 물병에 물을 붓듯이 무엇이든 구문의 형태로 만들어보려 애썼지만 콸콸 솟아나는 의미와 함축된 내용은 으레 사방으로 넘쳐흘러 사라져버리곤 했다. 흘러넘친 것을 다시 잡으려 해봐야 물을 손안에 담으려 애쓰는 것만큼이나 부질없었다. 공책과 연필을 늘 준비해둔다면 모를까. 하지만 그때도 딱 맞는 단어를 찾으려다가 생각이 사라질 거야. 게다가 다른 사람들 눈에 안 띄게 공책에 글을 쓰기란 어렵겠지. 속기로? 하지만 이런 식으로 생각이 마구 달려가게 해서는 안 돼. 당장의 문제에 집중하는 식으로 정신을 훈련해야지. 다른 사람들은 별 어려움 없이 그러는 것 같지만. 예순이 되도록 그 방법을 배우지 못했으니 보나마나 평생 배우지 못할 공산이 크겠지. 가히 어마어마한 가족 모임이야. 이디스가 다시 그 생각으로 돌아왔다. 허버트, 캐리, 찰스, 윌리엄, 그리고 케이. 메이블과 러비니어. 롤런드. 홀랜드 형제자매, 며느리, 사위 순서로 무리를 짓자면 그랬다. 다른 식으로 무리를 지을 수도 있었다. 허버트와 아내 메이블, 캐리와 남편 롤런드, 찰스, 윌리엄과 아내 러비니어, 그리고 케이는 혼자. 한 사람도 빠지지 않고 이렇게 다 모이는 일은 드물었다. 죽음이 모임을 주선하다니 신기하기도 하지. 이디스가 생각했다. 마치 살아 있는 이들이 서로를 보호하고 힘을 보태기 위해 당장 모여드는 것처럼. 맙소사, 우리 모두 얼마나 늙은 건지. 허버트는 분명 예순여덟 살이겠지. 난 예순이고. 아버지는 아흔이 넘으셨고 어머니는 여든여덟. 각자의 나이를 다 더해보던 이디스는 "러비니어, 언니는 몇 살이지?" 라고 물었고, 그 바람에 다들 깜짝 놀랐다. 기겁을 하며 눈빛으로 그녀를 나무랐다. 이디스는 맨날 저 모양이지. 다른 사람 말은 듣지도 않다가 난데없이 엉뚱한 말이나 내뱉고. 이디스는 평생 자신이 생각한 바를 전달하려 애써왔지만 한 번도 성공하지 못했다고 말해줄 수도 있었다. 자신이 하려던 말과 정반대로 말한 적도 너무 잦았고. 언젠가 실수로 망측한 단어를 쓰게 될까봐 두려웠다. '아버지가 돌아가시다니 정말 끝내주지 않아?' '끔찍하지 않아?' 대신 그렇게 말할 수도 있었다. 진정 끔찍스러운 단어를 사용할 가능성은 또 있었다. 정육점 점원 아이가 회반죽을 바른 지하실 복도 벽에 연필로 끄적거리는 그런 단어, 요리사에게 에둘러 넌지시 알려줘야 할 그런 단어를 쓸 수도 있다는 훨씬 더 소름 끼치는 가능성. 불쾌한 일이었다. 엘름 파크 가든스의 이디스와 런던 여기저기에 있는 수천 명의 이디스에게 맡겨진 그 일은. 하지만 그녀가 골몰하는 이런 생각들을 가족들은 전혀 알지 못했다.

얼굴을 붉히며 초조하게 손을 올려 흰 머리칼을 만지작거리는 이디스를 보고 그들은 안심했다. 그런 몸짓은 그녀가 말을 내뱉지 않았다는 것을 의미했기 때문이다. 그녀가 당황하거나 말거나 그들은 당연하게도 나지막한 목소리와 슬픔에 잠긴 말투로 대화를 이어갔다. 평소에 자기주장이 강한 허버트와 캐리도 목소리를 낮추었다. 돌아가신 아버지가 위층에 있었고 어머니도 함께 있었으니까.

"어머니는 경이로워."

그 말이 몇 번이나 거듭 나왔다고 이디스는 생각했다. 울부짖고 절규하고 악을 쓰며 정신을 놓는 어머니를 기대했다는 듯이 뜻밖이라는 말투. 다른 형제자매가 어머니는 숙맥이라는 의견을 각자 지니고 있다는 것을 이디스는 잘 알았다. 어머니가 일반적인 상식과 어울리지 않는 발언을 툭툭 던질 때가 있긴 했다. 세상만사를 제대로 파악하지 못했다. 충동적인 이야기를 하는 경향이 있어서 마치 영어가 아닌 외계어인 양 도대체 얼토당토않았다. 가족들은 어머니를 두고 바뀐 아이라고, 자기들끼리 농담할 때 쓰는 달곰씁쓸한 투로 점잖게 말하곤 했다. 그런데 지금 이 긴급한 상황에서 새로운 국면을 맞이한 것이다. 어머니는 경이롭다. 그들이 할 법한 말이었고, 그래서 주기적으로 등장해 대화를 순식간에 높은 수준으로 끌어올리는 후렴구처럼 몇 번이고 거듭 입에 올렸다. 그러다가 곧 까라지며 다시 현실적인 문제로 돌아왔다. 어머니가 경이롭기는 한데, 그래서 어머니를 어떻게 해야 할까? 분명 여생 동안 내내 경이로울 수는 없을 테니까. 어느 지점에서든, 어떤 식으로든 무너질 테고, 그러면 그 상황이 끝난 뒤 어딘가로 모셔야 하니까. 거처를 정해서 돌봐야 하니까. 바깥 거리에는 "슬레인 경 사망"이라고 적힌 신문 벽보가 여기저기 붙었겠지. 기자들은 플리트 스트리트•를 이리저리 뛰어다니며 기사를 모을 테고. 부고를 쌓아둔 문서 보관함(그 유골 안치소)을 뒤지고, 서로의 정보를 뺏으려 마구 달려들겠지. "그러니까 슬레인 경이 돈을 항상 구리 동전으로 가지고 다녔다는 게 사실인가? 크레이프 고무 밑창이 달린 신발을 신은 건? 빵을 커피에 찍어 먹었다는데?" 그럴듯한 문구가 될 만한 것이라면 무엇이든. 전신 심부름꾼이 갓돌에 빨간 자전거를 기대 세우고 초인종을 눌러 전 세계 방방곡곡, 대영제국 곳곳에서 날아온, 특히 슬레인 경이 정부 관리로 재직했던 곳에서 보내온 애도의 갈색 편지를 전해줄 것이다. 꽃집에서 화환이 밀려들겠지. 이미 좁은 현관이 화환으로 가득하다. "이렇게 빨리 보내다니 모양새가 안 좋군." 그럼에도 부럽다는 듯 외알박이 안경으로 화환에 붙은 카드를 들여다보며 허버트가 말했다.

• 주요 언론사와 인쇄소가 자리 잡은 런던의 중심부.

오랜 친구들이 찾아오겠지. "허버트, 이렇게 갑작스럽게. 물론 지금 자네 모친을 만나 뵐 수 있으리라 기대하진 않았네." 그러나 분명 그들은 기대했다. 자신만은 예외가 되리라 기대했고, 허버트가 조금은 즐기면서 그들을 돌려보내야 했다. "알겠지만, 당연히 어머니는 망연자실한 상태시라. 정말 경이로우시긴 한데, 지금으로서는, 자네도 이해하리라 믿지만, 어머니는 우리 외에는 다른 누구도 만나실 수가 없네." 그러면 그들은 현관이나 문간에서 더 들어오지 못한 채 허버트의 손을 잡고 몇 번이나 힘을 주어 누르고는 몸을 돌렸다. 기자들은 검은색 콘서티나 같은 사진기를 목에 건 채 도로변을 서성일 것이다. 집 바깥쪽에서는 이 모든 일이 벌어지겠지만, 집 안을 보자면 어머니가 위층에서 아버지와 함께 있었고 어머니의 앞날이라는 문제가 자녀들을 무겁게 내리누르고 있었다.

물론 어머니는 자식들이 마련할 방안이 타당한지 따지고 들지 않을 것이다. 독립적인 의지가 없는 분이니까. 자애롭고 온화한 어머니는 평생 순종적이었다. 부속물처럼. 자기주장을 할 사고력이 부족하려니 했다. "어머니가 그 잘난 여자들과 같은 부류가 아니라 정말 다행이지 뭐야." 허버트는 이따금 말했다. 어머니에게 혼자 간직하는 생각이 있을 수 있다고 추정해본 적이 없었다. 어머니와 관련해 어떤 곤란이 생기리라 예상하지 않았다. 수십 년 동안 노심초사하는 사랑스러운 어머니였으면서 (갑자기) 돌변하여 그들에게 장난질(여러 장난질)을 할 수도 있다는 생각 역시 계산에 들어 있지 않았다. 어머니는 똑똑한 여자가 아니었다. 얼마 남지 않은 여생을 자식들이 알아서 결정해주면 고마워할 것이었다.

그들은 거실에 무리 지어 서 있었다. 불편해서 한쪽 발씩 번갈아 무게중심을 옮기면서도 앉을 생각이라고는 없었다. 앉는 건 불경한 일로 여길 것이다. 아무리 건전하고 견고한 상식을 지닌 그들이라도 죽음을 대하니 예상했던 일인데도 약간은 불안해했다. 곧 여행길에 오르려는 사람이나 살면서 심각한 혼란을 겪어온 사람에게서 풍기는 어수선하고 뒤숭숭한 분위기가 주위에 가득했다. 이디스는 자리에 앉고 싶었지만 감히 그럴 수 없었다. 다들 참 거대하기도 하네. 이디스가 생각했다. 거대하고 시커멓고 늙었어. 손주들까지 있지. 우리 모두 평소에 검은 옷을 즐겨 입으니 얼마나 다행이야. 그녀가 생각했다. 아직 상복을 마련하지 못한 것이 확실한데, 캐리가 분홍색 셔츠라도 입고 오면 얼마나 흉측했겠어. 실제로는 다들 까마귀처럼 시커멨고, 캐리의 검은색 장갑이 깃털 목도리와 가방과 함께 탁자 위에 놓여 있었다. 홀랜드 집안 여자들은 아직도 깃털 목도리를 두르고, 길을 건널 때면 들어 올려야 할 만큼 치렁치렁하고 목선이 높은 드레스를 입었다. 어떤 식으로든 유행에 따르는 것은 자기 나이에 어울리지 않는다고 여겼다. 이디스는 언니인 캐리를 존경했다. 사랑한 것은 아니고 무서워했지만, 무척 부러워하고 감탄했다. 캐리는 아버지의 매부리코와 위풍당당한 풍채를 물려받았다. 키가 크고 피부색이 밝고 기품이 있었다. 허버트와 찰스와 윌리엄도 키가 크고 기품이 있었다. 케이와 이디스만 땅딸막했다. 이디스의 생각이 다시 옆길로 샜다. 우리는 다른 집 사람인지도 몰라. 그녀가 생각했다. 케이와 나 말이야. 케이는 밝은 파란색 눈과 단정한 흰 수염을 지닌 통통하고 늙은 신사였다. 그 점에서도 말끔하게 면도한 형들과 달랐다. 외양이란 얼마나 기묘하고 또 부당한지. 한 사람을 평가하는 기준을 평생 좌우하니까. 겉보기에 하찮아 보이면 하찮은 사람으로 결정된다. 그런데 실제로 하찮아서 하찮아 보이는 것일 수도 있다. 하지만 케이는 만족스러운 듯했다. 사회적 가치든 다른 무엇이든 그런 것들로 걱정하지 않았다. 자신의 독신자 방, 그리고 자신이 수집한 나침반들과 아스트롤라베•가 대중의 존경이나 아내나 사생활만큼이나 그에게는 만족스러운 모양이었다. 그는 천체와 나침반과 아스트롤라베, 그리고 유사한 다른 기구에 있어 당대 최고의 권위자였기 때문이다. 소소한 한 분야에 그렇게 만족하며 집중할 수 있다니 케이는 참 운도 좋지. 이디스가 생각했다(하지만 바다를 좋아한 적도 없고 산에 올라간 적도 없는 인물이 그런 상징물을 선택하다니 참 희한했다. 케이에게 그것들은 순서대로 늘어놓고 딱지를 붙이는 수집품이었지

• 천체의 높이나 각거리를 재는 기구.

만 낭만주의자인 이디스가 보자면 그 작은 황동과 마호가니, 복잡한 중심축과 수평 유지 장치, 원반과 동그라미, 기니 금화색의 황동과 밤색 목재, 황도십이궁과 대양에서 물을 뿜는 돌고래 저 너머로 거대한 암흑세계가 솟아오르는 듯했다. 위험하고 불안정한 지역 외에 지도에 아무것도 표시되지 않은, 헐벗은 남자들이 갈증을 달래기 위해 탄환을 씹는 그런 거대한 암흑세계가). "소득 문제도 있지." 윌리엄의 말이 들려왔다.

어머니의 미래를 소득 문제와 뒤섞다니 정말 윌리엄답지. 윌리엄과 러비니어에게는 인색함이 숫제 직업이었다. 익기도 전에 나무에서 떨어져 흠집이 생긴 사과는 아예 못 먹게 되기 전에 바로 애플파이로 만들어야 했다. 윌리엄과 러비니어가 살면서 가장 근심하는 문제는 무엇이 되었건 버리는 일이었다. 성냥을 아끼려고 신문을 둘둘 말아 불쏘시개로 썼다. 두 사람은 쓸모없는 것에서 쓸모를 찾아내는 일에 무엇보다 열심이었다. 러비니어는 산울타리의 블랙베리를 보면 그것으로 병조림을 만들 때까지 안달복달했다. 고덜밍의 2에이커• 땅에서 사는 터라 음식 쓰레기로 돼지를 길러 팔 수 있을지, 암탉 여남은 마리를 길러 얻게 될 달걀의 값이 사룟값보다 더 나갈지를 계산하느라 매일 저녁 괴롭고도 행복한 시간을 보냈다. 뭐, 골몰할 걱정거리가 그렇게 끊이지 않으니 시간은

• 약 2400평.

잘도 가겠네. 이디스가 생각했다. 결혼한 후 흥청망청 써버린 그 엄청난 금화를 생각하면 정말 참담하겠지. 가만 보자, 윌리엄 오빠가 넷째니까 예순네 살이겠네. 결혼한 지 30년이 되었을 테니 아이들 교육비다 뭐다 해서 1년에 1500파운드를 썼다면, 지금까지 쓴 돈이 4만 5000파운드잖아. 그 정도면 토버모리에서 잠수부들이 매일 찾아다니는 보물만큼 엄청난 보물 아니겠어. 그런데 허버트 오빠가 뭐라고 하네. 허버트는 언제나 얻어듣는 소식이 많기도 하지. 사람은 참 멍청한데, 물어오는 소식은 대개 정확하니 참 놀라워.

"그건 내가 다 말해줄 수 있어." 허버트가 턱을 치켜올린 채 두 손가락을 집어넣어 옷깃을 매만진 뒤 목소리를 가다듬으며 눈을 부릅뜨고 가족들을 둘러보았다. "내가 다 말해줄 수 있어. 아버지와 의논을 했었거든. 아버지가 내게 속내를 털어놓으셨다고도 할 수 있지. 으흠! 다들 알겠지만 아버지는 가진 돈이 별로 많지 않았고, 돌아가셨으니 소득도 더는 없잖아. 어머니가 손에 쥘 수 있는 돈은 다 합해서 1년에 500파운드 정도일 거야."

다들 이 사실을 곰곰 따져보았다. 윌리엄과 러비니어가 시선을 주고받았는데, 각자 숙달된 솜씨로 머릿속에서 빠르게 계산하는 중이라고 볼 수 있었다. 형제자매들은 이디스가 좀 모자란다는 생각을 품고 있었지만 이디스는 이따금 놀랄 만큼 명민하기도 했다. 사람들 말을 듣고 그 숨은 의도까지 바로 간파한 뒤 그에 대한 추론을 솔직하게 내뱉는 습성이 있었는데, 그럴 때 별로 신중한 태도는 아니어서 상대를 당혹스럽게 했다. 지금 그녀는 윌리엄이 무슨 말을 하려는지 잘 알았다. 비록 이번만은 입을 다물고 있었지만. 그의 말을 들으며 그냥 혼자 킥킥거렸다.

"아버지가 속마음을 털어놓으실 때 혹시 귀금속을 언급하지는 않으셨겠지, 허버트?"

"하셨지. 알다시피 가치로 보자면 귀금속이 아버지 재산에서 적지 않은 부분을 차지하니까. 그건 아버지 개인 재산이라 무조건 어머니께 남기는 게 옳다고 하셨어."

허버트와 메이블에게는 엄청난 타격이겠네. 이디스가 생각했다. 집안의 가보처럼 장남에게 귀금속을 물려주시지 않을까 기대했을 텐데. 그렇지만 슬쩍 표정을 살피니 메이블은 그 말에 전혀 놀라지 않는 듯했다. 허버트가 아버지와의 대화를 이미 아내에게 전한 것이 분명했다. 아내 탓에 자신의 유언집행자 역할이 제대로 되지 않아 허버트가 언짢음을 내비치지 않는다면 메이블에게는 다행이고. 이디스가 생각했다.

"경우가 그렇다면." 윌리엄이 단호하게 말했다. 그와 러비니어도 얼마간의 귀금속을 기대했겠지만 허버트와 메이블에게도 실망스러운 일이었을 테니 기분이 좋았다. "경우가 그렇다면 어머니는 분명 그걸 팔겠다고 하실 거야. 그게 맞는 일이기도 하고. 쓸모도 없는 귀금속을 뭣 하러 잔뜩 은행에 쌓아두시겠어? 제대로 받으면 5000파운드에서 7000파운드까지 받을 수 있을 텐데."

"하지만 귀금속이나 소득보다 더 중요한 문제는 어머니가 앞으로 어디서 사시느냐, 그거지." 허버트가 말을 이었다. "혼자 사실 수는 없으니까. 좌우간 이 집에서 계속 사실 형편은 못 돼. 이 집은 팔아야겠지. 그러면 어디로 가셔야 할까?" 그러면서 다시 한번 형제들을 쏘아보았다. "어머니를 돌보는 게 우리의 마땅한 의무잖아. 우리들 집에서 함께 사셔야지." 사전에 준비한 연설처럼 들렸다.

이 늙은이들이 더 늙은 사람 하나를 처리하는구나! 이디스가 생각했다. 하지만 불가피한 일 같았다. 앞으로 자식들이 어머니를 돌아가며 모실 테지. 허버트와 메이블과 함께 3개월, 캐리와 롤런드와 함께 3개월, 찰스와 함께 3개월, 윌리엄과 러비니어와 함께 3개월. 그럼 케이와 나는 어떻게 되는 거지? 혼자만의 생각에 침잠해 있던 이디스는 다시금 표면으로 올라와 돌연 이런 생뚱맞은 소리를 했다. "하지만 당연히 나도 부담을 나눠야지. 난 내내 이 집에서 살았고, 결혼도 하지 않았으니까."

"부담(brunt)?" 캐리가 달려들 듯 말했다. 이디스는 바로 짓밟혔다. "부담이라니? 아니, 이디스! 누가 부담이라고 말했어? 딱한 어머니를 여생 동안 돌보는 일에 각자의 몫을 한다면 분명 우리 모두 기쁨이자 특권으로 받아들일 텐데. 어머니

삶의 주된 근거가 사라졌으니 딱한 삶이잖아. 부담이라는 말은 전혀 적절치 않아, 이디스."

이디스는 그 말에 순순히 동의했다. 보통 함께 쓰이는 단어도 없이 그 단어가 혼자 몇 번이고 반복되니 'span' 없는 'spick'이나 'toity' 없는 'hoity'나 'topsy' 없는 'turvy'처럼 기이하고도 투박한 외관을 띠었다.• 'woad'나 'witenagemot'처럼 투박한 색슨 단어가 되었다. 부담, 무딘, 투박한 단어.•• 그런데 '부담을 진다'는 건 무슨 뜻일까? 그건 그렇고 '부담'은 뭔가? 그래, '부담'은 적절한 단어가 아니야. "그러니까, 내가 어머니랑 살아야 할 것 같다고." 이디스가 말했다.

그녀는 케이의 얼굴에 안도감이 퍼지는 것을 보았다. 자신의 아늑한 작은 방과 수집품을 떠올리고 있던 것이 분명했다. 허버트의 목소리가 자신의 예리코 성곽을 위협하는 트럼펫 소리와도 같았을 것이다. 다른 참석자들 역시 이디스를, 이디스가 내놓을 가능성을 미리 생각했을 것이다. 결혼하지 않은 딸인 그녀가 확실한 해답이었다. 하지만 홀랜드 집안 자식들은 의무를 회피하는 사람들이 아니었다. 귀찮은 의무일수록 오히려 더 회피하지 않았다. 기쁨은 좀처럼 고려 대상이 되지

• 두 단어로 이루어진 'span-and-spick', 'hoity-toity', 'topsy-turvy'처럼 'brunt'도 주로 '부담을 진다(bear the brunt)'라는 관용구로 쓰이는 점을 가리킨다.

•• 'brunt'에서 'r'만 'l'로 바꾼 'blunt'로 넘어간 것이다.

못했지만 의무가 그 곁을 떠나는 일이 없었는데, 그런 일에는 진지했고 간혹 엄숙하기까지 했다. 부친의 정력을 이어받았지만, 그 과정에서 약간 변질되었다. 캐리가 가족을 대변해서 말했다. 캐리는 좋은 사람이었다. 하지만 허다한 좋은 사람이 그렇듯이 누구하고나 분란을 일으켰다.

"틀림없이 이디스 말에 일리가 있어. 지금까지 내내 이 집에서 살았으니 생활이 바뀌는 게 별로 좋은 일도 아닐 테고. 물론 독립해서 너만의 집을 가지길 바란 때가 많았단 것도 알아, 이디스." 그녀가 뜬금없는 미소를 보이며 말했다. "그런데도 부모님께 소용되는 동안 곁을 지키겠다고 했고. 참 마땅한 일이긴 했지. 하지만 이제는 우리 모두 각자 몫을 해야 할 것 같아. 이디스든 어머니든 누군가의 사심 없는 마음을 이용해서는 안 되는 거지. 허버트도 이런 점에서 나와 같은 마음이라고 봐. 윌리엄도 그렇고. 새집으로 옮기는 것보다는 돌아가면서 우리와 함께 지내는 것이 어머니에게 훨씬 나을 거야."

"그렇지." 허버트가 동의하면서 다시금 옷깃을 매만졌다. "당연히 그렇지."

윌리엄과 러비니어가 다시 시선을 교환했다.

"소득이 넉넉한 편은 아니지만 당연히 우리도 어머니를 기꺼이 모실 마음이 있어." 윌리엄이 입을 열었다. "그렇지만 재정적인 면은 조정을 해야 하지 않을까. 그 편이 어머니에게도 훨씬 만족스러울 테고. 그래야 괜히 불편하지 않으실 테니까.

일주일에 2파운드나 35실링 정도면…….”

“그 말에 전적으로 찬성이야.” 뜻밖에도 찰스가 그렇게 말했다. “쥐꼬리 같은 장군 연금으로 사는 내 입장에서는 식구가 한 사람만 늘어도 재정 상태가 심각하게 나빠지거든. 알다시피 난 작은 아파트에서 아주 수수하게 살잖아. 남는 침실도 없고. 물론 언젠가는 연금이 현실적인 수준으로 재조정되리라는 희망은 있지. 그 문제로 육군성에 긴 제안서를 써 보냈고《타임스》에도 편지를 보냈는데, 아직 싣지 않은 걸 보면 적당한 기회가 생길 때까지 보류하고 있는 것 같아. 지금 이 형편없는 정부 아래에서 개혁이 이루어지리라는 희망은 거의 없지만 말이야.” 찰스가 코웃음을 쳤다. 그만하면 꽤 괜찮은 연설이라는 기분이 들었는지 확인을 받으려는 듯 주변을 둘러보았다. 괜히 찰스 홀랜드 장군이 아니었다.

“그건 좀 민감한 문제가…….” 새로 슬레인 백작부인이 된 큰며느리가 말했다.

“가만히 있어, 메이블.” 허버트가 말했다. 그가 아내에게 하는 말은 거의 그 말뿐이고 메이블도 너덧 단어 이상 말을 이어간 적이 별로 없었다. “이건 전적으로 우리 집안 문제야. 여하튼 그 문제는, 음, 그, 아버지 장례식이 끝나기 전까지는 자세히 논의할 수가 없어. 어쩌다 이 불쾌한 주제가 튀어나왔는지 모르겠지만, (윌리엄더러 들으라는 말이군. 이디스가 생각했다.) 그때까지 최우선적으로 고려해야 하는 건 당연히 어머니 당신이지. 어머니가 마음을 다치지 않도록 할 수 있는 일은 무엇이든. ……어쨌든 어머니의 삶이 산산조각 났다는 걸 기억해야지. 오로지 아버지만 보고 살아오셨잖아. 그런 어머니가 외롭게 사시게 내버려둔다면 우린 지독한 지탄을 받아 마땅해."

아, 그럼 그렇지. 이디스가 생각했다. 사람들이 뭐라고 하겠냐는 거지. 그러니까 세상 사람의 좋은 평판에 불쌍한 어머니에게 얻는 얼마간의 돈을 합하겠다는 거잖아. 서로 으르렁거리는 거야, 으르렁으르렁. 그녀가 생각했다. 예전에 이미 가족회의의 맛을 본 적이 있었기 때문이다. 오래된, 아주 오래된 뼈다귀를 두고 개들이 싸우듯이 어머니를 두고 몇 주 동안 으르렁거릴 테지. 오직 케이만이 거기서 빠지려 할 거야. 윌리엄과 러비니어가 최악일 테고. 돈을 받아가며 어머니를 집에 모실 테고, 누구한테 칭찬이라도 들으면 그들을 업신여기겠지. 캐리는 무슨 대단한 희생이라도 하는 티를 낼 테고. 누구든 죽으면 이런 종류의 일이 벌어지니까. 그녀가 생각했다. 그런데 그런 생각의 가닥 아래로, 이제 독립해서 살 수 있을지와 관련된 다른 가닥의 생각이 흘러가는 것을 알아챘다. 자신의 집이 될 작은 아파트가 눈앞에 나타났다. 쾌적한 응접실과 하인 한 명과 현관 열쇠. 책과 함께 벽난로 앞에서 보낼 저녁 시간. 아버지에게 온 편지에 답장 쓸 일도 없고, 병원 개원식에 참석하는 어머니와 동행하는 일도 더는 없고, 가계부를 정산하는 일도, 아버지를 모시고 공원에 산책 나갈 일도 없고. 그리고 드디어 카나리아를 기를 수 있을 것이다. 그러니 허버트와 캐리와 찰스와 윌리엄이 번갈아 어머니를 모시는 걸 어떻게 바라지 않을 수 있겠는가? 이디스는 형제자매의 뻔뻔함에 질겁하면서도 자신 역시 그들과 다를 바 없다는 사실을 속으로 인정했다.

이디스는 돌아가신 아버지, 살아 계신 어머니와 자기만 이 집에 남겨질 일이 겁났다. 두렵다고 스스로 인정할 수는 없었지만, 형제자매들이 가능한 한 늦게까지 머물도록 할 수 있는 일은 다 했다. 싫어하는 편인 캐리와 허버트조차, 경멸하는 편인 찰스와 윌리엄조차 함께 있어줄 달가운 존재로 보였다. 다들 집을 나서고 그 뒤로 마침내 현관문이 닫힐 그 순간이 너무 두려워 그들의 출발을 늦출 구실을 찾았다. 케이도 없는 것보다는 나을 것 같았다. 하지만 케이는 누구보다 먼저 슬쩍 빠져나가버렸다. 그녀는 황망히 그 뒤를 쫓아 층계참까지 나갔다. 누가 쫓아오나 싶어 케이가 뒤를 돌아보았다. 그가 몸을 돌리자 말쑥한 하얀 콧수염과 시곗줄이 늘어진 편안하고 불룩한 배가 보였다. "가는 거야, 케이?" 그 말투에 비난조가 담겼다고 상상한 케이는 짜증이 일었다. 사실 그 말은 애원조였는데 말이다. 짜증이 난 까닭은 또한 선약이 있어 그곳을 나서면서 이미 죄책감이 들었기 때문이기도 했다. 엘름 파크 가든스에서 좀 더 머물다가 저녁까지 먹어야 하지 않았을까? 그러다가 공연히 하인들만 더 번거롭게 하는 일이라며 양심을 다독인 참이었다. 그래서 그는 뒤를 쫓아오는 이디스를 보고 짜증스러움을 꾹 참는 표정을 할 수 있는 만큼 지어 보였다. "가는 거야, 케이?"

그렇다고 말했다. 저녁 약속이 있다고. 이디스가 원하면 저녁을 먹고 다시 오겠다고 했다. 그는 제멋대로면서도 소심한 인물이라, 무슨 일이 있어도 불쾌한 상황만은 피하고 싶어 그렇게 덧붙였다. 그로서는 다행스럽게도 이디스 역시 소심한 인물이라 뒤를 쫓아온 자신의 행동이 암시할 수도 있을 비난이나 애원을 곧바로 치워버렸다. "오, 아니야, 케이. 그럴 필요 없어. 뭣 하러 다시 와? 어머니는 내가 잘 살필게. 그럼 내일 아침에 와?"

안도한 케이가 그러겠다고, 아침에 오겠다고 대답했다. 아침 일찍. 두 사람은 볼에 입맞춤을 했다. 오랫동안 하지 않았던 행동인데, 죽음이 일으키는 기이한 효과라고 할까. 늙은 형제자매가 서로의 볼에 입을 맞추는 일. 워낙 오랜만에 하다 보니 코가 걸리적거렸다. 두 사람은 입을 맞춘 후 어두컴컴한 계단 위편으로 시선을 올려 아버지가 누워 있는 층을 올려다보았다. 그러다 별안간 민망해졌는지 케이가 총총히 계단을 내려갔다. 문을 닫고 거리로 나서자 안도감이 밀려왔다. 5월의 저녁, 평상시의 런던. 킹스 로드를 오가는 택시. 클럽에서 그를 기다릴 피츠조지. 피츠를 기다리게 할 수는 없었다. 버스 대신 택시를 타기로 했다.

피츠조지는 그의 친구 가운데 가장 나이가 많은 친구였다. 사실은 유일한 친구였다. 나이 차이가 스무 살이 넘지만, 환갑이 지나면 그런 격차는 줄어들기 마련이다. 두 연로한 신사는 취향에서 공통점이 많았다. 둘 다 열성적인 수집가였는데, 유일한 차이라면 재력이었다. 피츠조지는 어마어마한 부자로, 백만장자였다. 케이 홀랜드는 가난했다. 부친이 예전에 인도의 총독이었다지만, 홀랜드 집안 자식들은 상대적으로 가난했다. 피츠조지는 원하는 것은 뭐든지 살 수 있었지만, 워낙 괴팍한 인물이라 버나드 스트리트의 주택 맨 꼭대기 층 방 두 개짜리 공간에서 가난뱅이처럼 살았다. 그리고 자신이 찾아내서 좋은 가격에 구입한 예술품만을 낙으로 삼았다. 예술품을 찾아내서 좋은 가격에 구입하는 비범한 직관을 지녔기에(토트넘 코트 로드의 커다란 가구점 지하실에서 아무도 알아보지 못한 도나텔로의 작품을 찾아내기도 했다) 적은 금액으로(본인으로서는 기쁜 일이고, 그에 찬탄을 금치 못하는 케이 홀랜드로서는 부러우면서도 부아가 났다) 브리티시 박물관과 사우스 켄싱턴 박물관이 똑같이 탐내는 이런저런 수집품을 쓸어 모았다. 그걸 다 어쩌려는 작정인지는 아무도 몰랐다. 몽땅 케이 홀랜드에게 남겨줄 수도 있겠지만 러셀 스퀘어에 쌓아놓고 모두 불태울 수도 있었다. 그에게는 확실한 조상이 없는 것과 마찬가지로 확실한 상속인 역시 없었다. 그동안 그는 자기 보물을 곁에 쌓아두고 살았다. 방 두 개짜리 그의 공간에 찾아올 수 있는 특권을 가진 몇 안 되는 사람은 양말로 둘둘 말아놓았다는 명나라의 인물상이나 화장실에 쑤셔 박혀 있었다는 레오나르도 다빈치의 그림이나 의자 위에 늘어서 있던 엘람 도자기 따위의 이야기를 안고 돌아갔다. 그곳을 찾은 사람들은 당연히 내내 서 있어야 했다. 앉을 수 있는 빈 의자가 하나도 없었기 때문이다. 피츠조지 씨가 마지못해 직접 가스풍로로 물을 끓여 싸구려 차 한 잔을 내놓을라치면 옥사발을 먼저 치워야 했다. 차를 사양한 사람만이 두 번째 초대를 받았다.

거의 누구나 겉모습만 보고도 그를 알아보았다. 각진 모자와 구닥다리 프록코트가 크리스티 경매장에서 눈에 띄면 사람들은 "저기 늙은 피츠 오네"라고 했다. 겨울이든 여름이든 의상이 도무지 달라지지 않았다. 각진 모자와 프록코트, 그리고 종종 꾸러미 하나를 겨드랑이에 끼고 있었다. 그 꾸러미에 무엇이 들었는지는 절대 알려주지 않았다. 드레스덴풍의 찻잔일 수도 있고 피츠조지 씨의 저녁거리인 훈제 청어일 수도 있었다. 런던 시민들은 그를 진짜 괴짜로 여기며 다정한 태도를 보였지만, 그 누구도, 심지어 케이 홀랜드조차 면전에서 그를 피츠라고 부르는 것은 꿈도 꾸지 못했다. 지나가는 그가 눈에 띄면 "늙은 피츠네"라는 말은 납신납신 잘도 할지라도 말이다. 그가 살면서 가장 행복했던 때는 클랜리카드 경이 죽은 때라고들 했다. 그날 늙은 피츠는 단춧구멍에 꽃을 꽂고 세인트 제임스 스트리트를 걸어 내려갔고, 클럽 창가에 앉아 있던 다른 신사들은 그가 그러는 이유를 아주 잘 알았다.

피츠조지 씨와 케이 홀랜드가 친구로 지낸 지 30년이 넘었지만, 둘 사이에 개인적 친분은 전혀 없었다. 함께 앉아 저녁을 먹을 때면(부들스나 새치드 하우스 클럽에서 흔히 보이는 풍경으로 각자 식사값을 내고 보리차를 마셨다) 두 사람은 연인들이 한도 끝도 없이 서로에게 감정을 고백하듯이 끝없이 가격과 물품 목록을 논의했지만, 그 이상으로는 서로에 대해 아는 바가 전혀 없었다. 물론 피츠조지 씨는 케이가 슬레인 경의 아들이라는 사실을 알았지만, 케이는 피츠조지 씨의 부모에 대해서 다른 사람들보다 더 아는 바가 없었다. 본인도 아는 바가 없을 공산이 컸다. 뭔가 암시적인 이름 앞부분을 근거로 의심하는 사람들이 그렇게 말했다.• 당연히 케이는 직접 물어본 적이 없었다. 그와 관련해 궁금하다는 내색조차 내비친 적이 없었다. 둘의 사이는 멋지도록 초연했다. 바로 그런 연유로 피츠조지 씨는 홀랜드의 부친상에 대해 어떤 식으로든 언급해야 한다는 사실을 불편하게 의식하면서도 그런 식으로 둘 간의 암묵적인 합의를 깨뜨리기가 꺼려져서 좀 심란한 마음으로 케이를 기다리고 있었다. 그는 케이에게 화가 났다. 부친상을 당한 것도 사려 깊지 못하고 그와의 약속을 취

• '피츠(Fitz)'는 '~의 아들'이라는 뜻인데, 혼외의 자식에게 붙이기도 했다.

소하지 않은 것도 사려 깊지 못한 일이었으니까. 하지만 약속 취소란 절대 그의 용서를 받지 못할 범죄라는 것을 피츠조지 씨 스스로도 잘 알았다. 그는 언짢은 기분으로 부들스의 창문을 손가락으로 두드리며 케이가 오는지 지켜보았다. 무슨 말이라도 해야 한다고 여겼다. 보자마자 말하고 끝내버리는 게 나을 것이다. 분명 늦지는 않겠지? 30년 동안 단 한 번도 늦은 적이 없었다. 단 한 번도 늦은 적이 없고, 나타나지 않은 적도 없었다. 피츠조지 씨는 5실링짜리 거대한 회중시계를 주머니에서 꺼내 시간을 보았다. 8시 17분. 세인트 제임스 궁전에 걸린 시계와 시간을 비교해보았다. 케이가 늦고 있었다. 이 분. 그때 저기 택시에서 내리는 그가 보였다.

"안녕하세요." 케이가 내실로 들어서며 말했다.

"어서 오게." 피츠조지 씨가 말했다. "늦었군."

"그러게요. 늦었네요." 케이가 말했다. "바로 식사하시죠?"

저녁을 먹으며 두 사람은 피츠조지 씨가 풀럼 로드에서 찾아냈다고 주장하는 세브르 사발 한 쌍에 대해 이야기를 나누었다. 케이도 그것을 보았으므로 그것이 가짜라는 의견을 피력했고, 이런 의견 차이로 인해 두 늙은 신사가 무진장 즐기는 열띤 논의가 이어졌다. 그러나 그날 저녁 피츠조지 씨는 즐거운 기분을 누릴 수 없었다. 하고자 하는 말을 하지 못했고, 하는 말마다 매번 더 어설프고 난감해졌다. 갈수록 케이에게 더욱 짜증이 치밀었다. 지금까지 함께한 수많은 저녁 식사 중 처음으로 형편없었고, 그 실망감 탓에 피츠조지 씨는 결국 우정이란 모두 실수라는 데까지 생각이 나아갔다. 못마땅한 마음으로, 애초에 케이와 이런 관계를 맺지 말았어야 했다고 후회했다. 다른 사람과는 늘 적당히 거리를 두어왔고, 그것이 바람직한데, 예외를 두었다니 실수였다. 엄청난 실수였다. 그는 인상을 쓰며 건너편에 앉은 케이를 노려보았다. 케이는 자신을 향한 상대의 반감은 의식하지 못한 채 보리차를 마시고 깔끔한 수염을 조심스레 닦고 있었다.

"커피?" 피츠조지 씨가 물었다.

"그럴까봐요. 네, 커피 마시죠."

불쌍한 녀석, 피곤해 보이는군. 피츠조지 씨에게 별안간 그런 생각이 스쳤다. 평소처럼 말쑥하지가 못해. 좀 후줄근하고, 대화를 이어가느라 애를 쓰고 있군. "브랜디 한잔하겠나?" 그가 물었다.

케이가 놀라서 고개를 들었다. 그들이 브랜디를 마신 적은 지금껏 한 번도 없었다.

"아니, 괜찮아요."

"아니, 마셔. 웨이터, 홀랜드 씨에게 브랜디 한 잔 가져다주게. 계산은 내가 하겠네."

"그건 제가……." 케이가 말하려 했다.

"허튼소리 하지 말고. 웨이터, 최상급 브랜디 1840•으로 가져와. 이러니저러니 해도, 홀랜드, 내가 자네를 처음 본 게 갓난아기 때야. 1840 브랜디라야 겨우 30년밖에 더 되었나. 괜한 수선 떨지 말게."

케이는 피츠가 갓난아기였던 자기를 봤다는 이 뜻밖의 사실에 깜짝 놀랐지만 수선을 떨지는 않았다. 그의 생각이 시공간을 훌쩍 넘어 과거로 날아갔다. 때는 1874년, 장소는 인도. 그러면 피츠가 1874년에 인도에 있었다는 말인데. "그때 캘커타에 계셨다는 말은 제게 하신 적이 없는데요." 케이가 반다이크풍의 수염 위로 브랜디를 홀짝이며 말했다. "안 했던가?" 그게 무슨 대수냐는 듯이 피츠가 무심하게 말했다. "캘커타에 있었네. 내 후견인은 내가 대학에 가는 걸 탐탁잖아 했고, 그 대신 세계 여기저기를 돌아다니게 했지. (희한하게 비밀을 털어놓는군! 그러면 피츠는 10대에 후견인이 있었다는 거네?) 자네 부모가 날 아주 친절하게 대해줬지." 피츠조지 씨가 말을 이었다. "당연히 자네 부친은 총독이라 여가가 별로 없었지만, 내 기억에 자네 모친은 무척 자애로운 분이었어. 정말 매력적이었지. 그땐 젊었고 아주 사랑스러웠어. 내가 인도에서 만난 가장 사랑스러운 인물이라고 생각했던 기억이 나네. 좌우간 그 사발에 대한 자네 생각은 틀렸어, 홀랜드. 자네는 도자기 쪽으로는 전혀 문외한이야. 지금까지도 그랬고 앞으로도 그럴 걸세. 자네에겐 너무 고급스러운 취향이니까. 아

● 피에르 페랑 코냑의 한 종류.

스트롤라베 같은 고물만 취급하도록 하게. 자네에게 맞는 건 그런 것뿐이니까. 도자기의 판관이라도 되는 듯이 굴다니, 맙소사! 자네가 지금껏 도자기에 대해 얼마나 배웠는지 몰라도 지금껏 살면서 잊어버린 것이 그보다 더 많을 내게 맞서서 말이야."

케이는 그런 식의 비난에 익숙했다. 늙은 피츠가 그렇게 자신을 을러대는 것이 좋았고, 짜릿한 즐거움까지 느꼈다. 그는 예술품 감정가라는 이름값은 하지 못할 테니 차라리 우표 수집이나 해보는 게 나을 거라는 늙은 피츠의 말을 들으며 앉아 있었다. 그런 말이 전혀 진심이 아니고, 그저 구애하는 늙은 비둘기가 그러듯이 그를 쪼아대기를 좋아한다는 것을 알았다. 그사이 케이는 머리를 이리저리 움직여 공격을 피하고, 간간이 야살스럽게 웃기까지 하면서 식탁보를 내려다보고 나이프와 포크를 만지작거렸다. 두 사람의 관계가 기적처럼 평소 상태로 돌아왔고, 그 덕에 생기가 솟은 피츠는 자기도 당장 브랜디를 한잔 마셔야겠다고 말했다. 그는 앞서 꺼내려 했지만 꺼내기 어려웠던 조의의 말을 완전히 잊었는데, 아니 그런 줄 알았는데, 사실 내내 마음속에 품었던 모양이다. 함께 클럽을 나와 헤어지기에 앞서 케이가 계단참에 서서 섀미 가죽 장갑(피츠는 평생 장갑을 가져본 적이 없는데, 케이는 언제 보아도 늘 연노란색 장갑을 지니고 다녔다)을 끼고 있는데, 뜻밖에도 피츠의 입에서 으르렁거리듯 이런 말이 나왔기 때문이다. "부친 일은 애석하게 되었네, 홀랜드."

자, 해야 할 말을 했어. 그렇다고 세인트 제임스 스트리트의 땅이 갑자기 쩍 벌어지며 그를 삼켜버리진 않았다. 말을 했고, 꽤 쉬웠다. 그런데 도대체 무슨 바람이 불어 거기서 끝내지 않고 얼토당토않은, 쓸데없는 제안을 했단 말인가? "언제 슬레인 백작부인에게 갈 때 나도 한번 동행했으면 하는데." 아니, 뭣에 홀려서 그런 말을 했을까? 케이는 화들짝 놀란 기색이었는데, 그럴 만도 했다. "아, 네, 네, 그럼요. 원하신다면." 그가 황급히 대답했다. "그럼 들어가세요. 안녕히 가세요." 그러면서 그가 서둘러 자리를 떴고, 그 뒷모습을 빤히 바라보며 피츠는 앞으로 케이도 만나지 못하려나 싶었다.

집이 기이해. 이디스가 생각을 이어갔다. 집 안에서 벌어지는 일과 밖에서 벌어지는 일이 너무 대조적이었다. 벽보며 주변 울타리에서 여전히 서성이는 기자들, 웨스트민스터 대성당 연설과 상·하원 연설 등 대중적 관심으로 바깥은 온통 요란스럽고 휘황찬란했다. 하지만 집 안은 무슨 모의라도 하듯 고요하고 은밀했다. 하인들도 속삭이며 말했고 다들 소리 없이 층계를 오르내렸다. 슬레인 백작부인이 방에 들어오기만 하면 다들 하던 말을 멈추고 자리에서 일어섰다. 그리고 반드시 누군가는 앞으로 나서서 다정히 그녀를 의자 쪽으로 이끌었다. 마치 사고라도 당했거나 일시적으로 정신이 온전하지 못한 사람을 대하듯이. 하지만 어머니는 자신을 그렇게 다정히 의자로 이끌거나, 말없이 경건하게 입을 맞추거나, 정말 저녁 식사를 방으로 가져다드리지 않아도 되겠냐는 질문을 받기를 원하지 않을 거라고 이디스는 확신했다. 슬레인 백작부인을 평소처럼 대하는 사람은 늙은 프랑스인 하녀인 저누뿐이었다. 저누는 슬레인 백작부인만큼 나이가 많았고 결혼했을 때부터 평생 그 곁을 지켰다. 저누는 평소와 다름없이 요란스레 집 안을 누볐고, 오랜 습관대로 프랑스어와 영어를 뒤섞은 특이한 말투로 다음 할 일을 혼잣말로 중얼거리며 다녔다. 여전히 예의고 뭐고 없이, 방에 누가 있거나 말거나 부인을 찾아 방문을 벌컥 열고 들어왔고, 이런 말로 자리에 모인 가족들을 경악하게 했다. "죄송한데요, 마님. 주인님 셔츠를 세탁소에 보낼 필요가 있을까요?" 아무 데나 힘껏 내던진 꽃병처럼 슬레인 백작부인이 그 순간 산산조각 나리라 다들 예상했지만, 그녀는 평상시와 다름없는 조용한 말투로 당연히 남편의 셔츠를 세탁소에 보내야 한다고 대답했다. 그러더니 허버트를 보며 이렇게 말했다. "아버지 의복을 어떻게 해야 좋을지 모르겠구나, 허버트. 다 집사에게 주기도 좀 그렇고, 어차피 맞지도 않을 테니."

어머니와 저누만이 집 안의 기이한 분위기에 맞추려 하지 않는 거라고 이디스는 생각했다. 그녀는 허버트와 캐리와 찰스와 윌리엄의 눈빛에서 못마땅해하는 마음을 읽을 수 있었다. 물론 못마땅함을 대놓고 내보일 수는 없었다. 자신들의 협약대로 해야 한다고 그저 암묵적으로 주장할 뿐이었다. 어머니는 삶이 결딴났지만 놀랍도록 잘 버티고 계신다. 유능한 아들들과 딸들이 필요한 처리를 하는 동안, 필요한 만큼 바깥세상과 접촉하는 동안 어머니를 사적인 불행 속에 잘 보호해야 한다는 협약. 안됐지만 이디스는 별 소용이 되지 않았다. 이디스가 엉뚱한 순간에 엉뚱한 소리만 하고, 할 일은 무엇 하나 제대로 끝내지 못하면서 '너무 바빴다'는 변명만 한다는 것을 다들 알았다. 케이 역시 별 소용이 되지 않았지만, 그는 가족 성원으로 여겨지지도 않았다. 허버트와 캐리와 윌리엄과 찰스가 어머니와 바깥세상 사이에 버티고 있었다. 사실 그들이 세운 장벽 틈으로 간혹 특별한 소문이 흘러들어 오기도 했다. 국왕 부처가 애정 어린 조의를 표했다는 그런 소문. 허버트는 그런 소식을 혼자만 알고 있을 수 없었다. 슬레인 백작의 고향인 허더즈필드에서는 장례식을 그곳에서 치르도록 가족이 허락하기를 바랐다. 장례식에는 글로스터 공작이 국왕을 대신하여 참석할 것이었다. 왕립 자수 학교에서 부랴부랴 관보를 만들 것이었다. 운구할 때는 관의 한쪽은 수상이, 다른 한쪽은 야당의 당수가 들 것이었다. 프랑스 정부에서 대표를 보내고, 벨기에 정부를 대표해서는 브라반트 공작이 참석한다고 했다. 허버트는 이런 소식을 한 방울씩 조심스레 어머니에게 전했다. 어머니의 반응을 살피며 신중히 행동했다.

어머니는 그 모두를 완전히 무심하게 받아들였다. "정말 다들 친절하구나." 그렇게 말했다. 한번은 이런 말도 했다. "네 마음에 든다니 나도 기쁘구나." 허버트는 그런 말이 기분 좋기도 했지만 동시에 무척 언짢았다. 아버지에게 바치는 헌사는 어떤 면에서 가장인 자신에게 해당하기도 했다. 하지만 마땅히 어머니의 자리가 상황의 중심을 차지했다. 아버지의 임종부터 장례식까지 사나흘은 마땅히 어머니가 중심이었다. 허버트는 적절함에 대한 자신의 분별력이 자랑스러웠다. 슬레인 백작으로 나를 내세울 시간은 나중에 충분히 있으리라. 한 세대가 가면 다음 세대가 바로 뒤를 따르는 법이다. 자연의 법칙이 그렇다. 하지만 아버지의 물리적 존재가 여전히 이 집에 머무는 동안은 어머니에게 권한이 있었다. 그런데 어머니의 무심함이란 그 지위를 불필요하게, 부적절하게 너무 일찍 양도하는 셈이었다. 뒤에 홀로 남은 어머니는 사나흘 동안 남편을 기억하는 일에 온 힘을 바쳐야 했다. 권리를 포기하는 일은 보기 흉했다. 허버트의 규칙에 따르면 그랬다. 하지만 어쩌면. 이디스 머릿속의 작은 악마가 조잘거렸다. 어쩌면 어머니는 아버지가 살아 계시는 동안 아버지 때문에 진이 다 빠져서 이제 애써 기억하기도 힘든 게 아닐까?

확실히 집 안이 기괴했다. 지금껏 한 번도 이 집을 침범한 적 없고 앞으로도 다시 침범하지 않을 그런 특정한 기괴함. 아버지가 두 번 돌아가실 수는 없으니까. 아버지는 돌아가시면서 이 특정한 상황을 만들어냈다. 분명 본인은 예측하지 못했을 상황. 실제로 모습을 드러내기까지는 아무도 예측하지 못했을 상황. 늘 그렇게 압도적이고 최고였던 아버지가 한갓 죽음이라는 행위를 통해 어머니를 가장 두드러진 인물로 바꿔놓으리라고는 아무도 예상하지 못했을 것이다. 그 두드러짐은 그래봐야 사나흘 지속될 것이다. 하지만 아무리 짧은 기간이라도 그동안은 절대적이다. 누구나 그 결정에 따라야 하는 것이다. 웨스트민스터 대성당의 문이 돌쩌귀에서 움직여 열릴 것인지 아닌지는 어머니가, 오직 어머니가 결정하게 될 것이다. 나라 전체가 어머니의 결정을 기다리고, 주임 사제와 사제단도 어머니가 원하는 바를 굽실거리며 따를 것이다. 아주 친절하고 조심스럽게 모든 면에서 의견을 경청하고, 어머니 자신의 견해를 확실히 알아낼 것이다. 그렇게도 지신을 지우며 살았던 인물이 갑자기 그토록 중요한 인물로 변신하다니 참 기이했다. 놀이를 하는 것과도 같았다. 이디스는 이따금 쾌활한 기분의 아버지가 오후에 차를 드신 뒤 응접실에 들어와 아이들에게 둘러싸여 이야기책 같은 것을 읽어주는 어머니의 모습을 보고는, 그 책을 탁 소리 나게 덮고 이제부터 온 집 안을 돌며 '대장 따라 하기'를 할 거라면서 어머니에게 대장을 시켰던 일이 머릿속에 떠올랐다. 그래서 다들 고요한 공문서 보관실 여기저기를 깡충거리며 다니고, 덮개를 쓴 샹들리에가 걸린 연회장의 쪽모이 마루 위를 뛰어다니며 별

의별 우스꽝스러운 익살(어머니에게는 아이디어가 한없이 샘솟았다)을 떨었다. 아버지는 꽁무니에 붙어 마지막으로 따라왔는데, 한결같이 광대 흉내만 냈을 뿐 무엇 하나 제대로 따라 하지 못했다. 그 모습을 보고 아이들은 제대로 가르쳐주는 척을 하며 신이 나서 비명을 질러댔고, 어머니는 치맛자락에 케이를 매단 채 몸을 돌려 짐짓 엄한 말투로 "정말 그럴 거야, 헨리!"라고 말하곤 했다. 대사관이든 정부 관사든 저녁마다 그런 웃음소리가 요란하게 울렸더랬다. 그런데 이디스가 기억하는 또 다른 순간도 있다. (그때는 젊었던) 어머니가 문서 보관실의 서류철에 들어 있던 어떤 서류를 마구 흐트러뜨렸다. 그걸 보고 아이들이 신이 나서 더 망가뜨리려고 달려가는데, 순간 아버지의 표정이 어두워지며 어른의 태도로 불쾌감을 내보였다. 꽃잎이 다 떨어져 나간 장미처럼 아버지와 어머니의 흥겨움이 동시에 폭삭 무너졌다. 그래서 마치 제우스가 올림포스에서 인간 세상을 내려다보다가 자신이 지상에 없으려니 하며 중요한 사안을 제멋대로 망치는 인간을 잡아내는 때처럼 다들 꾸지람을 들은 듯 말없이 응접실로 되돌아왔다.

하지만 이제 어머니는 대장 따라 하기를 원하는 대로 할 수 있었다. 앞으로 사나흘 동안 대장 따라 하기를 하다가 문득 마음이 동하면 모두의 예상대로 웨스트민스터 대성당이나 브롬프턴 묘지를 그냥 받아들이는 대신, 유럽과 대영제국의 고관대작들에게 춤을 추며 골더스 그린이나 허더즈필드로 나아가라고 할 수도 있었다. 그런데 어머니는 도통 대장 노릇을 떠맡지 않으려 했고, 그래서 실망스러웠다. 이디스의 머릿속 작은 악마가 보기에 말이다. 어머니는 허버트가 무엇을 제안하든 그러라고 했다. 일곱 살짜리 허버트가 대장 따라 하기를 하며 "자, 이제 폴짝거리며 부엌을 지나가자"라고 어머니를 이끌기라도 하듯. 어머니는 여든여덟 살이고 허버트는 예순여덟 살인 지금 어머니의 순종적인 태도가 얼마나 적절치 못해 보이던지 이디스는 기가 막혔다. 허버트도 마찬가지였다. 물론 아버지의 진정한 아들답게 여성의 의존성에 으쓱한 마음이 들기는 했지만 말이다. 그는 앞으로 딱 사나흘 동안은 (협약에 따라 놀이를 하고 있었으니까) 본인의 의견이 있어야 한다고 어머니에게 요구할 터였다. 남성의 모순성이 어느 정도냐면, 그러면서도 뭐라도 자기 방안과 어긋나는 결정을 하면 분개했다.

만사가 자기 방안대로 결정되자 허버트는 점점 더 상냥해졌고, 그러면서도 그 모든 것이 자신이 아닌 어머니가 처음 내놓은 방안이라고 굳게 믿었다. 그는 어머니의 방을 나와 다시(이디스의 느낌으로는 하염없이) 응접실에 모인 형제자매와 합류했다. 어머니가 대성당을 원하신다. 그러니까 아버지의 장지는 대성당으로. 어쨌든 틀림없이 어머니의 생각이 옳으니까. 영국의 위대한 인물은 모두 대성당에 묻히지 않았나. 나로서는 허더즈필드의 교구 교회가 더 낫겠지만, 이라고 그가 말했는데, 이디스는 영악하게 그 말의 진정성을 따져보았다. 자기 생각은 그렇고 아마 다들 같은 생각이라고 보지만, 어머니 의사를 고려해야 한다. 대성당이라는 공적인 지위에 경의를 표해야 하지 않겠나. 여하튼 영광이고, 대단한 영광이고, 아버지의 삶에서 최고의 영광이니까. 이 경건한 말에 캐리와 윌리엄과 찰스가 말없이 고개를 살짝 숙였다. 반면 이디스는 대성당에 묻히는 자신을 보면 아버지가 얼마나 재미있어할까, 그러면서도 겉으로는 비웃겠지만 얼마나 흡족해할까, 하는 생각이 들었다.

왕립 자수 학교에서 제작한 관보는 두말할 필요 없이 호화로웠다. 보라색 플러시 천으로 문장(紋章) 도안을 돋음 장식했다. 예상대로 수상이 관 한쪽을 들었는데, 자리에 어울리게 얼마나 진지하고 그 역에 만족스럽게 들어맞는지 그를 보는 사람마다 서슴없이 말했다. "저기 영국 수상이네. 여하튼 장의사는 되겠어." 야당의 당수가 수상과 보조를 맞췄다. 한 시간 동안은 서로의 차이를 묻어두었는데, 둘 다 공동의 책임이라는 교육을 받아 상당히 유사한 교훈을 받아들였으니 그것도 사실 게임의 일부였다. 비록 각 추종자들이 그것을 똑같은 언어로 표현하는 일은 금지했지만 말이다. 정중하게, 하지만 급히 정해진 좌석으로 안내된 젊은 두 왕세자는 자신들이 어째서 새로 놓인 간선도로 준공식에서 테이프를 끊고 정치인의 장례식에 참여하여 그들을 추모하는 식으로 다른 젊은이의 삶과 동떨어진 삶을 살아야 하는 운명인지 모르겠다고 생각할지도 몰랐다. 그보다는 그날의 일상적인 업무로 보았을 공산이 크지만.

그런데 그사이 현실은 어디 있는 거지? 이디스는 문득 궁금해졌다.

장례식이 끝난 뒤 엘름 파크 가든스에서는 만사가 미묘하게 달라졌다. 슬레인 백작부인을 향한 배려는 여전했지만 가벼운 짜증스러움이, 허버트와 캐리가 지싯지싯 유지하던 지배의 분위기가 슬그머니 들어왔다. 꽤 확고하게 허버트가 집안의 가장이 되었고, 캐리는 그의 지원자가 되었다. 두 사람은 어머니와 관련한 문제에서 상냥하지만 단호한 입장을 취할 태세를 갖췄다. 여전히 공손히 모시고 와서 의자에 앉히고, 의자에 앉은 어머니의 어깨를 상냥하게 감싸듯 어루만져 줄 수는 있지만, 이제 처리해야 할 세상사가 있고 죽음을 배려해 잠시 멈춘 상황이 한없이 지속될 수 없다는 사실을 어머니에게 이해시켜야 했다. 슬레인 백작의 책상 속 서류처럼 백작부인도 정리를 해야 했다. 그러고 나면 허버트와 캐리가 나서서 할 일을 할 수 있을 것이었다. 실제 말로 표현하지 않은 그 어떤 것도 그보다 더 분명하게 전달되지는 못했을 것이다.

아주 조용하고, 아주 기품 있고, 아주 늙고 허약한 슬레인 백작부인은 자리에 앉아 자식들을 바라보았다. 그 모습이 익숙한 자식들은 그 외양을 당연시했지만, 처음 보는 사람들은 그녀를 보면 일흔 살도 안 되어 보인다며 놀라운 탄성을 터뜨렸다. 백작부인은 아름다운 노인이었다. 피부가 희고 늘씬한 그녀는 지금껏 기품을 잃은 적도 없고 자세가 흐트러진 적도 없었다. 어떤 옷을 입어도, 그냥 옷이 아니라 하늘하늘한 날개옷 같았다. 몸매 선이 아름답다는 비밀이 있었다. 아름다움이 팔다리로 흐르듯 이어졌다. 눈은 회색이고 깊었다. 코는 짧고 곧았다. 차분한 손은 반다이크의 그림에 나올 법했다. 백발의 머리 위로 검은 베일을 쓴 모습이 무척이나 잘 어울렸다. 오랜 세월 동안 늘, 부드럽고 두드러지지 않는 검은색 단색 드레스만 입었다. 그녀를 보면 여성이 아름답고도 기품을 지니는 것이 어렵지 않다고 믿을 법도 했다. 천재의 작품을 보면서 천재는 별 수고를 들이지 않고 그런 일을 해냈다고 생각하게 되듯이. 슬레인 백작부인이 지금껏 살면서 어떻게 그렇게 수많은 일을 할 수 있었는지, 그것이 오히려 믿기 어려웠다. 집안일, 자선, 아이들, 사교상의 의무, 공적인 자리에 모습을 보이는 것, 이 모든 일로 하루하루가 꽉 차 있었다. 게다가 그녀의 이름이 언급될 때면 이런 입에 발린 말이 곧바로 따라 나왔다. "남편의 공직 생활에 얼마나 뒷바라지를 잘하는지!" 오, 그럼, 어머니는 사랑스럽지. 이디스는 생각했다. 허버트의 말처럼 어머니는 경이로워. 그런데 허버트가 목을 가다듬는다. 무슨 말을 하려는 걸까?

"저, 어머니……." 반은 어린애 같고, 반은 평소와 같은 말투. 허버트가 옷깃 속으로 손가락을 집어넣는다. 예전에 어머니가 바닥에 나란히 앉아 그에게 팽이 돌리는 법을 알려주기도 했는데.

"저, 어머니, 우리가 논의를 해봤는데요……. 그러니까 자식으로서 당연히 앞으로 어머니가 어떻게 사실지 걱정할 수밖에 없으니까요. 평생 아버지만 보고 사셨던 걸 잘 아니까, 아버지가 돌아가신 뒤 어머니의 삶이 얼마나 공허할지 잘 알아요. 그래서 우리가 궁금한 건, 각자 헤어져 집으로 돌아가기 전에 이렇게 응접실에 어머니를 모신 것도 그래서인데, 앞으로 어디서 어떻게 사실 계획이세요?"

"그건 나 대신 네가 이미 다 결정한 거 아니니, 허버트?" 슬레인 백작부인이 비할 수 없이 다정한 말투로 물었다.

허버트는 옷깃 속으로 손가락을 넣어 슬쩍 들여다보며 만지작거렸는데, 이디스는 저러다 숨이 막히는 게 아닐까 걱정스러웠다.

"아니! 대신 결정하다니요, 어머니! 결정이라는 말은 전혀 가당치 않아요. 어머니가 최종 승인을 하시도록 대강의 계획을 세운 건 맞아요. 어머니의 취향을 고려하면, 많은 관심사와 활동을 그만두고 싶지 않으시겠죠. 하지만 동시에……."

"잠깐만, 허버트." 슬레인 백작부인이 말했다. "관심사와 활동이라는 게 무슨 말이지?"

"물론 허버트는 어머니가 주도하는 위원회를 말하는 거예요, 어머니." 캐리가 책망하는 투로 말했다. "빈곤 여성을 위한 배터시 클럽, 고아원, 불운한 자매들의 단체, 또……."

"아, 그래." 슬레인 백작부인이 말했다. "그런 관심사와 활동 말이구나. 계속하렴, 허버트."

"어머니가 안 계시면 그 모든 일이 제대로 안 돌아갈 테니까요. 우리도 다 알아요. 그중에는 어머니가 세운 것도 많고요. 다른 사람들의 삶을 꾸려주셨죠. 그러니 이제 와서 그걸 다 버리고 싶지 않으실 게 당연하고."

"그것도 그렇지만요, 슬레인 백작부인." 러비니어가 입을 열었다. 그녀는 시어머니를 다른 이름으로 부를 만큼 편하게 대하지 못했다. "할 일이 없으면 얼마나 지루하실지도 저희가 잘 알거든요. 워낙 활발하고 정력적이시니까! 오, 그럼요. 런던 아닌 다른 곳에서 사시는 건 전혀 상상할 수가 없어요."

슬레인 백작부인은 여전히 말이 없었다. 자식들을 하나씩 차례로 바라보았는데, 그 표정이 아주 상냥했지만 의외로 얄궂었다.

"또한." 허버트가 원래 하려던 말로 돌아갔다. 자기 말이 끊긴 뒤 참을성 있게 기다렸지만 기분이 좋지는 않은 듯했다. "어머니 소득으로는 어머니 격에 맞는 집을 유지할 비용을 감당하기가 빠듯해요. 그래서 저희 생각은……." 그러면서 그가 대략적으로 그려 보인 계획은 이미 앞에서 전했으니 독자들이 또 들을 필요는 없겠다.

하지만 슬레인 백작부인은 그 계획을 들었다. 딱히 자기 견해를 내보이지 않고 그저 듣기만 하면서 생애 대부분을 보냈고, 지금 역시 장남의 이야기를 들으며 아무런 반응도 보이지 않았다. 어머니가 그렇게 침묵을 지켜도 그는 흐트러짐 없이 침착했다. 어머니는 어디로 가라거나 어디에서 머물라거나 뭐든 누군가가 시키는 대로 따르는 삶에 평생 익숙했다는 사실을 그는 잘 알았다. 증기선을 타고 케이프타운이나 봄베이나 시드니로 가라고 하거나, 의복과 아기 용품을 다우닝 스트리트로 옮기라고 하거나, 주말에 남편을 따라 윈저성으로 가라고 하거나. 어떤 지시를 받건 그녀는 놀라지도 않고 능률적으로 따랐다. 상황에 알맞은 옷을 차려입고 순식간에 부두나 기차 승강장에 자리를 잡았고, 누가 데려갈 때까지 짐 옆에서 대기했다. 그러니 허버트로서는 어머니가 일정에 따라 번갈아 자녀들 집의 남는 침실에서 지내는 일을 하지 않으실지도 모른다는 의심을 할 턱이 없었다.

그가 말을 마치자 어머니가 말했다. "그것 참 가상하구나, 허버트. 내일 이 집을 부동산 중개소에 내놓아주렴."

"좋아요!" 허버트가 말했다. "어머니가 동의해주셔서 다행이에요. 하지만 서두르실 필요는 없어요. 집이 팔리려면 시간이 좀 걸릴 테니까요. 편하신 때 언제든 저희 집으로 오시면 돼요." 그러고는 몸을 숙여 어머니의 손을 쓰다듬었다.

"오, 잠깐만." 슬레인 백작부인이 그 손을 들어 올리며 말했다. 그것이 그 자리에서 처음으로 보인 동작이었다. "너무 앞서나가는구나, 허버트. 내가 동의한 건 아니야."

다들 소스라치게 놀라며 어머니를 바라보았다.

"아니라고요, 어머니?"

"아니야." 슬레인 백작부인이 미소를 지으며 말했다. "네 집에 가서 살지 않을 거란다, 허버트. 캐리, 너와도. 윌리엄, 너와도. 찰스, 너와도 살지 않아. 다들 기특하기는 하지만. 난 혼자 살 생각이다."

"어머니 혼자서요? 말도 안 돼요! 게다가 어디서 사시려고요?"

"햄프스테드에서." 속으로 이어가던 생각에 반응을 보이듯 고개를 가만히 끄덕이며 슬레인 백작부인이 말했다.

"햄프스테드요? 하지만 어머니에게 맞는 집을 찾을 수 있을까요? 편리하면서 너무 비싸지 않은 집을?" 캐리가 말했다. "그야말로 만사가 다 결정된 것처럼 우리가 어머니 집에 대해 떠들었네요. 참 어처구니가 없어요. 우리가 뭣에 씌었던 건지."

"집은 있어." 슬레인 백작부인이 다시 고개를 주억거리며 말했다. "이미 봐두었지."

"하지만 어머니, 어머니는 햄프스테드에 가신 적이 없잖아요." 이건 용납할 수 없는 일이었다. 캐리는 적어도 지난 15년 동안 어머니의 매일매일, 일거수일투족을 다 알았기에 어머니가 자기 모르게 햄프스테드에 간 적이 있다는 말에 발끈했다. 독립성을 내보이는 그런 암시는 너무 충격적이었고, 거의 선언이었다. 슬레인 백작부인과 큰딸은 늘 친밀한 관계를 지속했다. 그날의 일과를 늘 함께 짰다. 아침에 저누에게 쪽지를 들려 보내거나 길게 통화를 했다. 아니면 아침을 먹은 뒤 캐리가 엘름 파크 가든스에 오기도 했다. 훤칠하고 현실적이고 부산스럽고 젠체하는 그녀가 장갑과 모자와 깃털 목도리를 걸치고 사야 할 품목 목록과 오후에 있을 위원회의 회의 안건과 관련된 문서를 준비해 가방에 넣고 나타나면, 슬레인 백작부인이 하던 뜨개질을 계속하는 동안 연로한 부인 둘이서 그날의 일과를 논의하곤 했다. 그러고 나서 11시 반에 함께 집을 나섰다. 검은색 옷으로 차려입은 두 훤칠한 부인의 모습은 이웃의 다른 연로한 부인들에게도 익숙했다. 혹은 어쩌다가 두 사람이 다른 방향에서 볼일이 있을 때면 캐리는 엘름 파크 가든스에 차를 마시러 들러서 어머니가 그날을 어떻게 보냈는지 시시콜콜 다 들었다. 슬레인 백작부인이 햄프스테드에 다녀온 걸 숨겼다는 건 분명 있을 수 없는 일이었다.

"30년 전에." 슬레인 백작부인이 말했다. "그때 그 집을 봤어." 그녀가 뜨개질 바구니에서 실타래를 꺼내 케이에게 내밀었다. "이것 좀 잡아줄래, 케이." 그러고는 우선 작은 고리를 끊어낸 후 실을 감기 시작했다. 평온함의 화신이었다. "그 집이 여전히 있을 거라고 믿어." 조심스레 실을 감으며 그녀가 말했다. 오랫동안 해온 일이라 익숙한 케이가 손가락에 걸리지 않고 실이 술술 빠져나가도록 위아래 규칙적으로 손을 움직이며 그 앞에 서 있었다. "그 집이 여전히 있을 거라고 믿어." 그녀는 그렇게 말했는데, 서른 해가 지나도록 그 집이 참을성 있게 자신을 기다린다는 은밀한 합의라도 있는 것처럼 몽상과 확신이 섞인 말투였다. "아담하고 편리한 집이야." 그녀가 무덤덤하게 덧붙였다. "너무 작지도 않고, 너무 크지도 않고. 저누 혼자서도 살림을 할 수 있을 거야. 힘든 일에는 일용직 청소부를 쓰면 되니까. 멋진 정원도 있어. 담장 바로 앞에 남쪽을 향해 복숭아나무가 심어져 있지. 내가 봤을 때 그 집은 세입자를 구하고 있었는데, 니들 아버지야 그런 곳을 좋아하지 않았을 테니까. 부동산 중개인 이름도 기억해."

"그래서 그 이름이 뭔데요?" 캐리가 쏘아붙이듯 물었다.

"우스꽝스러운 이름이었어." 슬레인 백작부인이 말했다. "어쩌면 그래서 아직 기억하는지도 모르지. 벅트라우트야. 저베이즈 벅트라우트. 그 집과 참 잘 어울렸지."

"오, 정말 근사해요." 메이블이 두 손을 맞잡으며 말했다. "복숭아나무에, 벅트라우트에……."

"당신은 가만히 있어." 허버트가 말했다. "물론, 어머니, 어머니가 이, 어, 이 별난 계획을 기어코 실행하시겠다면 더 할 말은 없죠. 전적으로 어머니께서 알아서 하실 일이니까요. 하지만 효심 깊은 자식이 이렇게 많은데 외진 햄프스테드에 내려가 혼자 사시면 세상 사람들이 좀 이상하게 보지 않겠어요? 물론 강요하려는 건 절대 아니에요."

"내 생각은 그렇지 않은데, 허버트." 슬레인 백작부인이 말했다. 실을 다 감은 다음 케이에게 고맙다고 하고는 기다란 뜨개바늘에 고리를 만들어 새로 뜨개질을 시작했다. "햄프스테드에 내려가 사는 노인들이 아주 많단다. 게다가 세상 사람 시선을 너무 오랫동안 의식하며 살아왔으니 이젠 거기서 좀 벗어나도 되지 않을까. 늙어서도 마음대로 살지 못하면 언제 마음대로 살겠니? 살날도 별로 안 남았는데!"

"그럼." 난처한 상황이지만 어떻게든 잘해보려 애쓰며 캐리가 말했다. "적어도 어머니가 적적하시지 않도록 저희가 신경 쓸게요. 형제가 많으니까 매일 적어도 한 사람이 찾아뵙는 건 어렵지 않을 거예요. 아무래도 햄프스테드가 먼 곳이라서 항상 딱 맞춰 차편을 마련하기란 쉽지 않겠지만요." 그러고는 왜소한 자기 남편을 의미심장하게 바라보았고, 그러자 그가 몸을 움츠렸다. "하지만 언제나 증손주들이 있잖아요." 그녀가 밝게 말했다. "아이들이 어머니를 만나러 자주 드나들면 좋지 않겠어요? 안 그러면 행복하실 수가 없잖아요."

"전혀 그렇지 않아." 슬레인 백작부인이 말했다. "내가 결심한 다른 한 가지가 바로 그거란다. 캐리야, 사실 난 완전히 내

맘대로 살 거란다. 노년을 맘껏 누리며 살 거야. 손주들은 됐어. 걔들은 너무 어려. 다들 마흔다섯도 안 되었잖아. 증손주도 마찬가지야. 증손주는 더하지. 뭔가를 하는 것에 그냥 만족하지 못하고 왜 그 일을 해야 하는지 꼭 알아야만 하는 정력적인 젊은이는 원하지 않는다. 아이들을 데리고 함께 오는 것도 원하지 않아. 그 가련한 것들이 안전하게 생을 마감하기까지 얼마나 끔찍한 수고를 들여야 할까, 그런 생각만 떠오를 테니까. 다 잊어버리고 싶다. 태어난 날보다 죽을 날에 훨씬 더 가까운 사람들이 아니라면 내 주변에 두고 싶지 않구나."

허버트와 캐리와 찰스와 윌리엄은 어머니가 정신이 나간 게 틀림없다고 결론지었다. 언제나 어머니를 단순한 사람으로 여겼기에 거기서 한 걸음 더 나아가 분명 너무 연로해서 사고력에 문제가 생겼다고 보았다. 그런데 정신이 나갔지만 그 방향에 해로운 점이 없고 심지어 편리하기도 했다. 윌리엄은 살림에 보탬이 될 수입이 사라져 조금 애석할 수 있었고, 캐리와 허버트는 여전히 세상 사람들의 시선이 조금 걱정스러웠지만, 대체로 보아 어머니가 알아서 살아갈 방도를 마련하여 다행스러웠다. 케이는 미심쩍은 듯 어머니를 살폈다. 어머니를 너무 당연시한 것이 분명했다. 그들 모두 어머니를 너무 당연시했다. 상냥하고 사심 없고, 공적인 활동을 하고. 그런데 지금, 아무리 오래 알아왔던 사람에게도 여전히 뜻밖의 놀라운 일이 숨어 있을 수 있다는 사실이, 생전 처음으로 케이에게 확실해졌다. 오직 이디스만이 속으로 신명이 났다. 어머니가 정신이 나가기는커녕 그 어느 때와도 비교할 수 없이 말짱하다고 보았다. 윌리엄과 캐리가 제공하는 수고를 어머니가 가만히 치워버리는 바람에 두 사람이 된통 나가떨어지는 모습에 쾌재를 불렀다. 가만히 박수를 보내며 "계속해요, 어머니. 그렇게 계속"이라고 나지막이 말했다. 그나마 신중함이 좀 남아 있어 큰 소리로 말하지 않았을 뿐이다. 새로 발견한 어머니의 유창함에 아주 신이 났다. 그날 아침이 다 놀라웠지만 그중에서도 특히 놀라웠다. 슬레인 백작부인은 대개 과묵했고, 자신의 견해를 내보이지 않았고, 고개를 숙이고 뜨개질을 하거나 자수를 놓으며 얼굴 표정도 감추었기 때문이다. 이따금 던지는 '그래?'라는 반응에도 정말 무슨 생각을 하는지는 거의 드러내지 않았다. 어쩌면 어머니가 지난 세월 내내 사랑스러운 보살핌이라는 가림막 뒤에서 오롯이 자신만의 삶을 살아왔을지도 모른다는 생각이 지금 이디스의 머릿속에서 서서히 떠올랐다. 얼마만큼 지켜보았을까? 알아챘을까? 비판했을까? 쌓아놓았을까? 그사이 어머니는 가방 안을 뒤적거리며 다시 입을 열었다.

"은행에서 보석을 다 찾아왔단다, 허버트. 보석은 너와 메이블이 갖는 게 좋겠어. 한참 전에 메이블에게 주려고 했는데 네 아버지가 반대했단다. 어쨌든 여기 일부를 주마." 그렇게 말하며 가방을 뒤집어 흔들었고, 내용물이 무릎 위로 쏟아졌다. 되는대로 집어넣은 가죽 케이스, 휴지, 가공하지 않은 보석들, 양모 실타래. 그녀는 섬세한 손길로 그것들을 집어 올렸다. "종 울려서 저누 좀 부르렴, 이디스." 그녀가 올려다보며 말했다. "난 보석을 좋아했던 적이 없었어." 주위에 둘러선 가족이 아니라 자신에게 말하듯 그녀가 말했다. "그런데 그 많은 보석이 내 수중에 들어왔으니 얼마나 애석한 일이니. 쓸모도 없이. 특별한 행사에 참석할 때 아름답게 꾸밀 수 있어야 한다고 네 아버지는 말했지. 인도에 살 때 네 아버지는 타시케인 경매장에서 많은 물건을 되사 오곤 했어. 되샀다는 걸 그들도 잘 알겠지만, 그래도 왕실이 선물한 보석으로 치장한 나를 보면 왕들이 기뻐할 거라고 생각했어. 분명 그랬겠지. 그래도 내 생각엔 좀 어리석었어. 얼마나 우스꽝스러운지. 한번은 커다란 황옥을 가지고 있었어. 여남은 면으로 깎은, 아직 장신구로 만들지 않은 황옥이었지. 혹시 너희들도 기억하려나? 너희들에게 그걸 들고 벽난로 불을 보라고 했었는데. 그러면 작은 불꽃이 수백 개 나타나거든. 제대로 위쪽으로 타오르는 것도 있고 거꾸로 타는 것도 있고. 차 마시는 시간이 지나고 너희들이 아래층으로 내려오면 다 같이 벽난로 앞에 모여 앉아 그걸 들고 불을 들여다봤잖아. 불타는 로마를 바라보는 네로처럼. 단지 녹색이 아닌 갈색 불이었다는 게 달랐지. 기억 못 하겠지. 60년 전의 일이니까. 물론 그건 잃어버렸어. 가장 소중한 물건은 잃어버리기 마련이니까. 다른 건 잃어버린 적이 없어. 아마 항상 저누가 관리를 했기 때문이겠지. 보석을 숨길 기상천외한 장소들을 고안해내곤 했는데. 금고는 미덥지 않다며 물 단지 안에 내 다이아몬드를 넣어두곤 했어. 도둑들이 물 단지 속을 들여다볼 생각은 하지 않을 거라면서. 저누가 갑자기 죽어버리면 난 보석을 절대 찾지 못하겠구나, 그런 생각이 종종 들었지. 하지만 그 황옥은 내 주머니에 넣고 다녔어." 이때 저누가 들어오는 바람에 슬레인 백작부인의 회상은 거기서 끊겼다. 저누는 영국의 기후를 견디기 위해 속옷과 코르셋에 층층이 갈색 종이를 덧붙이고 5월이 다 지나가도록 그것을 벗으려 하지 않았기 때문에, 움직일 때마다 마른 낙엽을 기어가는 뱀처럼 부스럭거리거나 안장처럼 삐걱대는 소리가 났다. "부르셨어요, 마님?"

그래, 이디스가 생각했다. 여기서 저누를 부를 사람은 어머니밖에 없지. 어머니만이 종을 울릴 수 있어. 우리 다 여기 모여 있지만 오직 어머니만이 지시를 내릴 수 있어. 허버트는 옷깃을 슬쩍 들여다보고, 캐리는 격분하여 자리에서 일어나고, 찰스는 연필을 깎듯이 콧수염을 손가락으로 배배 꼬고 있어. 찰스야 뭐, 누가 신경이나 쓰나? 육군성도 관심을 보이지 않고, 찰스도 그걸 잘 알지. 아무도 자기들에게 관심이 없다는 걸 다들 잘 알아. 그래서 그렇게 시끄럽게 떠드는 거지. 어머니는 굳이 말을 하지 않았어. 어제까지는. 그래도 방에 들어오는 저누의 태도는 이 집에서 지시를 내릴 사람이 오로지 어머니뿐이라는 식이지. 마땅히 존경을 바칠 곳이 어딘지 아는 거야. 지치지 않고 떠드는 목소리에는 전혀 관심이 없어.

"부르셨어요, 마님?"

"저누, 자네가 보석 가지고 있지?"

"물론 제가 가지고 있죠, 마님. 전 보물이라고 부르지만요. 가서 보물을 가지고 올까요?"

"그래주게, 저누." 저누는 허버트와 캐리와 찰스와 윌리엄과 러비니어, 그리고 심지어 늘 무시당하는 무해한 메이블까지 모두 다이아몬드를 훔쳐 갈 도둑이고 자신이 밤마다 물단지 속에 다이아몬드를 넣어두는 까닭이 바로 그것이라는 듯이 모여 있는 가족을 둘러보았지만, 슬레인 백작부인은 단호히 그렇게 대답했다. 인도와 남아프리카에 살던 과거에는 베란다에서 나는 나직한 소리가 저누의 상상 속에서 총독의 보석을 훔쳐 가려는 도둑(더러운 흑인들)의 발소리로 들렸다면, 지금은 자신이 꽁꽁 숨겨 지키고 있는 보물을 위협하는 존재가 적법한 영국인이기에 위험이 더욱 직접적이었다. 그렇게도 온화하고 무심하고 야무지지 못한 마님이 도대체 자기 자신이나 재산을 제대로 건사하리라 기대할 수 없었다. 저누는 타고나기를 감시견이었다. "그 반지가 주인님께서 특별히 선물하신 반지라는 건 기억하시죠?"

슬레인 백작부인이 자기 손을 내려다보았다. 속담에서 하는 말처럼 반지가 그득했다. 어떤 속담이든 나름의 의미가 있는 한(어떤 속담이든, 어떤 상투적인 표현이든 한때는 인간 경험과 밀접하게 연관된 어떤 면을 의미했다) 그 말의 의미는 지금 이야기되는 보석이 그것을 낀 손에게는 지나치게 무겁다는 것이다. 부인의 손에는 그야말로 반지가 그득했다. 슬레인 백작이 그렇게 그득하게 얹어준 것인데, 분명 애정의 표시였지만 슬레인 백작의 아내 손에 마땅히 있어야 할 장식의 표시이기도 했다. 손가락에 낀 다이아몬드 반지의 커다란 반원 고리는 헐거워 쉽게 돌아갔다(슬레인 백작은 아내의 손이 비둘기처럼 부드럽다고 버릇처럼 말했다. 손을 꽉 쥐면 녹아 사라지는 것 같았으니 어떤 면에서는 맞는 말이었다. 하지만 다른 면에서는 사실과 달랐는데, 외부 사람들이 보기에 그 손은 섬세하고 개성 있는, 조각가의 손이었기 때문이다. 하지만 슬레인 백작은 당연히 좀 더 여성적인 면에 집중하고, 좀 더 미묘하고 덜 관습적인 기미는 무시했을 것이다). 저누로 인해 처음으로 손에 관심이 간 듯이 슬레인 백작부인이 자신의 손을 내려다보았다. 우리 몸에서 문득 아주 초연하게 바라보게 되는 부분이 손이다. 갑자기 저만큼 멀어진다. 그래서 다른 사람에게 속한 것, 혹은 다른 기계장치의 일부인 듯 즉각적인 전갈을 전해 받을 때 손이 내보이는 놀라운 반응이나 경이로운 표현력을 관찰하게 된다. 관심 있게 평가하는 시선으로, 타원형 손톱이나 피부의 모공이나 손가락 뼈와 마디의 주름, 미끈하거나 쭈글쭈글한 모양 등을 관찰하는 것이다. 지금껏 내 수발을 들어왔는데, 그 개성을 살펴본 적이 없었다.

손금으로 점을 보는 사람들은 그 개성이 우리 자신의 개성과 아주 밀접한 연관이 있다고 장담하는데 말이다. 누구의 것인가에 따라 반지가 그득할 수도 있고 일을 많이 한 거친 손일 수도 있다. 그렇게 슬레인 백작부인은 자신의 손을 내려다보았다. 그 손은 그녀와 한평생을 함께했다. 아이의 통통한 손에서 상아처럼 만질만질한 노인의 손으로 자랐다. 회상에 잠겨 막연하게 다이아몬드 반지와 루비 반지를 돌렸다. 얼마나 오래 끼고 살았는지 그녀와 한 몸이 된 듯했다. "아니, 걱정 말게, 저누. 반지가 내 것이라는 건 나도 알아."

하지만 다른 보석은 그런 식으로 그녀의 것이 아니었다. 그리고 사실 원하지도 않았다. 저누는 보석을 하나씩 꺼내 와서 닭이 한 번에 낳은 달걀을 하나씩 세어 구매자에게 넘겨주는 농부처럼 허버트에게 건네주었다. 허버트는 그것을 받아서 동료에게 벽돌을 넘겨주는 벽돌공처럼 메이블에게 넘겼다. 그는 값어치는 잘 알았지만 심미안이 없었다. 슬레인 백작부인은 앉아서 그 과정을 지켜보았다. 그녀는 심미안은 있었지만 값어치를 알아보는 눈이 없었다. 그 값이 얼마인지, 시장에서 얼마나 나가는지, 그런 건 아무 의미가 없었다. 그 아름다움은 무척 중요했다. 그렇지만 그것을 소유하고 싶은 마음은 없었다. 삶의 배경에서 가장 환상적인 측면을 대표한다는 점에서 그것과 연관된 면모도 무척 중요했다. 티베트 승려의 특사가 가져온 저 옥홀(玉笏)! 그녀는 그것을 가져왔을 때의 환영식을 또렷이 기억했다. 노란색 상의를 입은 특사가 쭈그려 앉아 매머드의 넓적다리뼈만 한 뼈로 울부짖음과 같은 음악을 울렸더랬다. 공식 접견실에서 총독 곁에 편하게 앉아 있는 동안에도 재미난 기분이 드는 걸 꾹 눌렀던 일도 기억했다. 생소한 자음이 잔뜩 들어 있는 폴란드 이름을 듣고 영국인이 느끼는 편협한 재미와 매한가지라는 생각에서 그랬다. 생소하다는 점 외에 티베트의 넓적다리뼈에서 터져 나오는 울부짖음에 우스울 것이 뭐가 있단 말인가? 그러고 나서 인도의 왕들이 선물을 들고 다가왔고, 그 선물을 지금 엘름 파크 가든스에서 저누가 상속자인 허버트에게 넘겨준 것이다. 인도의 왕들은 자기 선물이 타시케인에 모이리라는 것을, 그리고 총독의 자금 상황과 판단에 따라 재구입되리라는 것을 잘 알았다. 이제 울퉁불퉁한 진주와 흠 많은 에메랄드 원석이 원통해하는 저누의 손을 떠나 점잖게 탐하는 허버트의 손으로 옮아갔다. 붉은 벨벳 상자를 여니 팔찌와 목걸이가 나타났다. "다 멀쩡해요." 탁 소리 나게 상자를 닫으며 저누가 말했다. 그 일을 다 마칠 즈음 작은 탁자 위에 상자들이 가득 쌓였다. "메이블, 아무래도 내가 여행 가방을 빌려줘야겠구나."

전리품. 윌리엄과 러비니어의 눈이 번쩍였다. 슬레인 백작부인은 보석을 향한 그들의 탐욕스러운 시선도, 이렇게 일방적인 분배로 인해 억울해하는 마음도 전혀 의식하지 못했다. 러비니어에게 브로치 하나 주지 않다니! 슬레인 백작부인에게는 보석을 나눠줘야 한다는 생각 자체가 떠오르지 않았다. 분명히 그랬다. 러비니어와 캐리는 화가 치밀었지만 말없이 지켜보았다. 단순함도 저 정도면 저능함 수준이었다. 하지만 허버트는 충분히 의식했고, 그래서 희열을 느꼈다. 우리의 내밀한 감정이란 얼마나 달콤한지. 그는 그들의 당혹스러움을 즐겼고, 즐거움을 더하려고 한번은 꽤 정답게 메이블에게 이렇게 말하기도 했다. "그 진주 목걸이 한번 해보지, 여보. 아주 잘 어울릴 것 같은데." 시들시들한 얼굴에 잘 어울릴 리가 없었다. 한때 아름다웠던 메이블이지만, 잘생긴 사람들이 으레 그렇듯이 메이블도 이제 시들어서, 얼굴색이 머리색보다 더 어두워 보이고, 윤기라고는 없는 머리칼은 흙색이 되었기 때문이다. 한때 슬레인 백작부인의 나긋나긋한 면모와 레이스 사이에서 반짝거리며 빛을 내던 진주가 이제 말라빠진 메이블의 목에 맥없이 걸렸다. "멋지네, 메이블." 코안경을 걸쳐 쓰며 러비니어가 말했다. "그런데 동양에서 받은 선물들은 하나같이 질이 떨어지니 참 이상하지 않아? 자세히 보니 진주가 누렇게 바랬네. 오래된 피아노 건반처럼 말이야. 전에 어머니가 걸고 계실 때는 전혀 눈치채지 못했는데."

"집 말인데요, 어머니." 캐리가 입을 열었다. "내일 보러 가는 게 어때요? 오후에 시간을 낼 수 있는데." 그러면서 손가방에서 작은 수첩을 꺼내 들여다보았다.

"고맙구나, 캐리. 하지만 내일 집을 보러 가겠다고 이미 약속을 잡아놓았단다. 마음을 써주니 고맙긴 하지만 나 혼자 갈 생각이야." 슬레인 백작부인의 그 말은 이미 자식들에게 안긴 여러 놀라움 중에서도 압권이었다.

혼자 햄프스테드에 가는 일은 슬레인 백작부인에게는 일종의 모험이었고, 그래서 채링 크로스역에서 기차를 무사히 갈아타고 나자 더욱 흐뭇했다. 대영제국의 경계 외에 다른 제한이 없던 예전의 삶은 엘름 파크 가든스에서의 삶이 시작되면서 아주 쪼그라들었다. 혹은 그녀가 내내 낯선 나라를 돌아다녀도 별다른 인상을 받지 않는 부류의 사람일 수도 있었다. 끝까지 본래의 모습을 유지한다고 할까. 아니면 정말 나이가 들어서일 수도 있었다. 여든여덟의 나이에는 그런 말을 해도 될 테니까. 나이를 이렇게 의식하고 실제 몸으로 느끼다니 신기하면서 흥미로웠다. 정신은 예전과 마찬가지로 빠릿빠릿했다. 당장에라도 정신이 멈출 수 있다는 사실을 의식하고 남은 시간을 최대한 잘 보내야 할 필요성에 자극을 받아 어쩌면 전보다 더 빠릿빠릿했다. 단지 몸이 약간 후들거려서 제대로 움직여줄지 도대체 자신할 수가 없고 방향감각에도 그다지 자신이 없었다. 계단에서 발을 헛디딜까봐, 차를 마시다 엎지를까봐 겁이 났다. 긴장하고 소심해지고, 허약한 무능함이 까발려질 수도 있으니 거칠게 떠밀리거나 재촉을 당하는 상황을 피해야 함을 알았다. 젊은이들이 매번 알아채거나 아량을 베풀지는 않았다. 설사 알아차리더라도 주저하는 발걸음과 보조를 맞추기 위해 다소 눈에 띄게 뭉그적거리며 약간의 짜증을 내보이기 십상이었다. 바로 그런 이유에서 슬레인 백작 부인은 캐리와 함께 버스가 정차하는 길모퉁이까지 걸어가는 일이 그다지 즐겁지 않았다. 그런데 혼자 햄프스테드로 가면서 그녀는 자신이 늙었다고 느끼지 않았다. 오히려 지난 수년간에 비해 더 젊어진 느낌이었다. 새로운 삶의 단계(비록 마지막 단계지만)의 이런 시작을 열렬히 받아들이는 것이 바로 그 증거였다. 우산과 손가방을 꼭 쥐고, 차표는 조심스레 장갑 안쪽에 끼워 넣은 채 덜컹거리는 지하철에서 약간씩 흔들거리며 꼿꼿하게 앉아 있는 그녀는 여든여덟 살 노인으로 보이지 않았다. 같은 칸에 타고 있는 승객들이 그녀가 이틀 전에 웨스트민스터 성당에 남편을 묻은 사람이라는 사실을 안다면 어떻게 생각할까, 그런 것이 궁금하지도 않았다. 캐리 없이 혼자 나왔다는 기이한 기분이 그보다 더 직접적으로 의식될 뿐이었다.

(레스터 스퀘어역.)

헨리의 죽음이 어떻게 이런 급작스러운 해방을 가져다주었는지 그녀 자신도 상상하기 어려웠다. 한 사건에서 겉보기에는 전혀 상관없는 결과가 따라 나오는 일도 있다는, 평생 막연하게 주목해왔던 면의 또 다른 한 예일 뿐이었다. 한번은 헨리에게 정치권에서도 그런 현상이 눈에 띄느냐고 물은 적이 있었다. 헨리는 그녀의 말을 아주 진지하게 들어주기는 했지만(누구에게나 늘 그랬다) 그 말뜻을 제대로 이해하지 못한 것이 분명했다. 상대의 말뜻을 파악하지 못하는 일이 거의 없는 사람이었는데도 말이다. 그러기는커녕 사람들이 편히 말하도록 내버려두고는 유머가 담긴 예리한 시선으로 내내 그들을 관찰하면서 아무리 서투른 말에서도 전달하려는 요지를 간파해내고는 했다. 그리고 황금 공으로 저글링을 하는 사람처럼 한동안 그것을 양손으로 던지며 놀아, 비할 데 없는 총명함을 자유자재로 구사하며 빈약하던 그 불쌍한 것을 의미로 반짝반짝 빛나는 물보라로, 분수로 바꿔놓았다. 그것이야말로 헨리가 지닌 놀랍고도 매력적인 면이었고, 다들 그를 세상에서 가장 매력적인 남자라고 부른 것도 그 덕이었다. 위원회 회의 자리의 장관이든, 저녁 식사 자리에서 옆에 앉은 겁먹은 젊은 여성이든 필요하다면 누구에게나 자신의 총명함을 최고로 발휘하는 그런 면 말이다. 그는 다른 사람을 무시하거나 건성으로 대하거나 업신여기는 법이 없었다. 아무리 사소한 주제라도 관심을 보였고, 업무나 자기 관심사와 동떨어진 것일수록 더욱 그랬다. 사교계에 처음 등장한 젊은 여성과 무도회 드레스에 관한 이야기를 나누거나 폴로 경기의 조랑말에 관한 이야기를 소위와 나눌 수 있었고, 그들과 베토벤에 관한 이야기를 나눌 수도 있었다. 그렇게 해서 무수한 사람들이 진정 그의 관심을 끌었다고 착각하게 만들었던 것이다.

(토트넘 코트 로드역.)

그러나 아내가 어떤 사건과 그와 무관한 결과에 대한 그 질문을 했을 때 그는 그 문제를 논의하고 싶은 마음이 들지 않았다. 차라리 아내 손가락의 반지를 가지고 장난을 치고 싶었다. 지금, 검은 장갑 속에서 불룩하게 솟은 반지가 눈에 들어왔다. 그녀는 한숨을 내쉬었다. 종종 주저하며 스위치를 켜보았지만 헨리의 마음에는 불이 들어오지 않았다. 결국 그 사실을 받아들였고, 아마 헨리에게 그녀는 굳이 애쓸 필요가 없는 유일한 사람이어서 그럴 거라며 위안을 삼았다. 칭찬치고는 메마른 칭찬이겠지만, 진심이었다. 지금은 그것이 후회스러웠다. 헨리와 논의해보고 싶은 것이 정말 많았는데. 사적인 문제가 아닌, 골치 아프지 않은 문제들. 그런 특별한 기회가, 그런 잠재적인 특권이 70년 가까이 주어졌었는데, 이제는 가버렸고, 웨스트민스터 대성당의 평판(平板) 아래 깔려버렸다.

(구지 스트리트역.)

캐리에게서 해방된 그녀를 보면 그는 재미있어했을 것이다. 그는 캐리를 전혀 좋아하지 않았다. 어느 자식이건 좋아하기는 했을까 싶지만. 누구도 비난하는 적이 없었지만(그의 성격이 그랬다) 남편을 아주 잘 아는(어떤 면에서는 전혀 모르기도 했지만) 슬레인 백작부인은 누군가가 그의 마음에 들 때와 그렇지 않을 때를 구별할 수 있었다. 칭찬은 언제나 잘 조절했다. 반대로 칭찬을 하지 않는다면 그것은 자못 의미심장했다. 그녀는 남편이 캐리에게 했던 칭찬을 하나도 떠올릴 수 없었다. "우라지게 능률적이야, 내 딸은." 그것을 칭찬으로 볼 수 없다면 말이다. 허버트를 바라보는 눈빛에 깃든 표정은 의심의 여지가 없었다. 그렇게 불만이 많은 찰스 역시 아버지에게서 어지간한 공감도 얻어내지 못했다. (유스턴역.) 슬레인 백작이 장군인 자기 아들을 대하는 태도는 거의 이런 식이었다. '지금 내가 과장되고 성마른 이놈한테 굳이 행정에 대한 내 견해를 정확히 밝혀야 하나? 어차피 내가 훨씬 더 아는 게 많잖아. 안 그래?' 슬레인 백작부인이 아는 한 그는 한 번도 그렇게 한 적이 없었다. 말없이 그 자리를 견뎠을 뿐. 윌리엄은 눈에 띄게 피했다. 떳떳하지 못한 일이지만 슬레인 백작부인은 아무래도 아들 편이라 그 이유가 남편이 러비니어를 싫어해서라고 둘러대려 했지만 말이다. 그녀의 간청에 한번은 헨리가 이렇게 말했다. "여보, 난 수지 균형 따지는 거래 장부식으로 사고하는 사람들과는 어울리기가 힘들어." 그에 슬레인 백작부인은 한숨을 내쉬며, 그건 그렇다고, 러비니어가 불쌍한 윌리엄의 천성에 얼마간 해를 입혔다고 말했다. 그에 슬레인 백작은 이렇게 대꾸했다. "해를 입혀? 둘이 똑 빼닮았는걸." 그로서는 쏘아붙이는 대답이었다.

(캠던 타운역.)

이디스에 대해서는 약간 이기적이라 할 애정이 있었다. 이디스는 한집에서 살았고 자상했다. 아버지를 모시고 산책을 다니고 답장을 대신 썼다. 종종 일 처리가 엉망이긴 했다. 서명도 없이 보낸다거나 서명은 했는데 주소를 안 썼다거나. 주소가 없는 경우 편지는 배달 불능 우편물 취급소로 갔다가 다시 '엘름 파크 가든스, 슬레인'으로 되돌아왔는데, 그런 사소한 사고에 슬레인 백작은 언짢아하기보다는 재미있어했다. 슬레인 백작이 자기 딸 이디스를 '우라지게 능률적인 여자'라고 부를 만한 경우라고는 없었다. 간혹 슬레인 백작부인은 남편이 이디스를 좋아하는 것은 딸이 선의로 제공하는 봉사에 의지할 수 있어서라기보다 장난치며 놀릴 기회를 주어서가 아닐까 싶은 생각까지 들었다.

(초크 팜역.)

케이. 하지만 남편이 그 희한한 말썽거리 케이를 어떤 식으로 이해했을지 따져보기에 앞서, 긴 낚싯줄로 또 다른 기억의 물고기를 끌어 올리기에 앞서 슬레인 백작부인은 스스로 했던 다짐을 떠올렸다. 완벽한 한가로움을 지니기 전까지는 기억이 하염없이 풀려나게 두지 않겠다는 다짐이었다. 오롯이, 거리낌 없이, 맘껏 즐길 수 있게 되기까지는 아예 즐기지 않겠다는. 미리 찔끔찔끔 맛보다가 만찬을 망쳐서는 안 되었으니까. 기차가 마침맞게 그녀를 도왔다. 선로가 바뀌는 지점에서 몇 번이나 홱 방향을 틀더니 이제 흰 타일이 깔린 역으로 진입했다. 가장자리에 빨간색 타일을 네모지게 붙인 햄프스테드라는 이름이 보였다. 슬레인 백작부인은 벽에 달린 안전대로 손을 뻗으며 후들거리는 다리로 자리에서 일어났다. 돌진하는 기계적 삶에서 뒤처지지 않으려 애써야 하는 이런 상황에서는, 오로지 이런 상황에서만 늙은이 티를 피할 수 없었다. 그러자 약간 소심해지면서 겁이 났다. 노쇠하다보니 북적거리는 흐름에 들어가기가 두려워지는 것이 분명했다. 그러나 다른 승객에게 폐가 될까 걱정스러운 마음에 그녀는 기관사들이 "서둘러 내려주세요"라고 외칠 때면 항상 고분고분 그 말을 따라 서둘러 움직였다. 또한 앞으로 나서고 싶지 않아 늘 다른 승객이 먼저 기차나 버스를 탈 수 있도록 정중하게 뒤로 물러났다. 그러느라 버스나 기차를 놓친 적이 한두 번이 아니었고, 그럴 때면 캐리는 성을 냈다. 으레 자리를 차지한 채 차에 실려 가면서 승강장이나 보도에 덩그러니 서 있는 어머니를 내다보아야 했기 때문이다.

슬레인 백작부인이 햄프스테드에 도착해 차표를 안전하게 장갑 속에 넣은 채 우산과 손가방을 움켜쥐고 늦지 않게 기차에서 내린다는 건 경이로운 일이었다. 하지만 어쨌든 내렸고, 정신을 차려보니 따스한 여름날의 공기 속, 런던의 지붕이 저 멀리 내려다보이는 승강장에 서 있었다. 햄프스테드에서는 노부인들이 많이 보여서 행인들은 그렇게 서 있는 그녀에게 눈길도 주지 않았다. 걸음을 옮기면서 과연 그 집까지 가는 길이 기억이 나려나 싶었다. 따스한 느낌의 붉은 벽돌집들이 있고 나무가 멀리까지 늘어서 그녀에게 컨스터블•의 풍경화가 유쾌하게 떠오르는, 시골 마을처럼 나른한 햄프스테드를 런던의 일부로 보기 힘들었다. 그녀는 천천히, 하지만 행복한 마음으로 걸었다. 정감 있는 피정에 든 것처럼 근심이라곤 없이, 자식들에 대한 헨리의 의견을 생각할 필요도, 그야말로 집을 찾아야 한다는 사실 외에는 다른 아무 생각도 할 필요가 없었다. 30년 전에 그곳에 늘어서 있던 붉은 벽돌집들 사이, 뒤편에 정원이 딸린 **자신의** 집. 그 집을 이제 금방 다시 볼 테니, 생각하면 묘한 일이었다. 30년. 아기가 태어나 어른의 의식을 갖게 되기까지의 시간에 10년을 더한 기간. 그사이 집이 어떻게 되었을지 누가 알겠는가? 파란이나 황폐를 겪었을지, 아니면 그저 평온했을지.

그 집은 사실 수년 동안 그곳에 거주할 사람을 기다리고 있었다. 30년 전 슬레인 백작부인이 처음 집을 본 이후 평범한 (당사자들의 눈에는 충분히 파란만장했겠지만 별다른 기록 없이 보편적인 생애의 바닷속으로 합쳐 들어갈 만큼 평범한) 인간사에서 크게 벗어나지 않는 조용한 노부부가 딱 한 번 세를 들었을 뿐이었다. 나름의 파란만장한 삶을 뒤로한 채 떠난 조용한 노부부. 그곳에 온 이유는 천천히 스러지기 위해서, 가만히 존

• 19세기 초반에 활동한 영국의 풍경화가 존 컨스터블(1776~1837).

재에서 빠져나가기 위해서였으니 그렇게 스러졌고, 그렇게 빠져나갔다. 둘 다 복숭아나무 위쪽, 남쪽을 향한 침실에서 숨을 거두었다. 무뚝뚝한 태도의 관리인이 햇빛이 들어오도록 블라인드를 홱 올리며 세를 권유한답시고 슬레인 백작부인에게 한 이야기에 따르면 그랬다. 입으로는 계속 떠들면서 손으로는 앞치마를 펄럭거려 창틀의 거미줄을 털어내다가 슬레인 백작부인을 돌아봤는데, 마치 이런 말을 하는 것 같았다. '자, 이제 어떤 집인지 알겠죠. 볼만한 건 별로 없고, 그냥 세 놓을 집인데, 빨리 돌아가 차를 마시고 싶으니 제발 얼른 결정해줘요.' 하지만 슬레인 백작부인은 횅댕그렁한 방에 선 채로 자신은 벅트라우트 씨와 만나기로 했다고 조용히 말했다.

관리인에게는 가도 좋다고 했다. 여기서 기다릴 필요 없다고. 관리인의 적의가 비굴한 아첨으로 바뀐 것을 보면, 그 목소리에 총독 부인다운 위엄이 살짝 묻어난 것이 틀림없었다. 여하튼 문을 잠가야 한다고 그녀가 말했다. 열쇠는 여기 있다고, 자신이 허구한 날 이 집 문을 열고 들어와 잽싸게 먼지를 쓸고 닦은 뒤 다시 문을 잠갔다고 했다. 그러면 집 안은 다시 적막해지고 간간이 벽에서 회반죽 조각이 떨어져 내렸다고. 밤사이 회반죽이 떨어져 아침에 비질을 해야 한다고 했다. 사람이 살지 않는 집이란 얼마나 엉망이 되는지. 창문 사이로 담쟁이덩굴이 비집고 들어오기까지 했으니. 슬레인 백작부인이 그쪽을 보았다. 햇빛을 받으며 맥없이 흔들리는 창백한 어린잎. 지푸라기 몇몇이 바람에 쓸려 마룻바닥 위를 돌아다녔다. 거대한 거미 한 마리가 총총히 움직여 벽을 타고 올라가더니 틈새로 사라졌다. 슬레인 부인은 관리인에게 가도 좋다고 다시 말했다. 문은 벅트라우트 씨가 잠글 거라고.

관리인은 어깨를 으쓱했다. 어차피 집 안에 슬레인 백작부인이 훔쳐 갈 만한 것이라고는 없었고, 차를 마시고 싶었다. 그녀는 팁으로 반 크라운을 받고 자리를 떴다. 집에는 슬레인 백작부인 홀로 남았다. 관리인이 집을 나서며 현관문을 쾅 닫는 소리가 들렸다. 관리인이라는 이름은 얼마나 잘못 붙인 이름인지. 관리라고 해봐야 하는 일도 별로 없으면서. 시커먼 물이 담긴 아연 도금 양동이를 들고 건성으로 쿵쾅거리고 다니면서 마룻바닥을 흙 자국으로 더럽혀놓고는 할 일을 다 했다고 생각하지. 그들을 탓할 일이 아닌지도 모르겠다. 일주일에 몇 푼 받겠다고, 그들에게는 기껏해야 밥벌이이고 최악의 경우 골칫거리일 뿐일 집을 관리하느라 손이 다 망가지도록 일하리라 기대할 수는 없으니. 진심으로 정성스레 집을 관리해달라고 요구할 수는 없지 않나. 그 일을 몇 주만 해도 애초의 열의는 다 사라질 텐데, 관리인은 평생 그 일을 해야 하지 않나. 더구나 집이, 특히 빈집이 얼마나 기이한 존재인지, 그런 걸 느끼리라 기대할 수는 없는 것이다. 그저 다림줄과 기포수준기로 건물의 수평을 맞추고 중간중간 벽을 뚫어 문과 여닫이창을 내면서 벽돌을 하나하나 체계적으로 쌓아 올린 존재만이 아닌, 자체의 생명을 지닌 존재. 마치 네모진 이 벽돌 상자 안 갇힌 공기에 어떤 통합적 숨결을 불어넣어 사방을 막은 벽이 허물어져 바깥으로 다 드러날 때까지 그 숨결이 거주하는 듯한 존재. 집이란 참으로 사적인 물체다. 빗장이나 가로장에 상관없이 사생활을 지닌 사적인 존재. 이런 미신이 비합리적으로 들린다면 이렇게 대답해줄 수도 있다. 집이 벽돌의 모음이라면 인간 자체도 단지 원자의 집합일 뿐인데, 그런데도 인간은 영혼이, 정신이, 기억하고 지각하는 힘이 있다고 주장하지 않느냐고, 그런데 그런 것들이 한시도 가만히 있지 못하는 인간의 원자와 맺는 관계는 결국 집이 부동의 벽돌과 맺는 관계와 마찬가지 아니겠냐고. 그런 믿음은 합리적인 설명을 넘어서는 것이다. 관리인이 그런 것을 고려하리라고 기대할 수는 없다.

곧 자신의 집이 될 수도 있을 빈집에 처음으로 혼자 남겨질 때면 으레 찾아드는 묘한 심정이 슬레인 백작부인에게 밀려왔다. 1층 창문 밖을 내다보는 그녀의 마음이 층계를 오르내리며 방 안을 들여다보고 있었다. 처음 왔을 때 이미 집의 구조가 익숙하게 각인되었다. 그 사실 자체가 그녀와 집이 조화를 이룬다는 표시였다. 내려가보지는 않았고 이끼 낀 계단만 보았지만 그녀의 마음은 계단을 달려 지하실까지 들어갔다. 그러면서 그곳에 곰팡이가 자라고 있을지, 얼룩덜룩한 귤색 곰팡이가 아니라 희멀건 곰팡이, 무척 거슬리게 불건강해 보이는 그런 곰팡이가 자랄지 한가로이 떠올려보았다. 곰팡이도 집의 침입자에 포함될 수 있을 듯했고, 거기 생각이 미치며 그녀의 마음은 자신이 서 있는 빈방으로 되돌아왔다. 뻔뻔스러운 거주자들이 내키는 대로 치고 흔들고 내달리는 그곳으로.

지푸라기와 담쟁이와 거미, 이런 것들이 오랫동안 이 집을 차지해왔다. 집세는 내지 않았지만 가볍고 불안정한 삶을 사는 동안 마룻바닥과 창문과 벽을 마음대로 사용했다. 슬레인 백작부인은 그런 존재와 함께하기를 원했다. 북적거림과 경쟁, 그리고 다른 야망을 어떻게든 피해 가려 발버둥 치는 야망들은 물리도록 많이 겪었으니까. 그녀는 거미가 아니니 거미줄을 치지는 않겠지만, 빈집으로 기어 들어온 것들과 하나가 되고 싶었다. 산들바람에 흔들거리고 햇빛을 받으며 초록으로 싱싱하게 자라다가, 죽음이 가만히 그녀를 문밖으로 밀어내고 등 뒤에서 문을 닫을 때까지 세월과 함께 흘러가고 싶었다. 그런 외부의 존재들이 그녀에게 그들의 의지를 행사하는 동안 그냥 수동적으로 가만히 있었으면 했다. 하지만 우선은 이 집에서 살 수 있을지를 알아야 했다.

아래층에서 희미한 소리가 들려 그녀가 귀를 기울였다. 문 여는 소리인가? 벅트라우트 씨인가? 약속 시간은 4시 30분이었는데 이미 5시였다. 거래와 관련된 사무는 질색이지만 그를 만나야겠지. 지푸라기와 담쟁이와 거미가 차지하듯이 이 집을 차지해서 그 무리에 그냥 얹혀사는 게 더 좋겠지만. 평화롭게 정원에 자리 잡기 전까지 얼마나 처리할 일이 많을지 예상하며 그녀가 한숨을 내쉬었다. 그녀와 그녀의 물건이 마지막 여정을 끝내고 이곳에 함께 자리 잡기에 앞서 계약서에 서명을 하고, 이런저런 주문을 하고, 커튼이나 카펫을 고르고, 망치와 주석 압정과 바늘과 실 등의 장비를 갖춘 여러 사람을 부려야겠지. 알라딘의 반지가 있다면 얼마나 좋을까? 아무리 삶을 단순화해도, 어마어마한 삶의 복잡함은 피할 수가 없다.

30년 전 보았던 벅트라우트 씨 대신 이제 빠릿빠릿한 젊은 아들이 그 자리를 차지하지 않았을까 하는 생각이 문득 떠올랐는데, 난간에서 슬쩍 내려다보니 무해하게 연로한 노신사가 현관에 서 있는 모습이 기이하게 짜부라진 형태로 그녀의 눈에 들어와 아주 마음이 놓였다. 머리칼이 빠진 부분이 내려다보였다. 그 아래로 어깨가 보였고, 몸이라고 할 건 보이지 않고 가죽 신발 코가 두 개 보였다. 그는 주저하며 서 있었다. 손님이 이미 도착한 것을 모를 수도 있었고, 어쩌면 그러거나 말거나 신경을 안 쓰는지도 몰랐다. 신경을 쓰지 않을 공산이 크다고 그녀는 생각했다. 알아보려고 서두르는 기색이 없어 보였으니까. 슬레인 백작부인은 좀 더 잘 보일까 해서 몇 계단을 내려갔다. 그는 가옥 도장업자가 입는 식의 긴 아마 외투를 걸치고 있었다. 불그레하고 약간 통통한 얼굴에, 마음속으로 짓궂고 장난스럽게 어떤 문제를 따져보는 듯이 한 손가락을 입술에 대고 있었다. 그 요상한 작은 인물을 바라보며 그녀는 저 사람이 과연 뭘 하려나 궁금했다. 좌중을 조용히 시키듯 여전히 손가락을 입에 댄 채 그는 깨금발로 현관 복도를 가로질렀고, 벽의 자국으로 보아 예전에 기압계가 걸려 있었을 지점까지 갔다. 그러더니 나무를 쪼는 딱따구리처럼 벽을 빠르게 두드렸다. 고개를 흔들며 "무너진다, 무너진다"라고 중얼거렸다. 그다음 외투 자락을 들어 올리더니 발레를 하듯이 두 번 빠르게 돌아서 다시 복도 가운데로 되돌아와 멋지게 발끝을 세워 바닥을 짚었다.

"벅트라우트 씨?" 슬레인 백작부인이 계단을 내려가며 말했다.

벅트라우트 씨는 폴짝 뛰어 다른 쪽 발을 바닥에 세웠다. 잠시 그대로 서서 자신의 발등을 감탄하며 보았다. 그러고 나서야 고개를 들었고, 공들여 예의를 갖춰 허리를 굽히며 "슬레인 백작부인?"이라고 말했다.

"집을 보러 왔어요." 이 별난 인물에 곧장 마음이 끌려 꽤 편안해진 슬레인 백작부인이 말했다.

벅트라우트 씨가 옷자락을 내려놓고 보통 사람처럼 두 발로 섰다. "아, 네, 집이요." 그가 말했다. "또 잊었네요. 창문이 떨어져도 사무적인 태도를 취해야 하는데 말이죠. 그러니까 집을 보고 싶다는 거죠, 슬레인 백작부인. 훌륭한 집입니다.

워낙 훌륭해서 아무에게나 세를 주고 싶지 않아요. 아시겠지만, 내 집이거든요. 전 그냥 부동산 중개인이 아니라 집주인이기도 합니다. 집주인을 대신하는 중개인일 뿐이라면, 가능한 한 세를 놓는 것이 내 의무겠지요. 그래서 이 집이 그렇게 오래 비어 있던 거예요. 들어오겠다는 사람은 많았지만 아무도 내 마음에 들지 않았거든요. 하지만, 당신에겐 집을 보여드리죠." 그는 '당신'을 살짝 강조했다.

"집은 이미 둘러봤어요." 슬레인 백작부인이 말했다. "관리인이 보여줬어요."

"그랬겠죠. 진저리 나는 인간. 얼마나 모질고 얼마나 추악한지. 팁을 줬어요?"

"그랬죠." 슬레인 백작부인이 재미있어하며 대답했다. "반 크라운을 줬어요."

"아, 안됐군요. 이젠 어쩔 수 없지만. 그럼, 집은 둘러보셨고. 다 보셨나요? 침실이 셋이고 욕실이 하나, 화장실은 아래층과 위층에 하나씩 있고, 손님맞이 방이 셋, 거실이 하나, 그리고 사무 보는 방들이 있어요. 상하수도와 전기 시설이 갖춰져 있고 반 에이커 크기의 정원이 있어요. 오래된 과실수가 많아요. 뽕나무도 있고. 괜찮은 지하실도 있는데, 버섯 좋아하나요? 지하실에서 버섯을 기를 수도 있거든요. 알고 보니 부인들은 와인을 그다지 좋아하지 않더라고요. 그러니까 버섯 재배에 사용할 수도 있다는 거죠. 포트와인 한 파이프•를 들여놓으려는 부인은 지금껏 만난 적이 없으니까요. 그럼, 슬레인 백작부인, 집을 둘러보신 소감이 어떻습니까?"

그를 기다리는 사이 머릿속에 떠올랐던 것들을 그대로 들려줄까 하는 기발한 생각이 문득 들어 슬레인 백작부인은 좀 머뭇거렸다. 그가 놀라지도 않고 아주 진지하게 그 말을 받아들이리라 확신했기 때문이다. 하지만 그녀는 그런 말 대신 그저 앞으로 세입자가 될 수도 있는 사람이 할 법한, 조심스럽게 말을 아끼는 식의 긍정적인 의견을 주었다. "제게 꼭 맞는 집이 될 것 같네요."

"아, 하지만 과연 부인께서 **이 집**에 꼭 맞는 사람일지, 그게 문제죠." 벅트라우트 씨가 다시 입술에 손가락을 대며 말했다. "하지만 제 느낌으로는 그럴 것 같네요. 여하튼 세상이 끝나고 나면 당신이 이 집을 원할 일도 없을 테니."

"세상보다 내가 먼저 끝을 볼 거라 생각하는데요." 슬레인 백작부인이 미소를 지으며 말했다.

"나이가 엄청 많지 않다면 아닐걸요." 벅트라우트 씨가 진지하게 말했다. "앞으로 2년 뒤면 세상이 끝날 테니까. 간단한 수학 계산 몇 번이면 당신이 믿게 할 수 있어요. 아마 부인이 수학자는 아니겠죠. 부인들 중에 수학자는 거의 없으니까. 하지만 혹시 그 주제에 흥미가 있으면, 나중에 집 정리가 다

● 열두 병들이 상자 60개.

끝났을 때 내가 당신과 차를 함께 마시며 그 점을 증명해 보일 수 있어요."

"그럼 내가 이 집에 들어올 수 있다는 거네요?" 슬레인 백작부인이 말했다.

"그래요. 네, 그런 거죠." 고개를 외로 꼬고 비스듬히 상대를 바라보며 벅트라우트 씨가 말했다. "그렇게 될 것 같아요. 그게 아니라면 당신이 어째서 이 집을 30년 동안 잊지 않았고(당신이 편지에 그렇게 썼더랬죠) 나는 어째서 이 집에 들어오겠다는 그 많은 사람을 거절했겠어요? 그 두 가지를 합치면, 각자 포물선을 그리다가 한 지점에서 만나잖아요. 그렇죠? 난 운명의 지질학적 설계를 굳게 믿는답니다. 나중에 여기 차를 마시러 왔을 때 그 점도 증명해 보이고 싶군요. 물론 내가 그저 중개인일 뿐이라면 차를 마시러 오겠다는 말 같은 건 절대 하지 않지요. 합당한 일이 아니니까요. 하지만 난 집주인이니까, 필요한 사무를 모두 끝내고 나면 동등한 입장에서 만날 수 있을 거라고 보거든요."

"그럼요. 마음이 동하면 언제든 오세요, 벅트라우트 씨." 슬레인 백작부인이 말했다.

"정말이지 상냥하시군요, 슬레인 백작부인. 전 친구가 거의 없는데, 나이가 들수록 젊은이들과 어울리는 일은 꺼려지고 동년배들과 어울리는 게 좋더라고요. 젊은이들은 사람을 너무 피곤하게 하거든요. 심란하게 하기도 하고. 요즘 들어 일흔 살 아래 사람들과는 어울리지를 못하겠어요. 젊은이들은 자꾸 다가올 수고로운 삶을 바라보게 하잖아요. 노인네들은 수고는 할 만큼 해서 다 끝난 그런 삶을 돌아보게 하고요. 그게 얼마나 평온한가요. 슬레인 백작부인, 살면서 평온함이 정말 중요한데, 그걸 얻은 사람이 얼마나 될까요? 그걸 원하는 사람은 또 얼마나 되나요? 나이가 들면 어쩔 수 없이 그런 상황에 처하죠. 병약하거나 지쳐 있으니까요. 하지만 태반은 여전히 한때 자신이 누렸던 활기를 누리고 싶어 탄식을 해요. 아주 잘못된 거예요."

"좌우간 저는 그런 잘못을 범하지는 않아요." 안심이 되어 벅트라우트 씨에게 마음을 터놓으며 슬레인 백작부인이 말했다.

"그래요? 그럼 우린 주요 주제 가운데 적어도 하나에 대해서는 같은 의견이네요. 스무 살이란 끔찍해요, 슬레인 백작부인. 그랜드 내셔널 장애물 경마장을 달리는 것과 마찬가지로 고약한 일이에요. 분명 경쟁의 개울에 빠지거나 실망의 산울타리를 뛰어넘다 다리가 부러지거나 음모의 철망에 발이 걸리고, 무엇보다 사랑의 장애물에 걸려 사고를 당할 것이 뻔해요. 나이를 먹으면, 경주를 마친 저녁에 기수 역할을 때려치우고는, 이제 다시는 저 경마장에서 말을 달리지 않아도 되겠군, 그런 생각을 해도 되죠."

"하지만 벅트라우트 씨." 슬레인 백작부인이 자신의 옛 기억을 뒤지며 말했다. "젊은 시절엔 위험하게 사는 걸 즐기잖아요. 그런 삶을 원하니까 겁을 먹지 않죠."

"그래요. 맞아요." 벅트라우트 씨가 말했다. "나도 젊었을 땐 경기병이었어요. 멧돼지 사냥을 무엇보다 즐겼죠. 슬레인 백작부인, 내 장담하는데, 멋진 멧돼지 어금니가 나를 향해 돌진할 때가 내 인생의 절정이었어요. 지금도 어금니 몇 쌍이 집에 걸려 있는데, 언제 부인께도 보여드리고 싶군요. 하지만 난 야망이 없었어요. 군인으로 성공하겠다는 야망이 없었죠. 내 부대를 호령하고 싶은 마음이 일절 없었어요. 그래서 당연하게도 전역을 했죠. 그 이후로 사색의 즐거움이 활동의 즐거움보다 더 크다는 사실을 알게 되었고요."

묘하게 부자연스러운 그의 어휘에 경기병이었던 벅트라우트 씨의 모습이 떠올라 좀 우스웠지만 슬레인 부인은 그런 감정을 내비치지 않도록 조심했다. 그에게 군인으로서의 야망이 전혀 없었다는 사실은 쉽게 믿을 수 있었다. 그가 아주 마음에 들었다. 이렇게 두서없이 이어지는 대화가 그녀로서는 처음 맛보는 호사였지만, 그래도 실질적인 절차는 일깨워줘야 했다. "그런데 이제 집 이야기를 해보죠, 벅트라우트 씨." 얼마 전 보석이 다 옮겨지는 과정을 지켜본 뒤 캐리가 자신과 관련된 주제로 다시 돌아갈 때 그랬듯이 그녀가 입을 열었다. 예전 총독 부인의 태도로 돌아가 벅트라우트 씨를 덤불숲의 멧돼지 사냥에서 햄프스테드의 셋집으로 끌고 온 것이다. "집이 마음에 들어요." 슬레인 백작부인이 그렇게 말하고는 미소로 총독 부인의 태도를 지우며 덧붙였다. "보아하니 당신도 저를 세입자로 들일 생각이고요. 그런데 처리할 일이 있잖아요? 집세는 얼마인가요?"

그가 깜짝 놀라는 표정을 보였다. 그동안 멧돼지 사냥을 하느라 여념이 없었던 모양이었다. 경기병 시절로 되돌아간 까닭에 집주인이자 중개인으로서의 역할을 잊었던 것이다. 그가 이번엔 손가락을 코에 가져다 대고는 호기심을 내보이며 슬레인 백작부인을 쳐다보더니 잠시 생각할 시간을 가졌다. 아직 남아 있는 사업가 기질이 그를 잡아끌고 머릿속의 특정한 줄을 잡아채기는 했지만 그런 주제가 도무지 달갑지 않은 모양이었다. 당연하지만 그는 집세가 별로 중요하지 않은 세상에서 살았다. 슬레인 백작부인도 마찬가지였고. 그러니 집세를 논의하기에 그보다 더 어울리지 않는, 그러면서도 동시에 더 잘 어울리는 한 쌍을 상상하기란 힘들었다. "집세, 집세라……." 가물가물한 외국어 단어를 떠올리는 사람처럼 벅트라우트 씨가 말했다.

그러더니 문득 얼굴이 밝아지면서 활달하게 말했다. "아, 그렇죠. 집세. 1년 단위로 계약하시겠어요?" 50년을 거슬러 경기병으로 멧돼지 사냥을 하던 시절로 갔다가 다시 돌아와 어휘를 되찾은 그가 물었다. "1년 이상의 계약이 부인께는 거의 의미가 없겠죠. 언제라도 집을 비우게 될 테고, 그러면 상속인들은 이 집을 떠맡기를 바라지 않을 테니까요. 그런 점을 고려하면 만족스러운 합의에 이를 수 있겠네요. 나는 세입자가 잠깐 살았다가 내 집을 돌려주는 게 좋아요. 슬레인 백작부인, 제가 개인적으로 부인을 아주 좋아하기는 하지만, 그것도 돌연 그렇게 되었지만, 이 집이 오래지 않아 다시 내 수중에 들어온다고 생각하는 게 좋습니다. 그런 면만으로도 부인이 제 세입자로 안성맞춤인 거죠. 물론 다른 면도 있지만(이 세상 삶이 으레 그렇듯이) 사무를 처리하는 지금 당장은 그런 건 무시해야 하니까요. 다른 면이란 순전히 감상적이거든요. 그러니까 지금 이 집의 거주자인 부인을 상상하고(중개인이 아닌 집주인으로 말입니다) 이해력 넘치는 당신 앞에서 내가 몇 가지 증명을 해 보일 기분 좋은 오후의 차담을 기대한달까. 그런 고려 사항은 당장은 좀 치워놓아야 한다는 거죠. 지금은 집세를 논의해야 하니까요." 그가 발끝을 세워 앞으로 내밀었다가 다시 정신을 차리고는 발을 제자리에 가져왔다. 그러고는 흐뭇하고 의기양양한 눈빛으로 슬레인 백작부인을 곁눈질했다.

섬세하면서도 멋지게 돌려 말했다고 슬레인 백작부인은 생각했다. 언제라도 관 속에 들어가 이 집을 나갈 수 있으니 1년 이상의 계약을 할 필요가 없다는 거지. 하지만 저이가 나보다 먼저 세상을 뜨면 어쩌지? 물론 나도 아주 늙은 몸이지만 분명 저 양반도 나만큼 늙어 보이니 말이야. 어차피 죽을 날이 얼마 안 남은 사람끼리 말을 가려서 하는 게 더 우스꽝스럽지 않나? 하지만 임박한 죽음이 아무리 가슴을 짓눌러도 기꺼이 죽음이라는 주제를 입에 올리는 사람은 아무도 없지. 그래서 슬레인 백작부인은 벅트라우트 씨의 주장에 있을 수 있는 오류를 지적할 마음을 접고 그저 이렇게만 말했다. "저도 1년 계약이 좋아요. 그런데 아직 집세에 대한 답은 안 하신 거죠?"

그렇게 구석에 몰린 벅트라우트 씨는 당황한 기색이 역력했다. 비록 집주인이자 중개인이지만, 그는 자신의 환상이 파운드와 페니 수준으로 떨어지는 걸 질색하는 부류였다. 게다가 이미 슬레인 부인을 세입자로 결정하지 않았는가. 그가 즉답을 피하며 물었다. "글쎄요, 슬레인 백작부인. 이런 식으로 다시 묻고 싶습니다. 집세로 얼마를 낼 마음이신가요?"

또 절묘하게 돌아가는군. 슬레인 백작부인이 생각했다. 집세로 얼마를 낼 수 있냐고 묻지 않았으니까. 구애하는 두 마리 비둘기처럼 이렇게 서로 빠져나가고 교묘하게 말을 받아넘기는 일은 점점 우스꽝스러워졌다. 헨리라면 둘 사이에 벼락같이 끼어들어 냉정한 분별력의 도끼로 이 상황을 쪼개버릴 것이다. 하지만 그녀는 특이한 이 남자가 좋았다. 그리고 캐리가 함께 오겠다는 걸 만류해서 다행이다 싶었다. 진심으로 다행스러웠다. 캐리라면 제 아비처럼 무지막지하게 끼어들었을 테니까. 갈색 유리로 만든 작은 선박처럼 재빠르고 절묘하게 둘 사이에 자라난 관계를 산산조각 냈을 테니까. 튜브에서 나온 유리가 공기와 만나자마자 각 부분이 바로 굳었지만, 여전히 금방이라도 부서질 듯 불안정해서 잘못된 방식으로 천상의 물결과 부딪히면 산산이 부서질 수 있는 관계. 슬레인 백작부인이 움찔하며 액수를 댔는데, 너무 큰 액수였다. 그에 벅트라우트 씨가 액수를 반으로 줄였는데, 그건 너무 적었다.

하지만 두 사람은 곧 합의에 이르렀다. 모두가 그런 식으로 거래하지는 않을지 몰라도 두 사람에게는 아주 어울리는 방식이었고, 그래서 흡족한 마음으로 헤어졌다.

캐리는 어머니가 집과 관련해서 이상하게 말을 삼간다는 것을 알아차렸다. 그래, 집을 보았단다. 그래, 중개인을 만났지. 그래, 그 집에 세를 들기로 했다. 1년 계약으로. 캐리가 버럭 소리를 질렀다. 아니, 그다음에 더 좋은 세입자가 생겨 중개인이 나가라고 하면 어쩌려고요? 슬레인 백작부인은 현명한 미소를 지었다. 중개인이 나를 쫓아내는 일은 없을 거란다. 하지만 중개인이란 끔찍하도록 탐욕스러운 인간들이에요. 캐리가 말했다. 당연한 일이지만, 뭐든지 그악스럽게 움켜쥐어야 하는 사람들이니까. 그런데 1년 뒤에 다른 집을 알아보지 않아도 된다는 어떤 보장이라도 받은 거예요? 슬레인 백작부인은 그런 일은 전혀 없을 거라고 대답했다. 벅트라우트 씨는 그런 사람이 아니라고. 좋아요, 하지만. 역정이 난 캐리가 말했다. 벅트라우트 씨도 먹고살아야 하잖아요. 안 그래요? 사업은 자선이 아니라고요. 그러더니 집수리나 장식이나 그런 문제도 다 협의가 된 거냐고 물었다. 계약을 뭘 어떻게 해보겠다는 마음을 버리고 다른 문제로 훅 넘어간 것이다. 도배나 도료를 바르는 일이나 지붕 누수, 이런 건 다 어떻게 하기로 했어요? 그런 문제는 생각해봤어요? 오랫동안 어머니의 일을 대신 처리했던 캐리는 진정으로 원통하고 불안해서 미칠 지경이었고, 그 분노를 마음껏 발산할 수 없으니 더 그랬다. 여든여덟 살 노인이 난데없이, 여든여덟이 되었으니 이제부터 내 일은 내가 알아서 하겠다, 그렇게 나오면 더 이상 사리에 맞게 권한을 행사할 수가 없으니 말이다. 어머니가 그렇게 나오는 일은 절대 없으리라고 캐리는 확신했다. 어머니의 삶에서 그렇게 밀려나 너무 놀라기도 했지만, 구해낼 수도 없을 가장 몹쓸 진흙탕으로 곧장 뛰어드는 어머니를 보며 진정 걱정스러웠다. 그사이 슬레인 백작부인은 벅트라우트 씨가 목수와 도장공과 배관공과 실내장식 일꾼을 대신 알아봐주기로 약속했다고 차분히 대답했다. 걱정해주는 건 고맙지만 그럴 필요 없단다. 내가 벅트라우트 씨와 다 알아서 할 거니까.

캐리는 거기 대고 '견적서'라는 말을 꺼내봐야 부질없다고 여겼다. 어머니가 자신에게서 훌쩍 벗어나 분별력이 아닌 감성이 지배하는 세계로 가버린 듯했다. 당연히 다른 사람들도 모두 선의로 서로를 배려하겠거니 가정하는 세계. 캐리도 잘 알다시피, 이 행성의 그 무엇과도 전연 관련 없는 그런 세계. 귀금속에 별나도록 무심하고 둔감한 특성과 똑같은 맥락이었다. 정신이 제대로 박힌 사람치고 5000파운드, 아니 7000파운드어치는 될 귀금속을 그런 식으로 넘겨줄 사람이 어디 있단 말인가? 지각이 멀쩡하다면 캐리와 러비니어에게도 적어도 얼마간 주어야 한다는 사실을 인식하지 못하는 사람이 어디 있겠는가? 두말할 필요 없이 이디스에게도. 그들이라면 이디스에게야 브로치 하나 정도는 전혀 아까워하지 않고 줄 것이다. 결국 이디스야말로 아버지의 딸이었으니까. 하지만 어머니는 그것이 다 쓸모없는 잡동사니라도 되는 양 전부 치워버렸다. 지금 어머니 자신과 어머니가 가진 돈을 몽땅 벅트라우트라는 늙은 사기꾼에게 넘겨준 것처럼.

그 문제를 형제자매들에게 한도 끝도 없이 반복적으로 늘어놓고 나니 캐리는 한결 마음이 편해졌다. 그렇게 연대감도 견고해졌다. 모두들 차 탁자를 둘러싼 모임을 대단히 즐겼다. 차는 그들이 가장 좋아하는 식사(아마 돈이 가장 적게 들어서)였고, 예전에 했던 이야기를 아무리 몇 번이고 반복해도, 심지어 똑같은 문구를 써도 아무도 개의치 않았다. 들을 때마다 상황을 밝혀주는 무슨 새로운 사실을 발견하기라도 한 듯 고개를 주억거리며 새삼스레 맞장구를 쳤다. 캐리와 형제자매들은 자기주장을 거듭할수록 무척 안심이 되었다. 어떤 말이든 아주 자주 반복하다보면 사실이 된다. 비슷한 형태의 말뚝을 충분히 준비해 망치로 두드려 박아 삶의 맹렬한 위험과 자신들 사이에 방책을 세웠다. 아버지가 돌아가신 뒤 장례가 끝날 때까지 지배적이었던 "어머니는 경이로워"라는 말이 "하여튼 어머니는 실질적인 문제에서는 완전 젬병이셔"라는 말로 빠르게 대체되었다. 하지만 그 말을 하고 나면, 윌리엄과 러비니어가 사는 퀸스 게이트에서, 캐리와 롤런드가 사는 로어 슬론 스트리트에서, 찰스의 아파트가 있는 크롬웰 로드에서, 허버트와 메이블이 사는 카도건 스퀘어에서 가상할 정도로 끈덕지게 거듭 그 말을 하고 나면, 젬병일 수밖에 없는 상냥한 어머니를 달리 어떻게 해볼 도리가 없다는 사실에 맞닥뜨렸다. 늘 남들이 하자는 대로 따르던, 그렇게나 고분고분하던 어머니가 자식들을 완전히 나가떨어지게 했다. 어머니와 햄프스테드의 어머니 집과 어머니의 벅트라우트 씨가. 어느 자식도 벅트라우트 씨를 보지 못했다. 만나볼 기회조차 얻지 못했다. 차로 모셔다드리겠다고 한 캐리조차 거절당했다. 그를 볼 수 없다는 사실은 타오르는 그들의 불신에 더욱 기름을 부을 뿐이었다. 그는 '어머니를 손안에 넣은 그 남자'가 되었다. 슬레인 백작부인이 이미 진주와 옥과 루비와 에메랄드를 몽땅 아무렇게나 줘버리지 않았다면, 벅트라우트 씨 말 한마디에 모두 그에게 넘겨주리라 의심했을 것이다. 집 계약도 불분명하고, 목수니 도장공이니 배관공이니 실내장식을 도와주겠다는 것도 그렇고, 벅트라우트 씨가 사기꾼이 아니면 뭐겠는가? 아무리 잘 봐줘도 캐리와 형제자매들에게 그의 동기는 '수수료'라는 불길한 단어로 귀결되었다.

그사이 벅트라우트 씨는 고셰런 씨의 도움을 확보했다.

"슬레인 백작부인이 지위는 무척 높지만 재산은 별로 많지 않다는 점을 알아야 해요." 그 존경할 만한 상인에게 벅트라우트 씨가 말했다. "귀족이라면 다들 풍족하려니 당연시하는 건 안전하지 않아요, 고셰런 씨. 남편이 인도 총독에 영국 수상까지 지냈다고 해서 그의 유족이 부유한 것은 아니니까요. 이 나라의 공직이 움직이는 원칙은 아주 달라요, 고셰런 씨. 그러니까 당신 몫으로 어느 정도 남기는 선에서 견적을 가장 낮게 잡는 일이 당신의 임무입니다. 중개인이자 동시에 집주인으로서 내가 그런 분야에 경험이 좀 있어요. 그래서 마치 내 일처럼 슬레인 백작부인의 견적서를 확인할 거니까 그렇게 알아둬요."

고셰런 씨는 백작부인을 이용해먹을 의도는 꿈에도 없다고 벅트라우트 씨에게 장담했다.

고셰런 씨를 처음 봤을 때부터 저누는 그가 마음에 들었다. "일머리가 있는 분이시더라고요. 예를 들어 커튼 무게가 어느 정도인지도 알아요. 페인트가 뭉치지 않게 칠하는 법도 알고." 그녀가 말했다. "제대로 일하는 게 전 좋더라고요. 너무 비싸지 않으면서도 싸구려 엉망진창도 아닌." 그렇게 덧붙였다. 저누와 슬레인 백작부인은 캐리에게서 벗어나 벅트라우트 씨와 고셰런 씨와 함께 아주 행복한 나날을 보내고 있었다. 슬레인 백작부인은 어딜 보나 고셰런 씨가 마음에 들었다. 생긴 모습까지도. 무척 점잖게 생겼고, 한결같이 낡은 중절모를 쓰고 다녔다. 오래되어 녹색빛이 도는 그 모자를 집 안에서도 벗는 일이 없었는데, 슬레인 백작부인에게 경의를 표할 때면 챙 뒤쪽을 살짝 들어 올려 앞으로 기울였다가 다시 제자리로 돌려놓곤 했다. 그렇게 모자를 까딱일 때마다 원래 갈색이었지만 이젠 가늘고 푸석해진 백발이 엉클어져서 뒤쪽으로 몇 가닥이 삐쳤는데, 슬레인 백작부인은 거기에서 눈을 뗄 수 없었지만 정작 본인은 그 사실을 알지 못했다. 그는 늘 귀 뒤에 연필을 끼고 다녔다. 부드러운 심이 박힌 두꺼운 연필이라 나무판 위에 표시를 하는 용도가 아니라면 다른 쓸모가 없기도 했지만, 슬레인 백작부인은 그가 머리를 긁는 일이 아닌 다른 용도로 연필을 쓰는 것을 본 적이 없었다. 그를 보자마자 그녀는 그가 자신이 주관하지 않는 일이라면 하나같이 흠잡는 수공업자임을 알아보았다. "그것 참 형편없는 장치군." 취사용 화덕의 통풍 조절기를 살펴보던 고셰런 씨가 중얼거렸다. 언제나 자신이 그 일을 맡았다면 훨씬 더 잘해냈으리라는 뜻을 은근히 전하고자 했다. 그와 동시에 자신처럼 숙련된 사람은 제대로 고칠 수 있다는 암시도 담았다. 아무리 엉망이라도, 아주 만족스럽지는 못하겠지만 얼마간 개선할 수 있다고 말이다. 대개는 말이 없었고, 벅트라우트 씨와 함께 있으면 좀 주눅이 들었다가도 가끔 버럭 화를 내곤 했다. 석면 지붕을 얹은 조립식 단층집을 두고 분노를 터뜨릴 때처럼 그가 그렇게 성을 낼 때면 슬레인 백작부인은 특히 신이 났다. 워낙 드문 일이라 더욱 소중했다. "다들 어떻게 아름다움을 모른 채 살 수 있는지 도대체 이해할 수가 없어요, 백작부인." 그가 말했다. 고셰런 씨는 물론 떡갈나무 목재를 더 좋아하지만 잘 맞기만 하면 전나무 목재에서도 아름다움을 볼 수 있는 사람이었다. "페인트칠로 나뭇결을 다 덮어버리는 사람들이 있으니 말이에요." 그가 말했다. 고셰런 씨는 젊지 않았다. 적어도 일흔 살은 되었겠지만, 그의 전통은 100년은 더 거슬러 올라갔다. "저놈의 대형 트럭 때문에 벽이 다 흔들린다니까!" 항상 진보적이었던 헨리 슬레인은 대형 트럭에서 아름다움을 보았다. 고셰런 씨가 잘 다듬은 목재에서 아름다움을 보듯이. 오랫동안 충성스럽게 대형 트럭의 아름다움에 맞춰보려 노력했던 슬레인 백작부인은 이제 거기서 벗어나 훨씬 마음에 드는 가치 체계로 되돌아온 기분이었다. 빈틈없고 다부지게 맞장구를 치며 따라다니는 저누를 뒤에 달고는 벅트라우트 씨와 고셰런 씨와 함께 느긋하게 몇 시간이고 즐길 수도 있었다. 갈색 종이 안감을 버스럭거리며 두 발을 단단하게 딛고 선 저누는 원칙상 거의 모든 사람을 못마땅해하면서 평생을 살았지만 벅트라우트 씨와 고셰런 씨는 마음에 들다못해 사랑스럽기까지 했다. 마님의 자식들과는 어쩌면 저렇게 다른지! 당혹스러울 정도로 다른데 아주 흐뭇하다니까! 그래도 그런 자식들에게 경외심을 품고 있었다. 두 노신사는 만사를 슬레인 백작부인이 원하는 대로 갖춰주기 위해 진심으로 애쓰면서도 비용은 가능한 한 아끼려 했다. 그녀가 욕실에 유리 선반을 달면 좋겠다거나 다른 바람을 슬쩍 비치면, 두 사람은 공모의 눈길을, 때로 윙크를 주고받고는 으레 한번 해보겠다고 대답했다. 마님을 대하는 그런 태도가 저누는 좋았다. 사심 없는, 소중하고 연약한 존재, 본인이 직접 나서서 주장하는 법이 없으니 그 권리를 주변에서 지켜줄 필요가 있는 존재로 대하는 태도. 지금껏 그 누구도 그녀를 그런 식으로 대하지 않았다. 물론 백작은 아내를 사랑했고, 어떤 어려움도 없도록 늘 지켜주었지만(상대가 누구든 정말 멋지게 예의를 갖추는 분이었다), 본인의 인성이 워낙 압도적이라 주변 사람들은 자연스레 그 그늘에 가릴 수밖에 없었다. 자식들 역시 어머니를 사랑했다. 혹은 예순 살이 넘은 자식이라도 어머니를 사랑하지 않는 것을 상상할 수 없는 저누는 그렇다고 보았다. 그럼에도 저누는 간혹 자식들이 어머니를 대하는 태도가 영 마음에 들지 않았다. 예를 들어 캐리는 얼마나 제멋대로인지, 아무 때나 엘름 파크 가든스에 들이닥치는 모습만 봐도 소심한 늙은 부인은 발발 떨었다. 가려져 있지만 성마른 기색이 그 딸의 말투에서 드러나는 경우는 아주 잦았다. 게다가 저누의 생각으로는, 이디스와 케이를 빼고는 다들 너무 활기가 넘쳤다. 가엾은 어머니를 부산스럽게 이리저리 데리고 다니며 왁자지껄 떠들면서 어머니의 기력도 당연히 자신들과 똑같으려니 했다. 한번은 슬레인 백작부인이 윌리엄과 외출하면서 택시를 타자고 했다. 그런데 윌리엄은 아니라고, 버스를 타도 된다고 말했고, 저누는 현관문을 붙들고 서 있다가 하마터면 자기 지갑을 꺼내 윌리엄에게 18펜스를 건네줄 뻔했다. 지금 생각해보니 실제로 그렇게 했다면 그 역설적인 상황이 얼마나 재미났을까 싶었다. 여든여덟 살 먹은 노인네를 예순다섯밖에 안 된 것처럼 대하는 것은 사리에 맞지 않았다. 슬레인 백작부인보다 겨우 두 살 어린 저누는 엘름 파크 가든스의 현관에서 비 오는 날 외출하는 슬레인 백작부인에게 덧신을 신기고 우산을 들려주면서 자꾸 부아가 치밀었다. 코끼리 위에 앉으면 하인이 뒤에서 머리 위로 양산을 들어주던 생활에 익숙했던 백작부인이었음을 고려하면 더더욱 옳지 않았다. 저누는 엘름 파크 가든스보다 캘커타가 더 좋았다.

그런데 벅트라우트 씨와 고셰런 씨 덕에 마침내 햄프스테드에서 합당한 분위기가 정착될 수 있었다. 별로 대단하지는 않았다. 부관도 없고 제후들도 없었다. 그렇게 대단하지는 않아도, 마땅히 그래야 하듯이 따스했고 다정했고 공손했고 빈틈없었고 관대했다. 저누가 보기에 벅트라우트 씨가 자기 생각을 표현하는 방식은 극히 기품 있었다. 분명 별나기는 했지만 신사였다. 진짜 신사. 생각하는 게 기이하면서도 멋졌다. 절대 서두르는 법이 없었다. 일 이야기를 하다 말고 갑자기 데카르트나 만족스러운 패턴의 특질 같은 주제를 끄집어냈다. 여기서 패턴이라는 것은 벽지 무늬가 아니라 삶의 패턴을 뜻한다. 고셰런 씨도 절대 서두르는 법이 없었다. 이따금 어떤 의견을 전달하고 싶으면 중절모 뒤쪽을 들어 올리고 연필로 머리를 긁적였다. 말수가 적었고 말을 할 때도 나직한 목소리였다. 그는 현대에 들면서 쇠퇴하는 수공업을 한탄했다. 조합의 일꾼을 고용하지 않고, 대부분 자신이 직접 가르친 일꾼들로 모았다. 그러다보니 어쩔 수 없이 다들 나이가 많아서 저누는 간혹 그들이 일하다가 사다리에서 떨어지지는 않을지 걱정했다. 일꾼들도 백작부인의 비위를 맞추는 공모에 함께했다. 백작부인이 도착하면 다들 환한 미소로 반기며 모자를 벗었고, 거치적거리지 않게 페인트 통을 치웠다. 이렇게 여유로운 분위기가 집 안에 가득했지만 작업은 꽤 빠르게 진척되었고 백작부인이 햄프스테드에 올 때면 늘 작은 감동거리가 마련되어 있었다.

벅트라우트 씨는 작은 선물을 주기도 했다. 워낙 그런 면에 민감한 백작부인 쪽에서 당황하지 않고 받을 수 있을 만한, 값비싸지 않은 소소한 선물로 한정했지만 말이다. 때로는 정원에 심을 화초였고, 때로는 신기한 광채를 내뿜는 꽃병이 빈방 창틀에 놓여 있었다. 아직 탁자나 다른 가구가 없어서 창틀에 놓을 수밖에 없었다고 그가 설명했다. 하지만 백작부인의 짐작으로는, 사실 세입자가 도착하기로 한 바로 그 시간에 햇빛이 들어오는 자리가 창틀이라 그러지 않았을까 싶었다. 가끔 반 시간쯤 늦게 도착해서 그의 애를 태우기도 했지만 그런다고 물러설 그가 아니었다. 한번은 7센티미터 남짓 떨어진 자리에 생긴 동그란 물 자국 때문에 들통이 나기도 했다. 그녀가 늦어지자 다시 위층으로 올라가 햇빛에 맞춰 꽃을 옮겨놓았던 것이다. 자신의 짐작이 맞아떨어지자 퍽이나 즐거운 마음이 드는 걸 보니 늙으면 아주 작은 즐거움에도 만족하는 모양이라고 백작부인은 생각했다. 피로하고 허약하고 금빙이라도 세상을 뜰 준비가 되어 있지만, 여전히 벅트라우트 씨나 고셰런 씨와 함께 축소된 소소한 놀이를 하며 재미를 느낄 수 있었다. 희미해지는 음악에 맞춰 미뉴에트 춤을 춘다고도 할 수 있었는데, 작위적일지는 몰라도 자식들과는 여태껏 이루지 못한 어떤 현실을 상징했다. 방식은 작위적일지 몰라도 그것을 만들어낸 마음에 현실성이 있는 것이다. 정중함이 진정한 존경에서 우러났기에 순전히 작위적이지는 않았다. 더 깊은 감정을 전달할 수 있는 형식인 점잖고 은근한 품위가 된 것이다.

세 사람은 다들 나이가 너무 많아 예리하게 느낄 수는 없었다. 경쟁하고 우회하며 점수를 낼 수는 없었다. 남성은 허리 숙여 인사하면서 정중하게 상대 여성을 알아봐주고, 여성은 머리가 날리지 않을 정도로만 부채질을 하는, 미뉴에트라는 예전 방식에 기댈 뿐이었다. 이제는 뭐든지 너무 잘 알아서 상징이 아니라면 표현할 수 없는 시기, 그것이 노년이었다. 경계를 허무는 감정이 지글지글 끓으며 주조 틀에서 쏟아져 나오는 시절, 복잡하고 모순된 욕망으로 가슴이 찢어질 듯한 그런 시절은 다 지나갔다. 이제 남은 것이라고는 단색의 풍경뿐이었다. 다 똑같은 모양에 색채도 바래 흐려지고, 말 대신 동작만 남았을 뿐이었다.

그사이 벅트라우트 씨는 소박한 공물을 가져왔고, 그것이 꽃일 때 백작부인은 제일 좋아했다. 그녀가 서서히 알게 된 바에 따르면 벅트라우트 씨는 소소한 재능이 무척 많았는데, 꽃다발을 만드는 재능도 상당했다. 색과 형태를 아주 대담하고도 의외의 방식으로 조합해 생화 다발이라기보다는 정물화 같고, 그러면서도 그림에 비할 수 없는 생기를 지닌 결과물을 내놓았다. 창틀에서 햇빛을 받아 환하게 빛나면, 주변에 맨 나무와 회반죽뿐이라 더욱 환하게 빛날 때면 그 질감의 빛이 외부가 아닌 내부에서 발산되는 것 같았다. 독창성이 떨어지는 법도 없어서 이번 주에는 온통 푸른색과 자주색과 귤색으로 집시처럼 현란한 꽃다발을 만드는가 하면, 다음 주에는 장밋빛과 회색을 주조로 하여 노란색을 살짝 더하고 크림색 기미가 도는 솜털 같은 가지를 넣어 파스텔 톤의 얌전한 꽃다발을 만들었다. 화가가 될 수도 있었을 슬레인 백작부인은 그런 효과를 충분히 감상할 줄 알았다. 벅트라우트 씨를 예술가라고 말했다. 저누는 탁자에 꽃잎이 떨어지고 결국 쓰레기통에 버려져 축축하고 지저분한 쓰레기가 될 뿐이라 꽃을 그다지 좋아하지 않았지만, 그런 저누조차 하루는 이렇게 말했다. "저분은 꽃집을 하셔야 했어요."

자신이 애써 장만한 선물의 진가를 상대가 알아보는 것을 깨닫자 그의 공물은 조금씩 더 친밀한 성격을 띠었다. 화병에 꽃을 꽃다발이 슬레인 백작부인의 어깨에 꽂을 작은 꽃다발로 바뀌었다. 처음에는 약간의 어려움이 있었다. 노신사를 실망시키고 싶지 않아 레이스와 주름 장식 아래를 열심히 뒤졌지만 핀을 찾을 수 없었기 때문이다. 이후부터 그는 줄기를 은색 종이로 감싸고 거기에 커다란 검은색 핀을 꽂아서 주었고, 슬레인 부인은 미리 핀을 준비해놓기는 했지만 고분고분 그의 핀을 이용했다. 그들의 관계는 그런 암묵적이고 상호적인 작은 배려로 가득했다.

어느 날 그녀는 왜 자신을 위해 수고를 마다하지 않느냐고 그에게 물었다. 어째서 직접 나서서 고세런 씨를 데려오고 그의 견적서를 감독하고 작업 과정을 꼼꼼히 살펴보느냐고. 아무리 집주인이기는 해도 중개인이 그렇게까지 하는 건 관례적인 일이 아니지 않느냐고 했다. 벅트라우트 씨는 순간 아주 심각해졌다. "그러잖아도 그런 질문을 받지 않을까 싶었는데, 해주어서 다행입니다." 그가 말했다. "오해의 덤불숲에 밝은

빛을 비추는 일은 언제나 찬성이거든요. 부인 말씀이 맞아요. 관례적이진 않죠. 내게 달리 할 일이 거의 없기 때문이라고 해두죠. 부인께서 반대하지 않는 한에서 그렇게 할 일이 마련되어 감사한 마음이라고요."

"아니, 그런 이유는 아니죠." 슬레인 백작부인이 조심스럽지만 단호하게 말했다. "왜 이렇게까지 내 일에 관심을 쏟는 거죠? 보다시피 벅트라우트 씨 당신은 고셰런 씨를 관리할 뿐 아니라(사실 고셰런 씨는 내가 지금껏 만난 어떤 장인보다 관리가 필요하지 않은 사람인데 말이죠) 처음부터 내가 신경 쓰지 않도록 노심초사했잖아요. 내가 실질적인 문제에 그다지 밝지 못할지는 모르지만, 보통은 일이 당신 방식대로 이루어지지 않는다는 것을 알 만큼은 세상사를 알아요." 그녀가 매력적인 미소를 보이며 말했다. "게다가 내 딸 캐리가…… 아니, 내 딸 캐리는 됐어요. 어쨌든 좀 어리둥절하고, 또 궁금하기도 한 건 사실이에요."

"당신이 나를 숙맥으로 여기는 건 원하지 않아요, 슬레인 백작부인." 벅트라우트 씨가 아주 엄숙하게 말했다. 속마음을 털어놔도 될까 따져보듯 잠시 망설이더니 다시 웅변조로 말을 쏟아놓았다. "난 숙맥도 아니고 순진한 노인네도 아닙니다. 난 순진함이나 그런 같잖은 것들을 싫어해요. 세상을 있는 그대로 받아들이지 않는 사람들을 보면 짜증부터 일어요. 안됐지만 세상은 참 끔찍합니다, 슬레인 백작부인. 아등바등 경쟁하는 삶에 기초한 사회이니 끔찍하지요. 그렇게 사는 것이 관습에서인지 필요에서인지는 정말 모르겠어요. 그것은 기이한 망상일까요, 아니면 삶의 법칙일까요? 혹시 동물적 법칙이라 문명이 발달하면 종국에는 거기서 벗어날 수 있을까요? 지금으로서는 인간의 계산이 근본적으로 잘못된 수학 체계에 근거하고 있다는 것이 내 생각입니다, 슬레인 백작부인. 계산의 답이 자기 목적에는 제대로 부합하겠죠. 자기 전제를 받아들이게 하려고 이 지구를 닦달하고 잔뜩 쑤셔 넣었으니까요. 다른 법칙에 따라 따져보면, 비록 답은 여전히 옳을지라도 그 전제들은 말이 안 돼요. 기발하기는 하지만 말이 안 되죠. 어쩌면 언젠가 진정한 문명이 개입해서 우리의 답 전부에 '오답'이라고 적을지도 모르죠. 하지만 아직도 갈 길이 멀어요. 한참 멀었죠." 그가 고개를 절레절레 흔들고 발끝을 세우더니 상념에 젖었다.

자기 이론에 빠진 그를 다시 깨워야겠다는 생각에서 슬레인 백작부인이 물었다. "그렇다면 이 기이한 망상을 거스르는 사람은 누구든 문명의 지속을 돕는 거라는 생각인가요?"

"그래요, 슬레인 백작부인. 확실히 그런 생각이죠. 하지만 지금과 같은 방식의 세상에서 그런 호사를 누릴 수 있는 사람은 시인이나 나이 든 사람뿐이에요. 전역한 뒤 처음 사업을 시작했을 때는, 장담하는데 저도 맹렬했어요. 맹렬하다, 이 말 외에는 달리 표현할 말이 없어요. 아무도 나를 이길 수 없었죠. 게다가 엄격하게 행동할수록 더 존경받았어요. 내가 당신의 호적수임을 알려주는 일만큼 금세 동료들의 존경을 얻을 수 있는 일도 없죠. 다른 방법으로도 결국 존경을 얻을 수 있긴 하겠지만, 지름길로 치자면 내 값을 높이 부르고 다들 그것을 받아들이도록 만드는 방법만 한 것이 없어요. 겸손함, 온건함, 배려, 친절함, 그런 것들 다 소용없어요. 전혀 득이 되지 않아요. 만약 부인이 내 예전 직장 동료를 만난다면, 내가 한창때는 일반적인 거물이었다고 얘기할 겁니다."

"그러면 무자비함이라는 그 원칙을 언제 단념한 건가요, 벅트라우트 씨?" 슬레인 백작부인이 물었다.

"내가 내 자랑을 한다고 보는 건 아니죠, 백작부인?" 벅트라우트 씨가 상대를 살피며 물었다. "이런 이야기를 늘어놓는 이유는 단지 순진함이 내 약점이 아니라는 것을 알아주었으면 해서입니다. 말했다시피 날 숙맥으로 여기면 안 되니까요. 그 원칙을 언제 단념했냐고요? 음, 난 기간을 정했어요. 예순다섯 살이 되면 엄밀한 의미의 사업에서는 손을 떼겠다고요. 예순다섯 번째 생일날, 정확히 말하면 예순여섯 살 생일이지요. 아침에 눈을 떴을 때 난 자유인이었어요. 내가 해온 일이란 언제나 자기 단련이었지 내 의향이 아니었거든요."

"하지만 이 집은요?" 슬레인 백작부인이 물었다. "30년 동안 마음에 들지 않는 세입자는 아예 들이지 않았다고 했잖아요. 틀림없이 그것도 의향이었겠죠? 사업이라고 말할 수는 없잖아요?"

"아, 부인은 너무 예리해요." 벅트라우트 씨가 코에 손가락을 갖다 대며 말했다. "기억력이 너무 좋아요. 하지만 너무 가혹하게 그러지 말아요. 내게 이 집은 언제나 한 조각 어리석음이었어요. 아니면 한 조각 제정신이라고 해야 할까요? 난 정확한 표현을 좋아하거든요. 부인이 사람을 골려먹기를 좋아한다는 걸 알겠어요. 무례하게 굴려는 것이 아니에요. 여성들이 우리를 골려먹지 않으면 우리는 제 잘난 맛에 취할 위험에 빠지니까요. 내 마지막 시간을 이 집에서 보내고 싶다는 마음이 항상 있었어요. 그러니 응당 마뜩잖은 영향으로 이 집 분위기를 더럽히고 싶지 않은 거죠. 이미 알아챘겠지만, 당연히 알아챘겠죠, 이 집에는 묘하게 완숙하면서도 무심한 분위기가 있어요. 그런 분위기를 유지하기 위해 무척 신경을 썼어요. 분위기를 새로 만들어낼 수 없을지라도 누구도 망치지 않게 지킬 수는 있으니까요."

"하지만 당신이 이 집에서 살고 싶은 거라면." 상대가 손을 올리며 말을 바로잡으려 하자 슬레인 백작부인이 말을 바꾸어 다시 물었다. "그래요. 이 집에서 죽고 싶은 거라면, 왜 내게 세를 주었나요?"

"오, 당신에게 세를 준다고 내 계획에 차질이 생길 것 같진 않으니까요." 벅트라우트 씨가 달래듯이 예사롭게 대답했다.

벅트라우트 씨는 정중한 사람이었지만 이 점에서는 감상

에 휘둘리는 법이 전혀 없었다. 슬레인 백작부인이 이 집에서 살 기간이 얼마 안 될 거라는 사실을 아무런 거리낌 없이 내보였다. 매번 불필요한 지출을 가로막는 것도 (그 나이에는) 그런 돈을 들일 필요가 거의 없다는 판단에서 나온 것이었다. 그녀가 중앙난방을 언급하자 그는 그녀의 마지막 거처인 이 집에서 지낼 겨울이 몇 번 안 될 거라는 사실을 상기시켰다. "물론 사는 동안이라도 편하게 살지 못할 이유는 없지만요." 그러면서도 동조하듯이 그렇게 덧붙였다. 지나가다 그 말을 들은 저누가 자신의 종교를 동원해 노여움을 내비쳤다. "그럼 나리는 천국에는 라디에이터가 없다고 생각하시나요? 주님에 대한 그런 끔찍한 생각을 좀 현대식으로 바꿔야겠는데요." 그럼에도 벅트라우트 씨는 석유난로로도 충분히 따뜻하게 지낼 수 있다는 (자기) 생각을 고집했다. 그는 겨울 한 철에 소비할 등유의 양을 따진 뒤 벽에 배관을 넣고 보일러를 놓는 비용과 비교해 보였다. "하지만 벅트라우트 씨, 집주인이자 중개인인 입장에서는 중앙난방을 놓으라고 오히려 부추겨야 하는 게 아닌가요. 그것이 다음 세입자에게 얼마나 큰 장점이 되겠어요?" 슬레인 백작부인이 악의 없이 말했다. "슬레인 백작부인." 벅트라우트 씨가 대답했다. "다음 세입자에 대한 고려는 현 세입자에 대한 고려와 별개의 영역입니다. 평생 내가 지녀온 규칙이 그래요. 그 덕에 항상 관계를 명확히 분리할 수 있었고요. 난 확실히 경계를 짓는 일이 아주 중요하다고 굳게 믿습니다. 흐리멍덩한 건 질색이에요. 대부분 자기 인생을 전부 흐리멍덩하게 만드는 실수에 잘들 빠지는데, 그래봐야 좋아할 사람도 없어요. 본인들은 말할 것도 없고. 타협이란 무효의 숨결이에요. 살면서 다른 사람 감정을 상하게 하는 일이 아무리 잦을지라도 수많은 사람을 약간씩 기쁘게 하느니 한 사람을 아주 기쁘게 하는 게 낫다는 것이 내 철칙이었어요. 감정을 상하게 한 일이 정말 많았지만 후회스러운 경우는 없어요. 지금 이 순간에 관심을 기울이는 것이 옳다고 믿어요. 인생은 금방 지나가요, 백작부인. 그러니 휭하니 지나갈 때 그 꼬리라도 붙잡아야죠. 어제나 내일은 생각해봐야 아무 소용 없어요. 어제는 지나갔고 내일은 어떻게 될지 모르니까요. 오늘조차 불확실한데 말이죠." 벅트라우트 씨가 자신의 말을 콕 짚어 가리키듯 발끝으로 바닥을 콕 짚으면서 성경 구절을 빗대어 말을 이었다. "내가 너희에게 말하노니, 중앙난방은 들이지 말라. 얼마나 오래 살며 그 이득을 누릴지 알 수 없으니. 다음 세입자야 지옥 불로 몸을 덥히든지 말든지. 내가 여기 있는 건 당신에게 조언을 하기 위해서예요. 그리고 내 조언은 석유난로를 사라, 여러 개 사라는 겁니다. 심지를 자주 갈아야겠지만 그것이면 마지막까지 충분히 따뜻하게 지낼 수 있을 거예요." 그가 발을 바꾸어 짚더니 웅변의 마지막을 장식하듯 외투 뒷자락을 펄럭였다. 고셰런 씨가 민망한지 모자를 앞쪽으로 기울였다.

슬레인 백작부인은 계약이 오래 지속되지 않을 거라는 그의 확신에 두 가지 근거가 있음을 알게 되었다. 그가 추정한 슬레인 백작부인의 나이와 세상의 종말이 임박했다는 그의 예언이었다. 저누와 고셰런 씨는 그런 주제는 되도록 피하면서 각각 리넨 장과 수성도료 이야기를 하고 싶었지만 그는 그들이 있거나 말거나 그 주제에 대한 견해를 진지하게 펼쳐 보였다. 저누의 침대보도 차례를 기다려야 했고, 폼페이언레드나 스톤그레이나 올리브그린이나 쉬림프핑크라는, 축소판 보름달 같은 색색의 작은 원판도 마찬가지였다. 벅트라우트 씨는 워낙 영원성이라는 문제에 푹 빠져 있었기에 리넨 장이나 수성도료에는 건성으로 관심을 보일 뿐이었다. 오 분 정도는 참아줬지만 더 이상은 아니었다. 오 분이 지나면 고셰런 씨에게는 방이 남북으로 긴지 동서로 긴지에 따라 그의 야드 도량법이 달라지냐며 빈정거리고, 저누의 선반에 대해서는 우주 전체가 둥근데 어떻게 저누의 선반이 평형을 이루겠냐며 비꼬았다. 그런 말에 저누와 고셰런 씨는 당황스러워했지만, 그럼에도 저누는 벅트라우트 씨의 학식에 그를 더 존경했고 고셰런 씨의 모자는 거의 코끝까지 내려왔다. 당혹스러워하는 그들의 모습에 벅트라우트 씨는 가학적 즐거움을 느끼며 기고만장했다. 슬레인 백작부인을 지키기 위해 현실적인 사안을 놓치지 않으면서도 그는 그녀가 자기 말을 알아듣는 청중이라는 사실을 잘 알았다. "아는지 모르겠지만 세상의 종말을 예언하는 이론이 적어도 네 가지는 있어요." 집수리가 끝나지 않은 방에서, 도색공들이 이야기를 듣느라 붓을 놀리던 손을 멈춘 사이 그가 말했다. "불로, 홍수로, 꽁꽁 얼어서, 충돌로 인해서. 다른 것도 있지만 다 너무 비과학적이고 개연성이 없으니 무시해도 됩니다. 물론 예언적 숫자도 있지요. 난 숫자가 영원한 조화의 기본 요소라고 믿는데, 그런 만큼 확실한 피타고라스 신봉자라고 할 수 있죠. 숫자는 빈 공간에 존재해요. 우주의 파괴는 상상할 수 있어도 숫자의 파괴를 상상하기란 불가능합니다. 12,960,000이라는 바빌론의 신성한 숫자 같은 기발한 생각이나, 덧셈과 뺄셈을 통해 1843년 3월 21일에 세상이 종말을 맞을 거라고 했던 윌리엄 밀러식의 계산을 믿는다는 말이 아닙니다. 전혀 아니죠. 난 내 나름의 체계를 찾아냈어요, 백작부인. 그리고 장담하건대, 무척 고통스러운 사실이지만 반박할 수가 없어요. 대파멸이 임박했다는 거죠." 벅트라우트 씨가 발동이 걸렸다. 까치발로 건너편 벽으로 가서는 백묵 조각으로 조심스럽게 ΡΩΜΗ•라고 적었다. 도색공이 그 뒤를 따라와 마찬가지로 조심스럽게 그것을 페인트로 덮었다. "시간이 났으니 말인데요, 마님." 저누가 말했다. "침대보는 어떻게 할까요?"

• '로마'를 뜻하는 그리스어.

슬레인 백작부인은 지금껏 누구와 함께하면서 이렇게 즐거운 적이 없었다. 두 노신사와 함께 있을 때처럼 행복한 적이 없었다. 지금까지는 뛰어난 인물이나 주요 인사 사이에서 주어진 역할을 수행하며 살았다. 그들의 대화에 적응하려 했고, 세상사에 엮여 사는 동안 여기저기 주워들은 정보를, 자신으로서는 분석하거나 기억하기조차 너무 어려운 정보를 대충 끼워 맞추는 법을 배웠다. 자신의 삶에 거대한 공백이 존재하던 때, 주변에서 아일랜드 문제니 여성운동이니 자유 시장과 보호무역이니 떠들 때 그게 무슨 뜻인지 몰라 당황하던 젊은 시절이 늘 떠올랐다. 자유 시장과 보호무역은 특히 큰 걸림돌이어서 몇 번이고 설명을 들었지만 도대체 직관적으로 구분할 수가 없었다. 그녀는 헨리가 알아차리지 못하도록 무지를 가장하느라 항상 대단히 애썼다. 마침내 꽤 성공적으로 해나가는 법을 터득했고, 헨리는 정치적으로 난처한 상황을 털어놓으면서도, 아내가 이미 한참 전에 이야기의 맥락을 놓친 게 아닌가 하는 의심은 전혀 하지 않았다. 아무도 몰랐지만 그녀는 부족한 자신이 몹시 수치스러웠다. 하지만 뭘 어쩌겠는가? 애스퀴스 씨가 왜 로이드 조지 씨를 싫어하는지, 혹은 두려운 새 정당인 노동당의 목적이 정확히 무엇인지 기억할 수 없었다. 그냥 도무지 기억이 나질 않았다. 아무거나 적당한 대답이라도 할 수 있도록 단편적인 관련 정보라도 찾아보려고 머릿속을 미친 듯이 뒤지는 동안 자신의 무지를 감추는 일이 할 수 있는 전부였다. 파리에 머물던 시절이 특히 힘들었다. 프랑스인의 영리한 대화(그녀로서는 감탄해마지않았던)를 들으면 늘 자기 머리로는 따라갈 수 없다고 느꼈다. 자신이라면 그 엄청난 중요성만으로도 평생 고심해야 할 삶의 면면을 한 구절로 축약하는 사람들의 능력에 혀를 내두르며, 경구와 요약이 현란하게 날아다니는 것은 몇 시간이고 넋을 잃고 앉아서 들을 수 있었지만, 누군가 자기 딴에는 예의를 차린답시고 그녀를 향해 '대사 부인께서는 어떻게 생각하십니까?'라고 물으며 그녀는 잡을 수도 없는 공을 던지면 어쩌나 겁에 질린 까닭에 조용히 대화를 즐기는 재미를 누릴 수가 없었다. 그들이 나누는 이야기를 자신이 그들보다 훨씬 더 잘 이해한다(프랑스 사람들은 항상 그녀가 가장 관심 있는 주제, 제대로 표현하질 못해서 그렇지 그녀도 아주 잘 아는 주제를 놓고 대화를 나누었기 때문이다)는 것을 마음속으로 알면서도 멍청하게 말도 제대로 못 하고 앉아만 있을 뿐이었다. 어정쩡한 말, 혹은 (자기) 생각과 전혀 다른 말을 내뱉으면서, 그리고 그러는 내내 곁에 앉은 헨리가 아내의 형편없는 모습에 몹시 괴로워한다는 사실을 의식하면서. 하지만 제대로 표현은 못 해도 멍청한 말을 내뱉은 적이라고는 없는 그녀가 자신이 아는 가장 명민한 여자라고 헨리는 둘만 있는 자리에서 가끔 말하곤 했다.

자신의 고통을 아무도 눈치채지 못하게 해달라고 그녀는 늘 기도했다. 헨리도, 집에 찾아온 손님도 절대 알아채서는 안 되었다. 그보다 정도는 약간 덜하지만 마찬가지로 수치스러운, 그와 연관된 또 다른 약점이 있었다. 예를 들어 수표의 액수를 적을 때 글자와 숫자를 똑같이 적거나, 계좌로 들어가는 수표는 꼭 표시를 하거나 수표에 서명하는 일을 제대로 못 했고, 채권이 뭔지, 보통주와 후배주의 차이가 뭔지 이해하지 못했다. 황소, 곰, 수사슴, 컨탱고, 이런 단어가 난무하는 희한한 동물원의 경우에는 야생동물들이 벌이는 서커스에 와 있나 싶었다.● 그런 것들로 세상이 돌아가는 것은 분명한 듯하니 무척 중요한 존재이리라 여겼다. 정당정치와 전쟁과 산업, 높은 출생률(그것을 인력이라고 부른다는 사실도 알게 되었다)과 경쟁과 비밀외교와 의심, 그 모두가 필요한 게임의 일부려니 했다. 게임이라도 그녀에게는 전혀 요령부득이었지만 그녀가 아는 가장 똑똑한 사람들이 그런 일을 업으로 삼고 있으니 필요한 게임이려니 했다. 우스꽝스럽고 끔찍한 꿈같은 망상 속에서 움직이는 형상을 지켜보는 기분에 사로잡힐 때가 많았지만 그냥 그러려니 했다. 그 비극적 체계 전체가 기이한 관습에 기초하는 것으로 보였다. 돈이 실제 금의 비축량과 전혀 관계가 없다(그녀가 들은 바에 따르면 그랬다)는

● 선물 가격이 현물 가격보다 높은 선물의 고평가 현상을 말하는 컨탱고를 제외하고는 동물 이름을 붙인 주식 관련 용어다. 황소는 주식 가격의 상승을 기대하는 주식 매수인, 곰은 주식 가격의 하락을 예상한 주식 매도인, 수사슴은 공모주를 산 후 가격이 오르면 바로 팔아버리려는 투자자.

이론처럼 불가해했다. 인간이 돌이 아닌 금을 돈의 상징으로 삼게 된 것은 우연이었다. 인간이 우애가 아니라 다툼을 원칙으로 삼게 된 것도 우연적이었다. 돌과 우애라면 지구가 훨씬 더 나아질 수 있으리라는 생각(간단한 해결책인데)은 지구인의 머릿속에는 전연 떠오르지 않는 모양이었다.

그녀가 아무리 뭘 어떻게 해도 자식들 역시 같은 전통 속에서 자랐다. 당연하지. 그래서 그냥 **존재하는** 일에 만족하지 않고 아등바등 애를 쓰는 것이다. 허버트는 늘 잔뜩 무게를 잡고, 어리석은 야망에 사로잡혀 있다. 캐리는 별별 위원회에서 거슬리는 관리자 목소리로 참견당하고 싶지 않은 사람들을 그렇게 참견해대는데, 그 어머니 생각으로는 오로지 참견하는 일이 좋아서였다. 불평만 늘어놓은 찰스와, 허리띠를 졸라매고 비용을 줄이며 돈 모으는 일을 아예 업으로 삼은 윌리엄과 러비니어까지. 진정한 상냥함이나 품위나 사생활의 존중은 누구에게도 없었다. 이디스와 케이에게만 그나마 마음이 쓰였다. 언제나 뒤죽박죽이라 일을 바로잡으려다가 오히려 더 엉망으로 만드는 이디스는 뒤로 물러서서 삶을 전체적으로 바라보려고 했는데, 대부분의 사람들은 불가능하다고 인정한 그 일로 그녀는 근심스럽고 불행했다(그래도 그런 불안감이 칭찬할 만한 점이었다). 케이는, 음, 나침반과 아스트롤라베를 가지고 빈둥대는 케이가 아마 자식들 가운데 아등바등 기를 쓰고 살아가는 일과 가장 거리가 멀 것이다. 방문을 닫고 먼지떨이를 들고 슬슬 책장 먼지를 털고 다닐 때면 스스로 의식하진 않아도 독립적 자아에 대한 인식은 가장 강렬했다. 그래, 이디스와 케이가 그녀와 가장 가까웠다. 그 사실이 그녀가 무덤까지 가져갈 비밀이자 우스갯거리 될 것이었다.

그 외에는 외로웠다. 겉으로는 잘 따르는 것으로 보이는 신조와 사실 맞지 않았으니까. 어울리는 영혼을 만나는 유쾌한 경험도 이따금 있긴 했다. 파테푸르 시크리에 갈 때 동행했던 청년이 있었다. 이름은 잊었는데, 아예 몰랐을 수도 있다. 하지만 잠깐 그의 눈을 들여다본 순간 마음이 심란해져서, 그에게서 벗어나려고 햇볕 가리는 모자를 쓴 공무원들과 함께 있는 총독 쪽으로 혼자 가버렸다. 그런 만남은 드물었고, 그녀가 사는 환경이 환경인지라 오래가지 않았다(그런데 그녀는 근본적으로 서로 어울리는 영혼을 지닌 사람은 많지만 세상 돌아가는 방식에 워낙 두껍게 덮여 있어 필요한 맑은 소리를 내지 못하는 거라는 확신을 여전히 지니고 있었다). 벅트라우트 씨와 고셰런 씨와 있으면 아주 편안했다. 벅트라우트 씨에게는 이율과 세금을 구별하지 못한다는 이야기를 해도 전혀 창피하지 않았다. 고셰런 씨에게는 볼트와 암페어를 구분하지 못한다는 말을 아무렇지도 않게 할 수 있었다. 그래도 상대는 굳이 설명하려 하지 않았다. 설명하려다 곧 그만두고는 그냥 자기들이 알아서 하겠다고 했다. 그러면 그녀는 그렇게 하라고 했고, 그들이 신뢰를 저버리는 일은 없으리라는 것을 알았다.

그들과 어울리며 생겨난 안도감과 해방감은 얼마나 기이한 지! 그것은 노년의 피로감 때문일까, 아니면 모든 결정과 책임을 다시 다른 사람의 손에 맡기고 햇빛처럼 밝고 자애로우리라 확신하는 세상에서 자유롭게 꿈을 꿀 수 있는, 오래 기다려온 유아기로의 회기 덕분일까? 그러면서 이런 생각이 들었다. 다시 한번 젊은 시절로 돌아갈 수만 있다면, 계획하고 고군분투하는 활동적인 삶, 그런 거짓된 일에 맞서 차분하고 사색적인 모든 것을 위해 살 텐데. 그래, 거짓된 일이지. 주먹으로 평소와 달리 기운차게 반대쪽 손바닥을 치며 그녀가 외쳤다. 그러다가 스스로를 바로잡으려 애쓰며, 혹시 이것은 그저 부정성의 신조, 삶의 부정인 것이 아닐까 의심했다. 어쩌면 활력이 충분치 않다는 사실의 고백일 수도 있고. 그렇지만 그게 아니라는 결론에 이르렀다. 사색을 통해 (또한 자신이 원했지만 포기해야 했던 그 하나의 천직을 좇으며) 온갖 활동과 결과로 만사를 계산하는 자식들보다 더욱 진실하게 행복한 삶을 꿰뚫을 수 있었으니까.

헨리와 함께 페르시아 사막을 건널 때 하얗고 노란 나비 떼가 마차 양옆과 위쪽에서 호위하듯 따라왔던 일이 떠올랐다. 나비 떼는 일사불란하게 저 멀리 앞에서 날다가 다시 돌아와 마차와 보조를 맞추었다. 가볍고 빠른 움직임을 자제하며, 천천히 움직이는 마차 주위에서 팔랑거리는 일을 즐기다가도 그 정도 진중함과는 보조를 맞출 수 없다는 듯이 갑갑

증을 덜어내려 하늘 높이 솟아오르거나 차축 사이로 휙 내려가 말이 다른 쪽 발을 땅에 디디기도 전에 반대편으로 나오곤 했다. 그러는 내내 땅에서 끌리는 작고 검은 닻처럼 모래 위로 먼지 같은 그림자가 생겨났다. 그래서 마치 보이지 않는 굵은 밧줄이 똑같이 변덕스럽고 빠르게 움직이며 나비 떼를 묶어 끌어당기는 것만 같았다. 태양을 향해 똑바로 천천히 나아가며 세상을 도는 쟁기처럼 새벽부터 해 질 무렵까지 태양을 따라 단조롭게 이어지던 여정에 마음이 편안해지며, 그것이 자신의 삶과 비슷하다고 생각했던 일이 떠올랐다. 헨리를 태양 삼아 따라가면서도 이따금 자신만의 뜬금없고 불경한 생각인 나비 떼 속으로 들어간다고 할까. 종횡무진 춤을 추며 날아다니지만 마차의 진행 방향은 한 치도 바꿀 수 없고, 날개가 마차에 스치는 법도 없이 늘 파닥거리며 피하고, 이따금 먼저 앞서기도 하지만 다시 돌아와 우쭐대며 약 올리고, 차축 사이로 휙 지나가며 독립적이고 멋진 삶을 즐기는. 사막의 표면에서, 덜컹거리는 마차 주변에서 스치듯 돌아다니는 부랑자 떼. 하지만 뭔가 조사하러 가는 중이던 헨리는 그저 이런 말만 했을 뿐이었다. "이 사람들 사이에 안염이 아주 심각해. 정말이지 무슨 조치를 취해야겠어." 그 말이 맞고, 그가 선교사들과 이야기를 나누리라는 것을 알았기에 그녀는 나비 떼에서 관심을 돌려 자신의 의무에 집중했다. 예즈드인지 시라즈인지에 도착하면 자신도 선교사의 부인들과 함께 마을의 안염을 치료하는 일을 시작하고 영국에서 붕산을 좀 더 공급받을 수 있도록 일 처리를 하겠다고 결심했다.

그러나 알궂게도 그녀에게는 나비의 파닥거림이 늘 더 중요했다.

제2부

거리의 북적거림과 소음 속에서도
그녀의 마음은 고요히 머물렀다.
양손에도 서두르는 기색이 없었고
발에도 서두르는 기색이 없었다.
—크리스티나 로세티

늦여름 햄프스테드에서, 남쪽 벽 아래, 잘 익은 복숭아 아래 햇빛 잘 드는 자리에 딱히 하는 일 없이 앉아서 그녀는 헨리와 약혼했던 날을 떠올렸다. 넓은 시골 땅을 가로지르듯이 자신의 삶을 돌아볼 시간은 날마다 차고 넘쳤다. 그리고 마침내 따로 떨어진 들판, 혹은 따로 떨어진 세월 대신 하나의 풍경이 되었고, 이제 그렇게 통합되고 나니 전체가 보였다. 특정한 구역을 골라서 마음속으로 그곳을 다시 돌아다니면서도, 내내 높은 곳에서 내려다보듯이 전체를 볼 수 있었다. 똑같은 모양의 울타리로 둘러싸인 각 구역이 제자리에 놓이고 울타리의 열린 부분으로 넘나들 수 있는 땅처럼. 그녀가 생각했다. 마침내 내 삶에 원을 그려 넣을 수 있게 되었구나. 그날 그녀는 양옆으로 수영과 미나리아재비가 산들거리는 풀밭 사이 오솔길을 걸어 들판을 가로지르듯 자신의 삶을 가로질렀다. 아침을 먹은 후 잠자리에 들 때까지 천천히 또 한 번 가로질렀고, 시계의 분침과 시침이 만나듯이 매시간이 각각의 특성을 되찾았다. 그날 처음으로 모자 끈을 잡고 흔들며 아래층으로 내려왔던 그 시간이야. 그녀가 생각했다. 그리고 이건 함께 정원으로 가자고 나를 꼬드겨 호숫가에서 내 곁에 앉은 그가 백조의 날갯짓 한 번에 남자 다리가 부러진다는 말은 거짓이라고 말해주었던 그 시간이고. 그때 그녀는 실제로 강둑에 앉은 두 사람 가까이로 다가와 부리를 물속에 집어넣기도 하고 몸을 숙여 가슴의 순백색 깃털을 짜증스러운 듯 뒤적이던 백조를 열심히 관찰하며 그의 말을 들었다. 하지만 백조보다는 청년 헨리의 뺨에 자란 구레나룻에 더 관심이 갔다. 단지 두 생각이 하나로 합쳐져 곱실거리는 헨리의 갈색 털이 백조 가슴의 깃털만큼 부드러울까 궁금해졌고, 만져보려고 하릴없이 손을 뻗을 뻔도 했다. 백조는 그저 주저하는 마음을 가리기 위한 게임의 수였다는 듯이 그의 이야기가 백조에서 벗어났고, 다음 순간 그녀가 의식한 것은 그가 몸을 앞으로 숙이고, 불안해서 부지불식간에 하는 행동처럼 그녀 치마의 주름 장식을 만지작거리면서 둘 사이의 특정한 관계를 위해 열심히 말을 하고 있다는 것이었다. 하지만 그녀로서는 그가 그렇게 열심히 말을 하는 순간 진정한 관계는 모두 떨어져나갔고, 손을 뻗어 그 뺨의 곱실거리는 구레나룻을 만져보고 싶은 작은 욕망마저 더 이상 솟아나지 않았다. 말에 온전한 힘이 실리도록 그렇게 열심히 진심으로 이어가던 그 말, 어떤 진지하고 비밀스러운 장소에서 빚어 자신의 인성이라는 우물의 밑바닥에서 끌어올리는 듯한 그 말, 중차대한 성인의 일이라는 영역에 속하는 그 말로 인해 매가 발톱으로 움켜쥐고 하늘 높이 채 간 것보다 더 빠르게 그는 그녀에게서 멀어져 버렸다. 그렇게 가버렸다. 그녀를 떠나버렸다. 성실하게 그를 바라보며 그 말을 듣는 동안에도 그녀는 이미 그가 저만치 멀어졌음을 알았다. 사람들이 결혼을 하고, 아이를 낳아 기르고, 하인에게 지시를 하고, 소득세를 납부하고, 배당금을 이해하고, 아이들 앞에서는 모호하게 말하고, 직접 결정을 내리고, 원하는 음식을 먹고, 마음 내킬 때 잠자리에 드는 그런 영역으로 가버린 것이다. 홀랜드 씨가 자신과 함께 그 영역으로 들어가자고 말하고 있었다. 자신의 아내가 되어달라고.

그녀 생각에 그 청혼을 받아들이는 일은 확실히 불가능했다. 얼토당토않은 생각이었다. 홀랜드 씨를 따라 그 영역으로 들어갈 수가 없었다. 어쩌면 다른 어떤 남자보다 더 그랬다. 그가 아주 뛰어나고, 직업이라는, 가장 아득하면서도 가장 인상적인 삶의 불가사의라는 측면에서 두각을 나타내는 인물임을 알았기 때문이다. 젊은 홀랜드는 우리와 소식이 끊어지기 전에 인도의 총독이 될 거라던 아버지의 말을 들은 적이 있었다. 그건 곧 그녀가 총독 부인이 된다는 뜻이었고, 그 생각이 떠올라 그녀는 놀란 새끼 사슴 같은 눈으로 그를 보았다. 홀랜드 씨는 그것을 자신의 갈망에 응하는 눈빛으로 즉각 받아들이고는 그녀를 와락 끌어안았고, 열정적으로, 그러나 어느 정도 조심하면서 입을 맞췄다.

가련한 처녀가 할 수 있는 일이 뭐가 있었겠는가? 무슨 일이 벌어지는지 미처 제대로 의식하기도 전에 어머니는 눈물이 글썽한 채 딸에게 미소를 보였고, 아버지는 홀랜드 씨의 어깨에 손을 얹었고, 여동생들은 자기들 모두 들러리를 서도 될지 묻고 있었다. 그리고 홀랜드 씨는 무척 자랑스러운 듯 꼿꼿이 서서 아주 조용히, 약간 미소를 띠고 고개를 숙이며 그녀를 바라봤는데, 그 표정은 순진한 그녀가 보기에도 뭔가를 차지한 자의 표정이라고밖에 할 수 없었다. 그렇게 한순간에 그녀는 본래의 자신과 완전히 다른 어떤 인물로 변해버렸다. 혹은 변하지 않았던 걸까? 주변 사람들의 얼굴에 별안간 떠오른 미소에 어울리는 어떤 탈바꿈이 (그녀의) 내면에서 벌어진다는 느낌이 없었다. 분명 예전과 똑같았다. 어떤 사안에 대해 의견을 구하는 생소한 일을 당하자 그녀는 공포에 질려 급히 결정을 다른 사람 손에 넘겼다. (자신이) 확고하게 돌이킬 수 없이 그 다른 인물로 변할 순간을 그런 방법으로 좀 늦출 수 있으리라 보았다. 얼마간은 몰래 자신의 본래 모습을 유지할 수 있으리라 보았다.

그런데 본래의 자신이란 정확히 무엇일까. 이제 연로한 노인이 되어 젊었던 과거의 자신을 돌아보며 그녀가 자문했다. 그런 자문은 일로 치자면 아주 무르고 애석함에 흠뻑 젖는 일이었다. 하지만 울적하지는 않았다. 오히려 생애 마지막의 최고 호사였다. 그것을 누리려 평생 기다려온 호사. 죽음을 앞둔 유예기간에 그 호사를 오롯이 누릴 만한 딱 그만큼의 시간이 남아 있었다. 어쨌든 다른 할 일은 없었으니까. 살면서 처음으로, 아니 결혼 후 처음으로 다른 할 일이 없었다. 죽음을 베개 삼아 편안히 누워 삶을 살펴볼 수 있었다. 그사이 허공에는 꿀벌 소리가 가득했다.

호숫가를 걷는 소녀인 자신이 보였다. 모자를 흔들며 천천히 걸었다. 시선을 내리깔고 사색에 잠겨 걸었고, 양산 꼭지로 푹신한 흙을 짚으며 걸었다. 1860년의, 장식이 많은 여성스러운 모슬린 옷을 입었다. 고수머리였고, 곱실한 머리칼 하나가 빠져나와 목덜미에 가만히 자리를 잡고 있었다. 털이 복슬복슬한 발바리가 덤불에 코를 박고 킁킁거리며 함께 걸었다. 어딜 보나 감상적인 기념품 판화에 나올 법한 소녀와 강아지의 모습이었다. 그래, 내가 그랬지. 데버라 홀랜드도 아니고 데버라 슬레인도 아닌 데버라 리였을 때. 그 환영을 더 잘 잡아보려 노인이 눈을 감았다. 호숫가를 걷는 소녀는 몰랐겠지만, 막 꽃잎이 벌어지는 꽃봉오리를 손에 쥔 듯 노인은 자신의 10대 전체를 바라보았다. 이슬에 젖어 산들거리는, 순결하고 열렬하고, 너그러우면서도 수줍은 충동에 휩쓸리는 존재. 어린 토끼처럼 소심하고 재빠른, 나무둥치 사이로 내다보는 사슴처럼 사람을 잘 믿는, 무대 옆에서 차례를 기다리는 무용수처럼 발걸음이 가볍고, 담홍색 장미처럼 여리고 향기로운, 분수처럼 까르르 웃음을 터뜨리는, 그래, 그게 젊음이었지. 미지의 문지방에 선 사람처럼 주저하면서도 창끝에 가슴을 내밀 태세가 되어 있는. 노인이 좀 더 가까이 들여다보았다. 연한 살결과 가녀린 몸의 곡선과 반짝반짝하는 깊은 눈과 입맞춤의 경험이 없는 입과 반지를 끼지 않은 손이 보였다. 과거의 자신이었던 소녀가 너무 사랑스러워 목소리를 들어보려 했지만 유리 벽으로 가로막힌 듯 아무 소리도 들을 수 없었다. 혼자였다. 홀로 사색에 잠긴 그 모습이 본질의 일부인 듯했다. 머릿속에 무엇이 들었건, 사랑이나 로맨스, 주로 젊은이의 감정으로 여겨지는 감정은 하나도 없는 것이 분명했다. 어떤 꿈을 꾸고 있다면 그것은 젊은 아담에 대한 것이 아니었다. 그래, 그러니까 젊음을 단 한 가지 종류의 관념으로 제한해서 젊은이들에게 잘못을 저질러서는 안 된다고 슬레인 백작부인은 생각했다. 젊음은 그보다 훨씬 풍부하니까. 젊음은 손을 뻗는 희망으로 가득해서, 강을 불태우고 세상의 모든 종탑을 울릴 테니까. 생각해야 할 것이 사랑만이 아니라, 명성이나 성취나 천재성 같은 것도 있으니까. 그 무엇이 가슴속에 들어가 갈빗대를 마구 두드릴지 누가 아는가? 성 꼭대기 작은 탑으로 얼른 돌아가 내면의 천재성이 그 존재를 드러낼지 한번 보자. 아, 하지만 1860년에 소녀가 명성을 생각하다니, 그건 가당찮은 전망 아닌가. 슬레인 백작부인은 생각했다.

백작부인은 과거의 자신인 소녀의 마음속을 들여다볼 수 있는 운 좋은 위치에 있었다. 늑장 부리고 멈춰 서는 발걸음과 찌푸린 미간, 땅에 꽂히는 양산, 툭툭 끊긴 생각이 바르르 떨다가 호수 속으로 들어가는 것만 지켜본 것이 아니라 혼자만의 이 산책에 동반하는 (그녀의) 생각까지 읽을 수 있었기 때문이다. 은밀하고 터무니없는 그 생각과 함께할 수 있었다. 그 가녀린 처녀의 외양 안쪽에서 마구 내달리는 생각이란 무모한 젊은 남자가 품었다 하더라도 터무니없는 것이었다. 그것은 바로 변장을 하고 도망가는 생각이었다. 이름을 바꾸고 남자로 변장하여 외국의 도시에서 자유를 누리겠다는. 선원이 되어 바다로 나가려는 남자아이의 계획과 맞먹을 만한 것이었다. 고수머리는 가위질을 당해야겠지. 미래를 내다보며 바짝 깎은 매끈한 머리통을 쓰다듬듯이 여기서 손 하나가 슬그머니 위로 올라갔다. 삼각 숄을 벗고 셔츠를 입어야겠지. 여기서 손가락이 넥타이의 매듭을 만지작거렸다. 치마는 영원히 치워버려야 할 테고. 여기서, 이번엔 아주 수줍게 손이 바지 주머니로 내려갔다. 소녀의 환영이 흐려지며 그 자리에 호리호리한 남자아이가 나타났다. 남자였지만 본질적으로 성이 없는 존재, 그저 젊음에서 나온 젊음의 상징, 제멋대로 뻗어나가는 상상 속에서 더 고귀하게 여겨지는 목표에 복무하기 위해 여성의 기쁨과 권리를 영원히 포기하기로 한 존재였다. 한마디로 데버라는 열일곱의 나이에 화가가 되기로 결심했던 것이다.

노쇠한 뼈와 담장에 맞닿은 복숭아를 따뜻하게 덥혀주던 해가 어느새 서쪽으로 나아가 집 뒤로 넘어갔고, 그녀는 약간 몸을 떨며 자리에서 일어나 아직 햇살이 남아 있는 잔디 앞쪽으로 의자를 끌었다. 이젠 지나가버린 그 야망이 어떻게 태어났는지 모르게 태어났을 때부터, 그것이 꾸준히 자라나 피가 돌 듯 몸속을 돌던 때를 거쳐, 아무리 살리려 애를 써도 결국 기력이 다해 시들었던 시절까지, 쫓아갈 수도 있었을 것이다. 이제는 그 본질을 알 수 있었다. 자신의 삶에 생겨났던 단 하나 가치 있던 것. 현실은, 다른 여성들에게 현실로 통하던 현실은 차고 넘치도록 많았지만, 이제 그런 현실로 들어갈 수는 없었다. 초월적인 현실을 끌어안아야 했다. 꼭 붙들기만 하면 그렇게나 견고했고, 한때 그 현실이 어떻게 자신을 지탱해주었는지 떠올리는 일만으로도 정말 행복했다. 그저 혼자 그 이야기를 하는 것이 아니라 저 아래 깊은 곳에서 그것을 다시 느끼고 있었다. 회상하며 늘어놓는 차갑게 식은 사랑 이야기와 달리 가장 강렬한 순간의 압도적인 사랑의 본성이 있었다. 예전과 똑같은 황홀경과 똑같은 기쁨으로 온몸이 달아올랐다. 그런 환희를 느끼며 산다는 것은 얼마나 멋진 일이었을까! 얼마나 멋지고 얼마나 힘들고 무엇보다 얼마나 가치 있는 일이었을까! 그녀는 수련 중인 수녀보다 더 정신이 빠릿빠릿했다. 팽팽하게 잡아당긴 전선처럼 건드리기만 해도 부르르 떨었다. 창조라는 온전함 속에서 젊은 신처럼 자세를 잡았다. 마음속에 온갖 상이 뭉게뭉게 피어났는데, 어느 것이나 지나치게 서정적인 부류였을 것이다. 다른 건 어울리지 않았으니까. 그 열정적인 기분을 표현하자면 진홍색 망토나 은제 칼조차 충분히 화려하지도 충분히 순결하지도 않았다. 맙소사, 그것이야말로 살아볼 만한 삶이었는데! 젊은 피가 다시 넉넉하게 온몸에 돌기 시작한 그녀가 외쳤다. 면밀히 들여다보고 광범위하게 느끼는 예술가, 창작자의 삶. 쓱 둘러보면 세밀한 면면과 넓은 지평이 한눈에 다 보이는. 사물 자체보다 벽에 드리운 그림자가 얼마나 더 큰 즐거움 주었던지 떠올랐다. 눈을 가늘게 뜨고 시커먼 구름이 몰려오는 하늘이나 햇살을 받는 튤립을 보며, 그것들을 자신의 머릿속에서 문양을 이루는 것들과 어떻게 연관 지었는지도.

그렇게 몇 달 동안 그녀는 은밀하게 자신을 준비해가면서 강렬한 삶을 살았다. 실제 화폭에 붓질을 한 적은 없었고, 그저 저 먼 미래의 자신을 꿈꾸었을 뿐이지만. 잠깐 불길이 잦아들 때마다 기운 없이 늘어지는 것을 보면, 평범한 삶이 얼마나 무료한지 가늠할 수 있었다. 그런 무의미한 삶이 잠깐 눈에 들어오기만 해도 화들짝 놀랐다. 불길이 잦아들 때마다 공포에 질려 이런 생각이 들었다. 다 꺼져버린 거야. 절대 다시 살아나지 않을 거야. 빛도 없이 차가워질 거야. 다시 한번 거대한 율동이 화관처럼 위로 솟구쳐, 다시 나타난 태양처럼 따스하고 별빛처럼 눈부시게 빛을 쏟아부으며 그것이 과연 다시 찾아올지, 그래서 그녀가 날개를 달고 다시 날아올라 차분히 날갯짓을 할 수 있을지 도무지 알 수가 없었다. 그렇게 한순간 환희에 차올랐다가 다음 순간 끝 모를 낙담에 빠지는 양 극단을 오가며 살았다. 하지만 그 어느 것도 표면까지 올라와 반짝한 적이 없었다.

아마 부적절한 비밀은 누구에게도 내비쳐서는 안 된다는 어떤 본능적인 경고가 있었을 것이다. 설사 부모님에게 솔직히 털어놓았더라도, 자식에게 너그러웠지만 당연하게도 사고가 한정된 두 분은 미소를 지으며 머리를 쓰다듬고는 서로 시선을 주고받으리라는 사실을 잘 알았으니까. 누가 봐도 이런 말을 주고받는 시선이겠지. '우리 예쁜 딸이 하는 말 좀 들어보라지! 매력적인 젊은이를 만나는 순간 그런 생각은 당장 사라질 텐데 말이야.' 아니면 예술가에겐 사생활이 소중했기에 입을 열지 않았는지도 몰랐다. 그녀는 말할 수 없이 유순했다. 집 안을 뛰어다니며 어머니의 심부름을 하고, 라벤더 꽃잎을 따서 커다란 천 주머니에 넣은 뒤 침대보 사이에 끼우고, 잼 병에 붙일 이름표를 만들고, 개의 털을 빗어주고, 저녁을 먹은 후에는 시키지 않아도 알아서 십자수를 가져다드렸다. 지인들은 장녀를 정말 잘 뒀다며 부모님을 부러워했다.

며느릿감으로 눈독을 들이는 사람도 많았다. 하지만 수수하고 질서 정연한 집안에도 한 가닥 야망이 관통한다고들 한다. 자식들을 줄줄이 낳고 중년에 이른 부모님은 세속적인 장점보다 편안한 시골 생활이 더 낫다고 보았다. 하지만 데버라와 관련해서는 다른 목표가 있었다. 데버라는 훌륭한 남자의 아내가 될 거야, 그럼. 남편을 돋보이게 하고 보탬도 될 수 있는 그런 남자라면, 그럼 더 좋고. 당연히 데버라에게 그런 말을 하지는 않았다. 어린애에게 오만함을 심어주면 안 되니까.

슬레인 백작부인이 자리에서 일어나 의자를 양지로 좀 더 내어 앉았다. 원래 자리에 어느새 그늘이 져서 한기가 느껴졌기 때문이다.

큰오빠가 집을 떠난 적이 있다는 사실이 떠올랐다. 스물세 살 때였다. 젊은 남자들이 으레 그러듯 넓은 세상을 보겠다며 (집을) 떠났다. 그녀는 젊은 남자들이 세상에 나가 뭘 하는 걸까 이따금 궁금했다. 웃고 떠들고 법석을 떨겠지. 자유롭게 여기저기 쏘다니겠지. 새벽녘에 인적 없는 거리를 걸어 집에 오고 이륜마차를 잡거나 차를 몰고 리치먼드에 가겠지. 모르는 사람에게 말을 건네고 상점도 드나들고 극장도 뻔질나게 드나들겠지. 클럽도 다니겠지. 그것도 여러 군데. 어둑한 곳에서 여자들이 귀찮게 들러붙으면 별생각 없이 돈을 주고 하룻밤 여자를 사겠지. 무슨 일을 하든 근사하게 태평스러웠고 근사하게 자유로웠으며, 집에 돌아와서도 밖에서 무슨 일을 했는지 보고할 필요가 없었다. 게다가 남자들 사이에는 공통의 자유에 기초한 어떤 유대감이 있었는데, 항상 남을 캐고 다니고 어쩐지 약간 음란하기도 한 여자들의 사적인 유대감과는 무척 달랐다. 데버라는 자신의 운명과 남자 형제의 운명의 그런 차이를 머리에 떠올렸을지는 몰라도 (그것을) 입에 올린 적은 없었다. 그렇게 광활한 남자의 기회와 경험과 비교하면 비좁아 갑갑하다는 느낌이 드는 것도 무리가 아니었다. 남자가 법조계에 들어가겠다고 마음먹으면 칭찬과 갈채를 받는데, 화가가 되겠다고 마음먹은 그녀는 어째서 그 결심을 알리기 꺼리고 남장을 한 채 도망가겠다는 은밀하고도 절박한 계획으로까지 내몰리는 것일까? 분명 어딘가 차이가 존재했다. 그러나 그 문제에 대해서는 아예 논의할 필요도 없다고 다들 합의(그것도 한마음으로)를 한 모양이었다. 여자가 선택할 수 있는 직업은 단 하나라는 그 문제에 대해서는.

홀랜드 씨가 호숫가에서 그녀를 데리고 어머니를 찾아간 그 순간 데버라는 그런 합의의 견고함을 절실히 깨달았다. 그녀는 총애받는 자식이었지만 그때껏 부모님이 그렇게까지 흐뭇하고 따듯한 태도를 보인 적은 없었다. 하늘이 열리고 부챗살처럼 금빛 광선이 내리쬐는 사이로 신께서 환한 미소를 띠고 내려다보는, 그래서 손을 뻗어 손가락을 대면 벽난로 가로대처럼 그 자비로움의 열기로 손가락이 따뜻해질 것 같은, 그런 이탈리아 회화가 떠올랐다. 그래서 데버라 자신에게나 부모님에게나, 나머지 세계는 물론이고 홀랜드 씨와의 약혼이 기쁜 일이자 대단한 선행이라는 기분을 느껴 마땅했다. 사실 늘 주변에서 기대했던 바로 그 행동을 했고, 주변 사람들에게 커다란 만족감을 주었을 뿐 아니라 자아실현을 이루었다는 기분을. 별안간 온갖 추정이 몰려와 주위를 둘러쌌다. 그가 곁에 있으면 기쁨으로 전율하고 없으면 그리워 애가 타리라는 추정, 오로지(하지만 겸손하게) 그가 야망을 이룰 수 있도록 돕기 위해 존재하고 그를 세상에서 가장 특출한 인물로 여기리라는 추정. 따라서 그녀는 누구보다 복 받은 여자이고, 다들 너그럽게 그 사실을 인정했다. 얼마나 하나같이 그런 추정을 받아들이는지 그녀조차 믿을 지경이었다.

그래도 그건 그나마 괜찮았다. 나중에 어렵지 않게 거기서 벗어날 수 있으리라 상상하며 며칠 동안 그녀는 놀이를 하듯 남들이 원하는 모습을 꾸며 보였다. 그때는 겨우 열여덟 살이었고, 칭찬받는 일은, 특히 존경하고 사랑하는 사람에게 칭찬받는 일은 기쁜 일이었으니까. 하지만 곧 거미줄처럼 가느다란 줄이 손목과 발목에 무수히 칭칭 감겨 있는 것을, 그리고 그 줄의 다른 쪽 끝은 모두 누군가의 가슴에 닿아 있다는 것을 깨달았다. 아버지의 가슴에, 그리고 홀랜드 씨(내키지는 않았지만 이제 헨리라고 불러야 하는)의 가슴에. 게다가 어머니의 가슴으로 말하자면, 마치 기차 종착역 같아서 자부심과 사랑과 안도감과 엄마로서의 흥분과 호들갑을 좋아하는 여성적

특성 등 수많은 반짝거리는 줄이 그 안으로 달려 들어가 모습을 감췄다. 그렇게 묶인 데버라는 당혹스러운 심정으로 이제 무얼 어떻게 해야 하나 자문했다. 색색의 띠를 둘둘 감고 선 5월의 여왕처럼 우스꽝스러운 마음으로 서 있는 사이 저 멀리 지평선에서 선물을 들고 오는 사람들이 보였다. 공물을 가져오는 속국의 신하들처럼 다들 그녀를 향해 모여들고 있었다. 헨리는 반지를 가지고 왔고, 그 반지를 그녀의 손에 끼워주는 일이 진짜 이벤트였다. 여동생들은 함께 나가서 산 화장품 가방을 들고 있었다. 엄마는 돛단배에 달 돛을 만들고도 남을 직물을 들고 있었다. 식탁보, 냅킨, 작은 수건과 큰 목욕 수건, 마른 행주, 부엌 걸레, 찬장용 행주, 먼지떨이, 그리고 침대보. 펼쳐보니 2인용 침대의 침대보였고, 어떤 머릿글자가 온통 수놓아져 있었다. 처음에는 무슨 글자인지 분간이 가지 않았지만 자세히 들여다보며 해독하니 D. H.였다. 그러고 나자 그녀는 어찌할 바 모른 채 길을 잃었다. 실크와 새틴과 포플린과 알파카가 포말을 이루며 넘실대는 속에서 길을 잃었다. 입에 핀을 문 여자들이 무릎을 꿇고 주위를 기어 다녔고, 그녀는 선 채로 이리저리 몸을 돌리고 팔을 구부렸다가 펴고, 치맛자락이 마룻바닥 위에서 원을 이루는 가운데 조심스럽게 걸어 다녀야 했다. 안감 마름질이 좀 작게 되었으니 코르셋을 꽉 조여도 참으라는 말을 들었다. 그렇잖아도 늘 피곤한 느낌이었는데, 피곤한 자신을 더 피곤하게 하는 식으로 다들 애정 표현을 하는구나 싶었다. 자신이 해야 할 일을 산처럼 쌓아 올리고, 가만히 서 있는 건지 팽이처럼 돌고 있는 건지 알 수 없을 정도로 다들 주위를 뱅뱅 돌았으니 말이다. 시간조차 공모자가 되었는지 하루하루가 심술궂게도 순식간에 가버려 정신없이 그녀를 몰아댔고, 메모와 얇은 포장지, 그리고 헨리가 배달시킨 흰 장미가 매일 눈보라처럼 밀려왔다. 그러는 내내 그녀보다 나이가 많은 여자들이 은밀한 비밀을 간직한 듯한 분위기가 배경처럼 깔렸다. 다 아는 듯한 미소와 시선을 주고받는 것도 그런 까닭에서였고, 달콤한 이 소란의 와중에도 나중에 주어질 더 커다란 요구를 위해 데버라가 힘을 다 쓰지 말고 비축해야 하는 것도 그 비밀을 위해서였다.

결혼식까지 몇 주의 시간은 그야말로 오롯이 신비로운 여성주의의 의식에 할애되었다. 지금껏 그렇게 수많은 여자에게 둘러싸여 지낸 적은 없었던 것 같았다. 모권 사회가 자리를 잡았다고 할까. 남자는 중요성이 쪼그라들어 하잘것없는 존재가 되었다고도 볼 수 있었다. 헨리 자신도 별 대접을 받지 못했다(그래도 그는 늘 배경에 존재했다. 끔찍하도록 확실하게. 아마 테베의 어머니들이 미노타우로스에게 딸자식을 보내기에 앞서 진을 그렇게 다 빼놓았을 거라고 그녀는 생각했다). 사방팔방에서 여자들이 왔다. 이모와 고모, 사촌, 친구, 재봉사, 코르셋 만드는 사람, 여성용 모자 만드는 사람. 데버라가 앞으로 곁에 두고 부릴 어린 프랑스인 하녀도 있었는데, 그 아이는 신이 점지한 인물을 바라보듯 감탄하는 눈길로 새 여주인을 바라보았다. 이 의식에서 데버라는 아주 난해한 역할을 맡게 되어 있었다. 그것이 또 다른 추정이었다. 지금 벌어지는 일을 본인이 다 알아야겠지만, 신비로운 핵심은 감추어져야 했다. 다들 미소를 띠며 축하를 보내주었지만, "우리 아가 데버라!"라고 자신을 부를 때면 그 감탄사에서 우연찮게 '불쌍한'이라는 형용사가 빠진 게 아닌가 싶었다. 또한 그녀를 끌어안고 한참 놓아주질 않았는데 얼마나 자애로운지 고별의 순간과도 같았다. 오, 여자들은 결혼을 두고 얼마나 공연한 법석을 떠는지! 그녀가 생각했다. 하지만 생각해보면, 일평생 여자들이 법석을 떨 만한 일이 결혼과 그 결과물밖에 없으리라는 사실을 떠올려보면 누가 그들을 비난할 수 있을까? 그녀가 속으로 덧붙였다. 그 기대와 흥분은 대리 만족에 가까웠지만, 그래도 상관없었다. 여자들이 특정한 형태로 만들어지고 특정한 옷을 입고 온통 치장을 하고 교육(이렇게 한쪽으로 치우친 것도 교육이라고 할 수 있다면)을 받고, 잘 보호해서 안 보이게 숨겨놓고, 넌지시 내비치기만 하고, 따로 떨어져 지내고 억압되어 사는 이유가 다 그런 기능을 수행하기 위해서이지 않나? 정해진 시기가 되면 한 남자를 뒷바라지할 목적으로 넘겨지거나 자신의 딸을 넘겨주기 위해서 말이다.

하지만 도대체 남편 뒷바라지는 어떻게 하는 건지 데버라는 조금도 아는 바가 없었다. 아는 것이라고는 그녀가 얻게 된 놀라운 기회를 두고 벌어지는 이 모든 법석에서 정작 본인은 완전히 소외되었다는 사실뿐이었다. 그녀는 헨리를 사랑하는 것 같지 않았다. 설령 사랑한다고 할지라도 자신의 독자적 존재를 몽땅 포기해야 하는 이유를 알 수 없었다. 헨리는 그녀를 사랑했지만, 그 누구도 그더러 자신의 존재를 포기해야 한다고 말하지 않았다. 그러기는커녕 그녀를 얻음으로써 독자적 자신의 존재에 뭔가를 덧붙이는 것으로 보였다. 앞으로도 계속 친구들과 점심을 먹고 자기 지역구에 내려가고 의사당에서 저녁 시간을 보낼 것이었다. 손가락에 반지도 끼지 않고 지위의 변화를 나타내는 이름의 변화도 없이 여전히 자유롭고 다양한 남성의 삶을 누릴 것이었다. 그러다가도 그에게 집에 돌아가야겠다는 마음이 들 때면 그녀는 반드시 그 집에서 대기하고 있어야 한다. 책이건 신문이건 편지건 손에 들었던 것을 바로 내려놓고 말이다. 남편의 말이라면 무엇이든 다 들어주고, 정치계 지인들을 대접해야 한다. 지구 반대편에서라도 남편이 부르면 달려가야 한다. 룻과 보아스가 떠오르네. 헨리에게는 아주 신나는 일이겠지. 그녀가 생각했다. 물론 헨리도 자신이 이해하는 바에 따라 그녀 곁에서 자기 역할을 다할 것이었다. 수틀 위아래로 바늘을 오르락내리락 움직이는 그녀의 곁에 앉아 고개 숙인 그 모습을 사랑스럽게 바라볼 것이고, 집에 돌아오면 이렇게 어여쁜 아내가 있으니 자신은 정말 행운아라고 말할 것이다. 대단하신 장관님이지만, 그런 말을 할 때는 여느 중산층 남자나 노동계급 남자와 똑같을 것이다. 그러면 그녀는 상이라도 받는 기분으로 고개를 들어 그를 바라봐야겠지. 지사에 총독에 다들 탐낼 장대한 인물이지만, 자기들 남편을 어떻게 해보려는 야망에 여성들이 아무리 아첨해도 그는 사교상 필요한 정도로만 정중한 관심을 보이고 늘 아내에게 충실할 것이다. 그러니 질투라는 초록 뱀이 그녀의 앞길을 막아설 일은 없다. 그는 더욱 출세하여 명예를 드높일 것이고, 오랜 세월 자신의 곁을 지켜준 자그마한 검은 그림자의 머리 위에 왕관이 놓일 때 진정 자부심으로 벅차오를 것이다. 하지만 그렇게 짜인 계획에 작업실이 들어설 자리가 어디 있나?

어느 날 저녁 헨리가 집에 돌아왔는데 문이 잠겨 있다면, 그건 안 될 일이었다. 잉크나 압지가 떨어져서 짜증스럽게 거실로 나왔는데, 홀랜드 부인은 지금 모델과 함께 작업하느라 바쁘다는 말을 듣는 것도 안 될 일이었다. 헨리가 어느 먼 식민지 지사로 발령받았는데 불행히도 미술 선생님이 런던에 산다고 그에게 말하는 것도 안 될 일이었다. 헨리가 아들 하나를 더 가졌으면 하는데, 특정한 공부를 막 시작한 참이라 못 낳겠다고 말하는 것도 안 될 일이었다. 온갖 가정이 들어찬 세상에서 그녀에게도 헨리와 똑같은 권리가 있다고 가정하는 것도 안 될 일이었다. 결혼에 그런 특권은 점지되어 있지 않았으니까.

하지만 결혼에서 얻을 수 있는 다른 특권이 있을 거라, 데버라는 침실로 가서 기도서를 꺼내 결혼식 부분을 펼쳤다. 결혼은 자식을 낳기 위한 것이다. 뭐, 그건 진즉에 알았다. 미처 귀를 막기도 전에 한 친구가 그 말을 해버렸다. 자고로 결혼한 여자는 다정하고 상냥하고 남편에게 충실하고 순종적이어야 하고, 고요하고 냉철하고 평온한, 독실하고 경건한 부인이 되어야 한다. 어느 정도까지는 모두 법과 관련된 표현임이 분명했다. 그래도 얼마간 사실과 부합되기도 했다. 그래서 그녀는 여전히 이렇게 묻고 있었다. 이 체계 안에서 작업실이 들어갈 공간은 어디 있나?

마침내 그녀가 결혼 후에 그림을 그리겠다면 반대하겠느냐는 말을 겨우 꺼냈을 때, 언제나 매력적이고 예의 바른 데다 그녀를 무척 사랑하는 그는 아주 너그러운 미소를 보이며 이렇게 말했다. 반대라니! 당연히 반대하지 않는다고, 자기 생각에 그것은 여성에게 아주 적합한, 우아한 일로 보인다고 말했다. "고백하자면 여성이 이룰 수 있는 일 중에서는 피아노가 가장 좋다는 게 내 생각이지만, 당신 재능이 다른 방향에 있다면, 당연히 그 재능을 꽃피워야지." 그 말에 이어 두 사람의 여행을 그림으로 기록한다면 둘 다에게 즐거운 일이 되겠다고 했다. 수채화 스케치들을 앨범으로 만들어 집에 돌아와 친구들에게 보여주면 되겠다고. 자신이 생각하는 그림은 그런 게 아니라고 데버라가 말했을 때, 가슴이 벌렁거리는 중에도 자신은 좀 더 진지한 작업을 뜻하는 거라고 말했을 때, 그는 다시금, 그 어느 때보다 더 사랑스럽고 너그러운 미소를 지어 보이며, 그런 일을 따져볼 시간은 앞으로도 충분하겠지만, 자기 생각에는 결혼 후 다른 할 일이 아주 많아서 시간 가는 줄 모를 거라고 답했다.

그러자 그녀는 진정 덫에 걸린 기분이었고 혼비백산했다. 그 말이 무슨 뜻인지 너무 잘 알았다. 신처럼 초연한 그의 우월감, 애정이 담겼지만 어쨌든 우쭐대는 나름의 가정, 그의 손쉬운 친절함, 그리고 무엇보다 그를 비난할 수 없다는 이유로 그녀는 그가 정말 미웠다. 비난할 수가 없었다. 당연시해도 되는 것들을 당연시하는 것일 뿐이니까. 그런 식으로 여자들과 동조하여 그녀를 속이고 그녀가 선택한 삶을 빼앗는 전반적인 공모에 동참한 것이니까.

그녀는 아주 순진했고, 결단력이 없었고, 확신이 없었고, 뭐든 제대로 의식하지 못했다. 하지만 적어도 그것이 아주 중요한 대화였다는 사실은 깨달았다. 대답을 들었고, 절대 다시 말을 꺼내지 않았다.

그녀는 페미니스트도 아니었다. 상상의 순교 같은 사치에 빠지기엔 지혜로운 여자였다. 자신과 삶 사이의 균열은 남자와 여자의 균열이 아니라 일하는 자와 꿈꾸는 자의 균열이었다. 그녀는 여자고 헨리는 남자라는 사실은 정말이지 우연적인 문제였다. 자신이 여자라서 상황이 조금 더 어려워진다는 사실은 인정하지만 그 이상으로는 나아가지 않으려 했다.

슬레인 백작부인이 이제 의자를 작은 정원 한가운데로 끌고 내려갔다. 저누가 창문으로 내다보고는 담요를 들고 나왔다. "마님, 감기 걸리시면 안 되잖아요. 감기 걸리시면 주인님께서 뭐라고 하시겠어요? 늘 마님을 그렇게 잘 챙기시던 분인데."

그래, 난 헨리와 결혼했고, 헨리는 내가 감기에 걸리지 않도록 늘 마음을 썼지. 더할 나위 없이 나를 잘 보살폈지. 항상 온실 속 화초처럼 지냈다고 해도 사실에서 크게 벗어나지 않을 것이다(하지만 그녀가 원해서였을까?). 영국에서건 아프리카에서건 호주에서건 인도에서건, 헨리는 그녀가 조금의 불편함도 겪지 않도록 항상 신경을 썼다. 어쩌면 그를 위해 독립적 삶을 포기했던 그녀에게 그 나름으로 보상하려는 것이었는지도 모른다. 어쩌면 헨리는 (얼마나 이상한 생각인지!) 편의상 인정하지 않았다 뿐이지 사실은 상당히 많이 알아차렸는지도 모른다. 의식적으로든 무의식적으로든, 상심에 빠진 이를 푹신한 침대 위에 눕히듯이 담요와 쿠션을 잔뜩 쌓아 그녀의 갈망을 질식시키려던 것인지도 모른다. 선박이 너무 세게 부딪히지 않도록 부두에 세워놓은 완충 시설의 기능을 수행하는 하인과 비서와 부관이 늘 주변을 둘러싸고 있었다. 사실 슬레인 백작부인을 향한 순전한 헌신에서, 그저 온화하고 담대하고 전혀 자신을 내세우지 않는 여성적인 그녀가 험한 일을 겪지 않도록 보호하려는 마음에서 대개 의무 이상의 일을 해주었다. 그녀는 연약했기에 남자들에게 기사도 정신을 불러일으켰고, 겸손했기에 다른 여자들이 적대감을 가질 일이 없었고, 정신이 맑아 남녀의 존경을 받았다. 그리고 헨리로 말하자면, 예쁘고 아양 떠는 여자들과 희롱하기를 좋아하는 인물이라 종종 신나게 맞장구를 쳐서 슬레인 백작부인에게 고통을 안기기도 했지만, 이 세상에 아내와 견줄 만한 여자는 없다고 여겼다.

헨리가 둘러주었던 대로 다리를 담요로 감싼 채 그녀는 둘 사이에 과연 얼마나 친밀한 교감이 있었을지 자문했다. 이제와서 판단해보니 둘의 관계가 정말 냉랭하기 그지없어 살짝 겁도 났다. 그러면서 묘하게도, 몰래 계획을 세웠던 과거로 돌아갔다. 부모님 눈을 피해, 통상적으로는 비난받을 존재지만 본질적으로는 가장 엄격하고 지난한 절개에 헌신하는 삶에 자신을 바치겠다는 계획을 꾸몄던. **그때**, 그녀는 삶과 오롯이 대면했고, 그랬기에 아주 명징하게 사고할 필요가 있었다. **지금**, 그녀는 죽음과 오롯이 대면하고 있고, 이 역시 다시 한번 회피하지 않고 진실한 가치판단을 해야 할 이유가 되었다. 그사이의 기간만이 혼돈이었을 뿐이다.

혼돈. 다른 사람들은 혼돈이라고 보지 않을 것이다. 다들 그들의 결혼을 가리켜 완벽한 결혼이라 할 것이다. 그녀 자신과 헨리를 가리켜 각각 완벽한 아내와 완벽한 남편이라 할 것이다. 둘 다 다른 사람에게 '한눈을 판' 적이 없다고 말할 것이다. 명예로운 지위의 동반자이자 만족스럽고 전도유망한 가문의 창립자인 두 사람을 부러워할 것이다. 이제 홀로된 그녀를 불쌍히 여길 것이다. 그러다가 결국 살 만큼 다 산 여든여덟 살 노인을 그렇게 불쌍히 여길 것도 없다고, 어차피 남편(화관을 쓰고 잠옷 위에 걸치는 가운 같은 것을 걸친, 다시 젊어진 남편)이 저세상에서 자신을 맞이할 그날을 고대하며 여생을 보내지 않겠냐고 생각할 것이다. 행복한 삶을 누렸다고 말할 것이다.

하지만 행복이란 무엇일까? 나는 행복했나? 두 음절 단어로 삶 전체를 요약하겠다며, 삐걱거리는 참 요상한 단어를 만들어내지 않았나. 영어권 사람에게는 그 단어가 뜻하는 바가 명확하겠지만. 짧은 모음에 내뱉는 듯한 p가 두 개 겹쳐 있고, 끝이 들린 듯한 앙증맞은 y가 맨 뒤에 붙은 단어 happy. 하지만 한순간 행복하다가 이 분 뒤에 불행할 수도 있고, 어느 쪽이든 그럴 듯한 이유가 없을 수도 있다. 그러니 행복이 무슨 뜻인가? 뭐라도 뜻한다면 그것은 어떤 불편한 욕망으로 검은색이 검은색이길, 흰색은 흰색이길 바란다는 뜻이다. 공포가 가득한 삶의 정글 속에서 그 꼬물거리는 자그마한 존재가 공식 속에서 안심하길 바란다는 뜻이다. 확실하게 이렇게 말할 수 있는 순간은 있었다. **그때** 난 행복했어. 그리고 그보다 더 확신에 차서 **그때** 난 불행했어, 라고 말할 수 있었던. 가령 관

속에 누운 어린 로버트 위로 시리아 출신의 유모가 울면서 장미꽃 잎을 뿌리던 때처럼. 하지만 존재라는 전 영역이 끼어든다. 거기에 대고 행복했는지 불행했는지 묻는 것은 터무니없지 않나? 그건 마치 누군가 그녀가 아닌 다른 어떤 사람에 대해 묻는 것과도 같다. 그것도 금세 달라지고, 잡으려 하면 도망가는, 무지갯빛 삶의 유희와는 전혀 관계없는 단어로 포장해서 사실 팽팽하고 딱딱한 공 안에 호수의 물을 전부 쑤셔 넣듯이 불가능한 일을 시도하는 것이다. 그 호수가 바로 삶이니까. 복숭아 향이 가득한 정원, 따스한 남쪽 벽 아래 앉은 슬레인 백작부인은 생각했다. 수많은 반영에 잔잔한 표면을 내어주는 햇빛에 금색으로 빛나고 달빛에 은색으로 빛나는 호수. 구름이 밀려오면 컴컴해지고, 잔물결이 일면 거칠어지지만 그 경계를 유지하면서 언제나 수평을 이루는 평면, 손안에 쥘 수 있을 정도로 팽팽하고 딱딱한 공 속에 담을 수 없는 호수. 삶이 행복했는지 불행했는지 묻는 사람들이 하려는 일이 바로 그런 것이다.

아니, 그것은 그녀에게 물을 일이 아니었다. 어느 누구에게 물을 일도 아니었다. 상황은 그렇게 간단하지 않으니까. 누군가가 남편을 사랑했느냐고 물었다면, 그녀는 주저하지 않고 그렇다고, 남편을 사랑했다고 대답할 것이다. 이러이러한 **그때는** 사랑했는데, 이러이러한 **그때는** 사랑하지 않았어요. 이런 식으로 때를 구분할 수는 없었을 것이다. 그런 강조는 한

결같았고, 남편에 대한 사랑은 평생 곧게 그어진 검은 선이었다. 그로 인해 상처받고 해를 입고 왜소해졌지만, 거기서 벗어날 수 없었다. 헨리 홀랜드가 차지하지 않은 다른 모든 부분이 그녀를 반대쪽으로 끌어당겼지만, 힘이 모자라 줄다리기에서 진 쪽처럼 단 하나의 거대한 사랑에 다시 모조리 끌려가버렸다. 그녀의 야망과 은밀한 실재가 모두 항복하고 말았다. 얼마나 사랑했던지 억울한 마음도 들지 않았다. 그로 인해 떠안았던 희생에 대해서도 그에게 불만을 품을 수가 없었다. 하지만 그녀는 아주 기꺼운 마음으로 희생하기에 희생을 희생으로 여기지 않는 부류의 여자가 아니었다. 젊은 시절의 꿈은 그런 사랑과는 양립할 수 없는 것이었고, 그 꿈을 포기하면서 비할 바 없이 소중한 어떤 것을 포기했다는 사실을 알았다. 그녀가 헨리 홀랜드를 위해 한 일이 바로 그랬고, 헨리 홀랜드는 그에 대해 전혀 알지 못했다.

마침내 그녀는 남편과 자신을 돌이켜볼 수 있었다. 남편에 대한 신의를 저버리지 않고도 남편을 살펴볼 수 있었던 것이 그보다 더 값진 일이었다. 과거의 열렬한 신의를 벗어버리는 일을 이제 감당할 수 있었다. 사랑의 고통이 기억에서 사라진 것은 아니었다. 미신을 좇듯 진심으로 믿어본 적 없는 신에게 헨리 홀랜드의 안전과 행복을 빌었던 나날이 여전히 생생했다. 순진하면서도 간절한 기도가 필요에 따라 점점 자라났다. "오, 주여, 사랑하는 헨리를 보살펴주소서. 그에게 행복을 가져다주시고, 오, 주여, 병이든 사고든 모든 위험에서 보호해 주소서. 천지 만물 그 무엇보다 그를 더 사랑하는 저를 위해 그를 지켜주소서." 이렇게 밤마다 기도했다. 그리고 매일 밤 기도할 때마다 그 한마디 한마디가 새삼 절절했다. '병이든 사고든 모든 위험에서 보호'를 기원할 때마다 마차에 치이는 헨리, 폐렴에 걸려 가쁜 숨을 몰아쉬는 헨리가 실제 재난을 당한 양 생생하게 눈앞에 떠올랐다. 그리고 '천지 만물 그 무엇보다 그를 더 사랑하는 저'라는 말을 속삭이면서 하늘까지 닿는 것이 신성모독은 아닐까, 시기심 많은 신의 심사를 거스르는 게 아닐까, 밤마다 근심스러웠다. 자신에게는 천지 만물 무엇보다(그러니까 그녀가 잘 보어야 하는 신까지 포함해서 말이다) 소중하다고 헨리를 치켜세우는 일은 확실히 신성모독에 가깝지 않을까? 그래서 신에게는 내 기도가 호소라기보다 신성모독에 더 가깝게 느껴지지 않을까? 하지만 진실에 어긋나는 일은 할 수 없어서 그녀는 같은 기도를 고집스럽게 이어갔다. 진실로 헨리는 천지 만물 그 무엇보다 그녀에게 소중했으니까. 그는 심지어 그녀를 꾀어 그녀의 야망보다 그를 더 소중히 여기게 만들었다. 나지막이 소리 내어 기도하든 아니든 분명 자신의 마음을 모두 알 신(신이 존재한다면)에게 그와 다른 말을 할 수는 없었다. 그래서 그냥 밤마다 진실을 속삭이는 호사를 누리는 편이 낫겠다고 보았다. 신은 들어주기를, 하지만 헨리 홀랜드는 듣지 않기를 바라며. 기도를 하고 나면, 적어도 이십사 시간 동안은 헨리가 안전하리라 확신하며 잠에 들 수 있었다. 그만큼은 기도의 효력이 지속되리라 여겼다. 게다가 그녀가 기억하기로는, 아무리 은밀한 중재로 뒤를 봐주어도 헨리는 참 지키기 어렵고 위험천만한 보물이었다. 그녀가 간청하는 안전한 삶과는 동떨어진, 아주 활동적인 직업을 가지고 있었으니까! 그녀라면 그에게 맞는 삶으로 네덜란드 구근 재배자의 질서 정연한 삶을 골랐을 텐데, 고리버들 새장 안에서 비둘기들이 구구거리며 날개를 펼쳐 햇빛을 쐬고 새 튤립을 수정(受精)하는 일 외에 걱정거리가 없는 네덜란드인 남편을 원할 그녀인데, 실제 남편은 폭탄의 위협을 받으며 코끼리를 타고 인도의 도시를 찾아다니고, 공식 행사와 사무 때문에 그녀와 동떨어져 있었다. 그리고 런던이나 파리나 워싱턴처럼 안전한 수도에 머물며 일시적으로 물리적 위험에서 벗어난 때에도, 행정부의 일원으로 국내에서 근무하거나 어떤 평화로운 임무를 띠고 해외로 나가는 때에도 그녀가 예의 주시해야 할 다른 긴요한 문제가 등장했다. 그가 일시적으로 자신감이 떨어지면 어떻게든 다시 자신감을 갖도록 해줘야 한다는 것을 재빨리 알아차려야 했다. 그가 딴생각에 빠져 그녀가 앉아 있는 의자로 하릴없이 다가와 어떤 상냥한 보호의 몸짓이 나오기를, 그래서 외투처럼 그를 감싸주기를 풀이 죽은 채 아무 말 없이 기다리면(그녀가 아는 바로는 그랬다) 직접 말로 하지 않아도 그 모든 일을 다 해주어야 했다. 정부에서 자꾸 훼방을 놓고 경쟁 상대가 사사건건 반대하는 것은 그의 어디가 부족해서가 아니라 그들이 근시안적이거나 그를 시기해서라고 다시 믿게 해주어야 했다. 그러면서도 자기 불신에 시달리는 그런 상태를 그녀가 짐작했다고 알아차리게 해서는 안 되었다. 그러면 위안의 제공이라는 과업을 몽땅 그르치게 될 테니까. 그 위업을 이루고 나면, 극도로 치밀하고 극도로 견고한 재건에 성공해서 힘을 되찾은 그가 그녀 곁을 떠나 다시 업무로 돌아가고 나면, 기진맥진함을 그대로 드러내듯 양손을 축 늘어뜨린 그녀에게 자아를 다 빼내 다른 사람의 혈관 속에 넣어준 듯 달콤한 공허함이 찾아왔고, 그렇게 허우적거리며 가라앉으면서도 자신이 은밀하게 황홀경의 정점에 도달했던 것은 아닌가 싶었다.

하지만 그것조차도, 사랑했다고 진술하고 그 미묘한 요구를 떠올려보는 일조차 상당히 단순화한 기준에 비추어도 만족스럽지 않았다. 그녀가 남편을 사랑했다는 진술은 반박할 수 없었지만 여전히 끝 모를 복잡성을 불러들였다. 남편을 사랑했던 '나'는 누구였나? 그리고 헨리, 그는 누구이고 무엇이었을까? 시간과 죽음에 위협당하는 물리적 존재, 실질적인 위협 때문에 더 소중했던 존재인가? 아니면 그 물리적 존재는 그저 마땅히 그 자신으로 불려야 할 어떤 것의 구체적인 투사이자 상징일 뿐일까? 두 사람 각자에게 본래의 자신이라 할 어떤 것이 육체성의 상징에 가린 채 틀림없이 숨어 있었다. 하지만 그 자아에 이르기가 여간 어렵지 않았다. 목소리, 이름, 외양, 직업, 상황 따위의 너무 익숙한 외적 표식으로 부옇게 흐려져 자아의 순간적 지각도 둔해지거나 혼동되었다. 게다가 자아도 많았다. 그와 함께 있을 때의 그녀는 혼자 있을 때의 그녀와 같을 수 없었다. 그녀가 추구했던 그 단독의 자아조차 다가가려 하면 휙 움직이고 변화하고 녹아 사라져 버려서, 그것을 어두운 구석으로 몰아 밤에 침입한 도둑이라도 되는 양 벽에 밀치고 목을 누르는 일을 도대체 할 수가 없었다. 더는 도망가지 못할 때까지 자아의 고갱이를 쫓아갈 수가 없었다. 생각의 외피를 이루는 말 자체가 그저 또 다른 변조일 뿐이었다. 어떤 단어도 돌기둥이나 나무둥치처럼 홀로 설 수 없어서 즉시 열대우림처럼 빽빽한 연상의 숲으로 요동치며 들어가기 때문이다. 사실 역시 자아만큼이나 손에 잡히지 않고 무성하기만 했다. 오직 무언의 무아지경 상태에서나 진정한 이해가 가능했다. 순전한 감정의 무언의 무아지경, 손가락 끝이 간질간질한 느낌만으로 육체의 존재를 떠올리고, 일련의 이미지들이 이름도 없고 언어와 관련되지도 않은 채 마음속을 이리저리 떠다니는 물질 너머의 상태, 그런 상태가 바로 내면에 숨겨진 자아에 가장 근접한다고 보았는데, 헨리와는 전연 관련이 없었다. 다른 무엇도 아닌 고통으로써 그녀에게 접촉이라는 환상을 주는 사랑을 차선으로 기꺼이 받아들인 것은 바로 그 때문이었을까?

그녀도 결국 여자였다. 예술가의 길이 좌절되었으니 혹시 다른 식으로 성취감을 얻을 수 있지 않을까? 여자가 남자를 뒷바라지해야 한다는 지배적인 믿음에도 결국 그럴 만한 근거가 있지 않을까? 수많은 세대가 옳고 개인의 분투는 그른 게 아닐까? 헨리에게 확실히 순종하는 삶에도 뭔가 아름답고 적극적인 면이, 창조적이기까지 한 면이 있지 않을까? 헨리와의 관계라는 줄타기에서도 그림을 그릴 때와 마찬가지로 위험하고 위태롭지만 균형을 잡을 수 있지 않을까? 풍경의 푸른빛과 자줏빛을 바라보듯이 그와 함께하는 삶에서 선명하고 부드러운 색조를 알아보는 일도 가능하지 않을까? 그렇게 서로를 연결해 가치를 정하면 억지로라도 아름다움을 만들어낼 수 있지 않을까? 그것 역시 특히 여자에게 알맞은 성취가 아닐까? 사실 여자만이 이룰 수 있는 그런 종류의 성취, 업신여겨서는 안 되는 특권이자 특혜 아닐까? 그녀 안의 여성은 모두 '그렇다!'고 했고, 그녀 안의 예술가는 모두 '아니다!'라며 맞섰다.

그리고 또 여성들은 새로운 프로테스탄트 정신으로 그나마 남은 알량한 마법까지, 어리석을 수도 있지만, 그래도 멋진 환상을 떳떳지 못한 방법으로 세상에서 제거해버린 게 아닐까? 이번에는 그녀 안의 여성과 예술가가 똑같이 '그렇다'고 대답했다.

예전에 알았던 젊은 부부가 떠올랐다. 남자는 파리 대사관에서 비서로 일했다. 아주 젊은 부부였기에, 대사 부인인 그녀가 찾아가면 그에 합당한 정중한 태도로 맞았다. 부부가 자신을 무척 좋아하는 것을 알았지만, 찾아갈 때마다 그들의 삶을 침범하는 기분이 들었다. 서로를 얼마나 사랑하는지 둘이서 함께할 수 있는 주어진 세월 중 반 시간이라도 빼앗기기 싫은 것처럼 보였다. 그녀로서는 그 방문이 고역에 가까웠지만, 반은 애정에서, 반은 그들의 결혼 생활로 자신을 박해하고 싶은 마음에서 그 부부에게 끌렸다. "남자와 여자를 창조하셨고."• 그 집을 나설 때마다 그녀는 그렇게 혼잣말을 했다. 그 집을 나설 때면 헨리와의 관계가 너무 그릇되었다는 느낌이 들었고, 삶의 짐이 너무 무거워 죽어버렸으면 하고 바랄 때도 간혹 있었다. 그냥 해본 말이 아니었다. 진정으로 죽었으면 했다. 워낙 강직한 성격이라 그런 그릇됨의 짐이 너무 고통스러웠던 것이다. 흥미로운 구석이라고는 없어도 매력적인 그 부부의 관계처럼 단순하고 자연스럽고 올바른 관계를 갈망하기도 했다. 벽난로 앞에 서서 바지 주머니 속 동전을 짤랑거리며 몸을 동그랗게 말고 소파 구석에 앉은 아내를 내려다보는 앨릭이 부러웠다. 앨릭이 무슨 말을 하든, 무슨 일을 하든, 아무런 의문 없이 다 받아들이는 매지가 부러웠다. 하지만 그렇게 부러운 중에도 거슬리는 것이 있었다. 이토록 참

• 〈창세기〉 5장 2절.

을 수 없이 남성적인 거들먹거림과 이토록 비천한 여성적 순종이라니.

그렇다면 진실은 어디에 존재하는 걸까? 헨리는 사랑의 강렬한 충동으로 그녀를 속여 그녀가 선택한 삶을 포기하게 했지만, 그와 다른 삶을 주었다. 그녀가 좋아할 수만 있다면 더 넓은 세상을 만나볼 풍요로운 삶이었다. 아니면 아이들을 낳고 기르느라 정신없는 삶이었다. 그는 그녀 자신의 삶 대신 그 나름의 관심사를 지닌 그의 삶이나 잠재성을 지닌 자식들의 삶을 주었다. 둘 다는 아니라도 둘 중 하나에서는 똑같은 기쁨을 누리며 자신을 버리리라 가정했다. 그녀는 그보다 자신을 지키며 사는 쪽을 좋아하리라는 생각이 그에게는 전혀 떠오르지 않았다.

그녀 자아의 일부는 순순히 그에 따랐다. 아이들, 특히 아들들의 삶에 자신을 던져야 한다는 가정을 순순히 받아들였다고 기억했다. 그들의 개체성이 자신의 개체성보다 훨씬 더 중요하고, 자신은 그저 그들을 만들어내는 매개체이자 취약한 시절에 보호해주는 피신처에 불과하다는 듯이. 케이가 태어났던 때가 떠올랐다. 그 아이가 태어나기 직전에 맬러리•를 읽었기 때문에 케이라는 이름을 붙이고 싶었다. 그때까지는 아들

• 15세기 영국 작가인 토머스 맬러리(1415?~1471). '케이'는 그가 쓴 산문《아서 왕의 죽음》에 등장하는 인물이다.

이 태어나면 당연하다는 듯 가족의 이름(허버트, 찰스, 로버트, 윌리엄)을 따서 짓더니, 다섯째 아들이 태어났을 때 웬일인지 헨리는 그녀에게 어떤 이름이 좋겠느냐고 물었고, 그녀가 케이를 제안하자 반대하지 않았다. 기분이 좋아서 "당신 마음대로 해"라고 했다. 허약한 상태에서도 헨리가 너그럽다고 생각했던 일이 떠올랐다. 막 태어난 아기의 쪼글쪼글한 붉은 얼굴(여섯 번째 반복되는 일이라 쪼글쪼글한 붉은 얼굴은 그즈음 그녀에겐 예사로웠지만)을 내려다보며, 당사자가 선택하지 않은 이름을 붙여 작은 생명체를 세상에 내보내는 일의 책임을 깨달았다. 포탑과 갑판과 총 대신 경이로운 피부조직과 두뇌를 갖췄다 뿐이지 전함을 처음 바다에 내보내는 일과 다를 바 없는. 이름은, 꼬리표는, 보이지 않아도 지속적인 압력을 행사했다. 이름대로 살게 된다는 말도 있었다. 여하튼 케이는 형이나 누나를 닮았다고 할 수는 없었지만, 그렇다고 과도하게 낭만적인 인물로 자라지도 않았다.

그래도 자식들 가운데 케이와 이디스만이 그녀의 특성을 얼마간 물려받았다. 케이는 아스트롤라베에 빠진 모습이, 이디스는 일을 뒤죽박죽으로 만드는 면이 그랬다. 캐리는 특성상 부모를 애먹인 적이 거의 없었다. 알아서 잘 살아갔다. 허버트는 장남이라 그런지 요란스럽고 힘들게 태어났다. 윌리엄은 눈이 작은, 심술궂고 조용한 아이였다. 엄마 젖을 남김없이 다 빨아 먹겠다고 작정한 듯 욕심이 많기도 했다. 딱 어울리는 배우자인 러비니어를 만나서 지금도 여전히 동네 낙농장이라도 되는 양 뽑아낼 수 있는 이득은 다 뽑아내려고 작정을 한 듯하고. 찰스는 지금과 마찬가지로 태어날 때도 불만이 많았다. 단지 그때는 국방성에 대해 전혀 몰랐다 뿐이지. 이디스는 몇 대를 맞고 나서야 첫 숨을 쉬었다. 삶을 시작하는 일은 삶을 끝낼 때 그렇듯이 꽤나 힘겨웠다. 내색하진 않았지만 그녀의 공감이 케이와 이디스 둘에게만 향했다는 사실은 여전했다. 둘을 제외한 나머지는 헨리의 자식이었다. 헨리의 활력이 이러저러하게 잘못된. 하지만 그 애들이 아기였을 때, 배를 깔고 엎드린 자그마한 존재, 혹은 불안정한 머리를 받쳐주어야만 그나마 앉을 수 있었던 약하고 어린 존재였을 때는 자신이 포기한 독립성을 보상받기라도 하듯이, 아직 굳지 않은 정수리에서 겁이 나도록 벌떡거리던 숨구멍이 닫힐 날을, 생명을 잘 붙들고 살아가려나 싶어 깜짝깜짝 놀랄 일이 더 이상 없을 날을, 유모가 없을 때 침대 위로 몸을 숙여 들여다보면서도 아이들의 숨이 끊어질까 두려워하지 않아도 될 앞날을 보려 했다. 각자의 인성을 발전시켜나갈 앞날을 고대했다. 부모와 다른 의견을 가지게 될 날, 스스로 계획을 세우고 일을 꾸려나갈 그때를. 그런데 그런 일에서조차 바람은 억눌려 좌절되었다. 모기장을 둘러친 침대 속 허버트를 함께 내려다보다가 헨리에게 이렇게 말한 적이 있었다. "이 아이가 언젠가 학교에 들어가 우리에게 편지를 쓰기 시작하면 얼마나 재미있겠어요." 헨리는 그 말을 탐탁지 않아 했다. 못마땅한 기색을 바로 알아챌 수 있었다. 여자라면 모름지기 자식들이 무력해야 더 좋아하고, 아이들이 다 커버릴 날을 한탄해야 한다는 것이 헨리의 생각이었다. 바지보다는 반바지를, 반바지보다는 우주복을, 우주복보다는 배냇저고리를 더 좋아해야 한다는 것이다. 여자와 모성에 관해 남자들이 으레 갖는 명확한 관념은 헨리에게도 있었다. 쑥쑥 자라는 아들이 속으로는 자랑스러웠지만, 스스로에게조차 어느 정도는 아이들이 전적으로 어머니의 관심사인 척했다. 그래서 그녀도 자연스레 그런 견해를 따르려 노력했다. 허버트가 두 살이 되자 그 애 대신 캐리를 돌보았고, 캐리는 1년 만에 찰스에게 자리를 내주었다. 다들 그러려니 했고, 따라서 아기는 공식적으로는 늘 그녀의 사랑스러운 존재였다. 하지만 아이들에게는 전혀 그런 공식이 통하지 않았다. 그녀는 자식들의 자아가 헨리의 자아만큼이나, 아니 사실은 그녀 자신의 자아만큼이나 동떨어져 있다는 사실을 늘 의식했다.

부자연스럽고 망측한 생각이 머릿속에서 떠다녔다. '결혼만 하지 않았다면…… 아이만 낳지 않았다면.' 하지만 비통할 만큼 헨리를 사랑했고, 감상에 빠질 만큼 아이들을 사랑했다. 아이들에 관해 이런저런 이론을 지어낸 뒤 헨리와 단둘이 속내를 털어놓을 때 그 이야기를 했다. 허버트는 정치인이 될 것 같아요. (열두 살인) 애가 현지 정부의 문제에 대해 내게 묻지 않겠어요? 그리고 케이는 네 살짜리가 타지마할을 보러 가고 싶다고 했어요. 헨리는 이런 상상을 다 받아주었는데, 사실 그녀 쪽에서 그가 원하는 대로 맞춰주고 있다는 사실은 알지 못했다.

하지만 이 모든 일도 그녀를 가시밭길로 몰아댄 헨리의 야망에 비하면 아무것도 아니었다. 세상을 바라보는 헨리의 관점은 모든 면에서 그녀의 관점과 상반되었다. 현실주의자와 이상주의자. 극단적으로 반대되는 두 사람의 관점은 그렇게 표현할 수 있었다. 다른 점이라면 헨리는 자신의 신조를 전혀 숨길 필요가 없는 반면 그녀는 조롱과 수치에서 자신의 신조를 지켜야 했다는 것뿐. 그런데 그 지점에서도 다시 그녀는 혼돈스러웠다. 헨리가 늘 즐기는 위대한 경기의 흥미진진함에 그녀도 빠져드는 순간이 있었다. 사적이고 강렬하고 멋진, 특화된 예술가의 존재(실제 그렇게 사는 일은 거부당했지만, 여전히 그러한 삶의 이상을 상상 속에서나마 참담하게 갈망하는 그 존재)는 제국과 정치와 남자들의 분투와 같은 남성적 일에 비하면 자기밖에 모르는, 너무 연약하고 보잘것없는 일로 여겨지는 순간이 있었다. 그녀가 사색하는 삶을 갈망하듯이 헨리는 행동하는 삶을 갈망한다는 사실을 머리만이 아니라 가슴으로 이해할 수 있는 순간이 있었다. 정말이지 하나의 세계가 두 쪽으로 분할되었다고 하겠다.

제3부

우리가 사는 이 삶은 숨을 쉬고 있어도 죽어 있다.
순례에 나선 죽음의 자아인 그것은
비틀거리는 걸음으로 첫 번째 짧은 여정을 거친다.
—크리스티나 로세티

여름이 지났고, 10월의 날씨는 슬레인 백작부인이 정원에 나가 앉아 있을 만큼 따뜻하지는 않았다. 바람을 쐬려면, 저누가 잔뜩 입혀주고 둘러주는 코트와 목도리 차림으로 짧게 산책해야 했다. 어느 것 하나라도 현관에서 벗어버리는 일이 없도록 저누는 현관까지 따라 나왔다. 저누가 옷장에서 옷을 줄줄이 꺼낼 때 이따금 슬레인 백작부인은 볼멘소리를 했다. "하지만 저누, 날 늙은 보따리처럼 만들잖아." 마지막으로 망토를 단단히 어깨에 둘러주며 저누가 대답했다. "마님은 워낙 기품이 있어서 절대 늙은 보따리처럼 보일 수 없어요." 슬레인 백작부인이 장갑을 끼며 물었다. "만찬 자리에 갈 때마다 내게 양모 스타킹을 신으라고 했던 거 기억나?" 정말 그랬다. 추운 날이면 저누는 도대체 마님의 야회복과 함께 실크 스타킹을 내놓으려 하지 않았다. 그녀가 여러 번 항변하고 나서야 실크 스타킹을 내놓으면서도 혹시나 하는 마음으로 그 안에 신으라며 양모 스타킹을 내놓았다. "뭐 어때요, 마님?" 저누가 사리를 따지듯 말했다. "예전에는 숙녀분들이, 젊은 숙녀들도 발등까지 오는 긴 치마를 입고 그 안에 페티코트까지 입었잖아요. 어차피 발목은 보이지도 않는데 괜히 감기 걸릴 일이 뭐가 있어요? 만찬 자리에 갈 때 마님이 도무지 입지 않으려 하는 슬립도 마찬가지예요. 그것도 꼭 추운 날에 말이죠." 저누는 이런 가락으로 말을 이으며 슬레인 백작부인을 따라 아래층으로 내려갔다. 엘름 파크 가든스와 냉랭하고 신중한 영국 하인들이 주도하던 그 집에서 벗어난 후 저누의 수다가 봇물 터지듯 디졌던 것이다. 주인마님의 주변을 맴돌며 반은 책망 조로 반은 보살피는 투로 혀를 끌끌 찼다. "마님은 도대체 자기 몸을 챙길 줄 모른다니까요. 그러니까 이 늙은 저누 말을 듣는 게 좋아요. 10월 초 날씨는 아주 요사스러워요. 경고도 없이 덮친다고요. 마님 연세에는 그렇게 제멋대로 하면 안 돼요." "어쩔 수 없을 때까지는 나를 땅에 묻지 말아줘, 저누." 저누의 영국적 관습과 염세주의에서 도망치며 슬레인 백작부인이 말했다.

서리가 내려 계단이 미끄러울 수 있었으므로 그녀는 조심조심 계단을 내려갔다. 모습이 사라질 때까지 저누가 지켜보리라는 것을 알았기에 모퉁이에서 몸을 돌려 손을 흔들었다. 깜박 잊고 뒤를 돌아보지 않으면 저누의 마음이 상할 것이다. 하지만 그런 행동으로도 안심시킬 수 없었다. 집을 나설 때와 똑같이 꽁꽁 싸맨 모습으로 안전하게 돌아올 때까지는 마음을 놓지 못할 것이다. 그녀를 집 안으로 모셔서 장화를 벗기고 슬리퍼를 가져다주고, 아마 따끈한 수프도 가져다주고, 꽁꽁 싸맨 옷가지를 벗긴 뒤에 그녀가 응접실 벽난로 옆에 책을 들고 자리 잡는 걸 볼 때까지 말이다. 그렇게 속담을 들먹이며 잔소리를 해대도 저누는 견실한 농부가 지닐 만한 지혜로움이 가득한, 세상에 달관한 명랑한 인물이었다(잊지 않고 뒤를 돌아본 후 모퉁이를 돌아 천천히 벌판 쪽으로 나아가는 슬레인 백작부인을 향해 그녀가 손을 흔들었다). 이제 주방으로 돌아가 고양이에게 말을 걸며 냄비며 프라이팬을 들고 분주히 일하겠지. 백작부인은 고양이에게 말을 거는 저누를 자주 보았다. "이리 와, 우리 냥이. 맛난 저녁 먹자. 다 너 먹으라고 주는 거야." 그렇게 말하곤 했다. 그녀는 영국 고양이는 영어밖에 이해하지 못한다고 생각했고, 한번은 굴라헤크 주변에서 자칼의 울음소리를 듣고는 슬레인 백작부인에게 이렇게 말한 적이 있었다. "재네들이 영국 애들이 아니라는 걸 바로 알겠는데, 어쨌든 참 재미있네요, 마님." 저누와 함께 이제 완만한 삶을 영위하고 있다고, 벌판으로 이어지는 언덕을 천천히 올라가며 슬레인 백작부인이 생각했다. 아무런 방해도 받지 않는 친밀한 삶, 각각 고마움과 헌신이라는 끈으로 묶인, 또한 입 밖으로 내지는 않지만 누가 먼저 상대방 곁을 뜨게 될지 상상해보는 그런 끈으로 묶인 두 사람. 간간이 찾아오는 손님이 떠나고 그 뒤로 현관문이 닫힐 때마다 불청객이 떠났을 때의 안도감을 각자 의식했다. 그들이 원하는 것은 똑같은 일상이 전부였다. 정말이지 그것만으로도 여력이 없었다. 서로에게는 절대 인정하지 않았지만 두 사람 모두 뭐라도 애를 써서 하고 나면 기진맥진했다.

다행히도 불청객이 찾아오는 일은 드물었다. 슬레인 백작부인의 자식들은 처음에는 의무감에 번갈아 찾아왔지만, 대부분 이렇게 먼 햄프스테드까지 찾아오기가 너무 불편하다는 내색을 감추려 하지 않았기 때문에 제발 수고스럽게 찾아오지 말라는 그녀의 애원에 충분한 명분이 있어 보였다. 그리고 간혹 예외가 있긴 했지만 자식들은 그 말을 그대로 따랐다. 눈치가 훤한 슬레인 백작부인은 자식들이 서로 어떤 말을 주고받으며 양심을 다독일지 상상이 갔다. '뭐, 모시고 살겠다고 우리는 분명 **청했으니까**…….' 본인 표현에 따르면 어머니를 '돕겠다'며 자주 찾아오려 한 것은 이디스뿐이었다. 하지만 이디스도 지금 자기 아파트에서 지고의 행복을 누리며 살고 있었기 때문에 어머니가 진심으로 자기를 원하지 않는다고 쉽게 결정할 수 있었다. 케이는 한참 동안 보지 못했다. 마지막으로 찾아왔을 때, 안절부절못하며 한참을 서성이고 나서야 자기 친구인 피츠조지가 어머니를 함께 찾아뵙기를 바란다는 말을 꺼냈다. "인도에서 어머니를 만난 적이 있다고 하던데요." 벽난로의 불을 쑤석이며 케이가 말했다. "인도에서?" 그녀가 막연하게 되물었다. "충분히 그럴 수는 있겠지만, 이름은 기억이 나지 않는구나. 찾아온 사람들이 오죽 많았어야지. 오찬에 스무 명이 모일 때도 많았으니까. 웬만하면 만류할 수 없을까, 케이? 무례하게 굴기는 싫지만 낯선 손님을 받는 일이 이제는 어쩐지 내키지 않는구나."

케이는 요람에 누운 자신을 봤다는 피츠의 말이 무슨 뜻인지 어머니에게 묻고 싶은 마음이 굴뚝같았다. 사실 그 수수께끼를 풀겠다는 결심으로 햄프스테드에 온 것이었다. 하지만 당연히 말도 꺼내지 못하고 집을 나섰다.

증손주들은 오지 말 것. 출입 금지. 손주들은 상관없었다. 그림의 중경(中景)처럼 대수롭지 않았다. 하지만 증손주는 대수롭지 않은 것이 아니라 마음을 심란하게 할 수 있었으므로 오지 못하게 했다. 누구보다 유순한 사람들이 이따금 불쑥 그러듯이 슬레인 백작부인은 이상할 정도로 단호하게 그 주장을 고수했다. 정기적으로 찾아오는 사람은 벅트라우트 씨뿐이었다. 일주일에 한 번, 화요일마다 차를 마시러 왔다. 하지만 그녀가 벅트라우트 씨 때문에 피곤할 일은 없었다. 등불도 켜지 않은 채 난롯불을 사이에 두고 양쪽에 앉아 있으면, 벅트라우트 씨의 말이 졸졸 흐르는 개울처럼 내내 이어졌고, 백작부인은 마음이 내키면 듣고 아니면 말았다.

그사이 위쪽 벌판은 갈색 나무들과 저 멀리 푸르른 기운으로 무척 아름다웠다. 슬레인 백작부인은 벤치에 앉아 쉬었다. 어린 남자아이들이 연을 날리고 있었다. 잔디 위로 줄을 끌며 달려가면, 지저분한 꼬리를 꽁무니에 단 연이 볼품없는 새처럼 공중으로 날아올랐다. 중국에서 연을 날리던 남자아이들이 떠올랐다. 외국에서 생활했던 과거의 기억과 영국의 현재가 뒤섞이고 겹쳐지면서 마음속에서 '샤세 크루아제' 춤을 추듯 노닐 때가 많았다. 이따금 두 인상이 얼마나 생생하게 동시에 나타나는지, 기억이 약간 뒤죽박죽되지 않았나 싶기도 했다. 지금 내가 적당히 거리를 둔 마부가 말을 붙들고 거니는 중에 헨리와 함께 베이징 근처 언덕에 있는 건가 아니면 나이가 들어 검은색 옷을 입고 헴프스테드 벌판의 벤치에서 혼자 쉬고 있는 건가? 하지만 저기 보이는 런던의 굴뚝이 흔들리는 마음을 잡아주었다. 아무렴, 이 남자아이들은 푸른색 옷을 차려입은 천상의 꼬맹이가 아니라 누더기를 입은 런던 토박이지. 그리고 딱딱한 의자에 앉아 자세를 조금씩 바꿀 때마다 관절이 류머티즘으로 삐걱거리는 걸 보면 타들어가는 언덕에서 헨리와 함께 말을 달리던 육체적으로 건강한 젊은 몸은 전혀 아니었다. 그녀는 더듬더듬 미미하게나마 건강한 그 시절 몸의 감각을 되찾아보려 했다. 도저히 안 되었다. 둔해진 늙은 몸에 어떤 반응도 일깨울 수는 없었지만, 명확하게 잡히지 않는 오래된 노랫가락이 회상의 가장자리로 흘러들듯이 과거에서 소환된 착실한 내면의 목소리가 그 감각을 말로 재현해주었다. 한때는 여름날 아침 잠에서 깨면 침대에서 튀듯이 일어나 솟구치는 기운으로 밖으로 뛰어나가고 싶은 마음이 가득했다고, 공연한 혼잣말을 했다. 공식적인 하루가 끝난 뒤 어둠 속에서 헨리의 품에 안길 순간을 고대하던 절절한 마음을 아주 찬찬히 다시 일으켜보려 했지만 허사였다. 이제는 현실성은 다 사라지고 그저 말뿐이었다. 그나마 현실과 맞닿은 것이라고는 저누와 함께하는 일상밖에 없었다. 장사치들이 뒷문에서 벨을 울리고 머디네 책방에서 책 꾸러미가 도착하고, 벅트라우트 씨와의 화요일 차담을 위해 머핀을 사야 하나 크럼핏을 사야 하나 함께 논의하는, 소소한 삶의 관심사. 캐리가 찾아온다는 말에 집 안에서 일어나는 동요. 그리고 여기저기 몸이 아프기 시작했는데, 거기에 꽤나 애정이 생겨났다. 사실 늘 변함없는 자원이자 관심거리인 몸이 자신의 동반자가 되었다. 젊은 시절에는 대수롭지 않게 여기며 쉽게 넘겼던, 혼자만 아는 몸의 자잘한 누추함이 늙어가며 점점 우세한 지위를 차지해 예전부터 틈만 나면 자행하려 했던 폭정을 드디어 실행에 옮겼다. 그렇지만 그것은 흥미롭고 기분 좋은 폭정이었다. 요통이 생길 낌새가 나타나 그녀는 조심스럽게 의자에서 일어났는데, 그러면서 네르비에서 허리를 삐끗했던 날이 떠올랐다. 그 이후 허리에 관해서는 방심할 수 없었다. 치아에 문제가 있다는 사실도 알게 되어 이제는 한쪽으로만 씹었다. 신경염으로 인한 통증 때문에 손가락 하나(왼

손 가운뎃손가락)가 본능적으로 구부러졌다. 발톱이 살을 파고 들며 자라서 구둣주걱을 사용할 때 저누가 여간 조심하는 게 아니었다. 몸의 모든 부분이 극도로 나 혼자만의 것이 되었다. 내 등, 내 치아, 내 손가락, 내 발가락. 그리고 역시 저누만은 그녀가 의자에 털썩 주저앉다가 난데없이 소리를 지르면 그게 무슨 의미인지 알아챌 수 있었다. 그렇게 그녀와 저누 사이의 유대 관계는 연인 관계에 이를 만큼, 배타적인 육체적 친밀함에 이를 만큼 견고해졌다. 이제 그녀의 삶은 그런 소소한 것들로 채워졌다. 저누와의 교감, 허물어져가는 자신의 몸에 대한 관심, 매주 찾아와 예의를 차리는 벅트라우트 씨, 서리 내린 아침과 벌판에서 연을 날리는 아이들을 보며 느끼는 즐거움 같은. 늙으면 뼈가 잘 부러지는 걸 알기에 살얼음이 낀 문간에서 미끄러질까 걱정하는 일까지. 그 모든 소소한 일, 하찮도록 소소한 일은 오직 죽음을 거대한 배경으로 삼고 있기에 고귀했다. 투명한 녹색 하늘을 배경으로 포플러나무와 버드나무, 오리나무 따위의 나무를 이파리 하나하나부터 잎맥까지 또렷하게 묘사한 이탈리아 그림이 있었다. 현재 그녀 삶의 자잘한 부분들, 맵시 있는 이파리들이 바로 그랬다. 아주 선명한 영원성과 나란히 놓여 있기에 하찮지 않았다.

마음이 잔뜩 부풀었다. 다른 모든 삶의 모험은 그에 비하면 그저 준비일 뿐인 지고의 모험만 남았을 뿐, 이제 어떤 모험도 닥치지 않으리라는 사실을 상기할 때마다 뻔한 옹졸함과 까탈스러운 삶에서 벗어났다.

그런데 그것은 삶이란 막바지에도 뜻밖의 일을 무궁무진하게 마련한다는 사실을 잊은 오산이었다. 그날 오후 다시 집 안에 들어서다가 현관 탁자 위에 놓인 네모진 모양의 특이한 남성용 모자가 눈에 띄었던 것이다. 그리고 들뜬 저누가 그녀를 맞으며 이렇게 속삭였다. "마님! 어떤 신사분이 와 있어요……. 마님이 나가서 안 계신다고 했는데도 도대체 남의 말을 듣는 분이 아니더라고요……. 응접실에서 마님을 기다리고 있어요. 차를 준비해야 할까요? 신발이 젖었을 수도 있으니 신발을 벗으시겠어요?"

슬레인 백작부인은 피츠조지 씨와의 만남을 되돌아보았다. 피츠조지 씨도 슬레인 백작부인과의 만남을 되돌아보았다. 케이가 데려가기를 한참 기다렸지만 허사였으므로, 그는 혼자 알아서 찾아왔다. 돈을 쌓아두고도 구두쇠 노릇을 하는 인물이라 지하철을 타고 햄프스테드까지 왔다. 역에서 내려 걸어왔다. 슬레인 백작부인 집 앞에서 잠깐 멈춰 선 채 감정가의 눈으로 조지 왕조풍의 품위 있는 집을 감상했다. "아, 안목 있는 여성의 집이로군." 그가 흡족한 마음으로 말했다. 하지만 곧 오판이었음을 깨달았다. 앞을 막는 저누를 밀치고 집 안으로 들어가자 백작부인에게 전혀 안목이 없다는 사실을 알게 되었다. 얄궂게도 그래서 그는 더 기분이 좋았다. 저누가 마지못해 그를 안내한 방은 소박하고 안락했다. “안락의자와 친츠 직물이라. 등은 적당한 자리에 놓았군.” 그가 방 안을 돌아다니며 중얼거렸다. 그는 슬레인 백작부인을 다시 만난다는 생각에 유별나게 가슴이 뛰었다. 하지만 방 안에 들어온 그녀는 그를 전혀 기억하지 못하는 것이 확실했다. 총독 부인 시절의 태도를 다시 찾으며 정중하게 그를 맞았다. 집을 비워 미안하다고 사과하고 자리에 앉으라고 했다. 케이에게 얘기를 들었다면서 차가 곧 준비될 거라고 했다. 그러면서도 무슨 볼일로 여기까지 왔을까 어리둥절한 기색이 역력했다. 혹시 남편의 생애를 책으로 내고 싶어서 왔나 생각할 수도 있겠지? 그런 생각이 문득 떠올라 피츠조지 씨는 별안간 키득키득 웃었는데, 상대방은 도통 알 수 없는 웃음이었다. 반년도 더 지난 과거에 캘커타에서 자신의 상상력을 건드린 것은 총독이 아니라 총독 부인이었다는 설명부터 들이댈 수는 없었다.

피츠조지 씨는 자신이 젊은 시절 총독 관저에 소개장을 들고 찾아갔다가 저녁 식사 자리에 의례적인 초대를 받았다고 설명해야 했다. 하지만 당황한 기색이라곤 없었다. 그런 사교적 관습에는 정말로 초연한 인물이었기 때문이다. 그는 공연히 말을 돌리지 않고 아주 간단히 설명했다. “그러니까 전 별볼 일 없는 젊은이였습니다.” 그가 말했다. “생면부지인 생부가 제게 세계 여행을 하라며 유산으로 큰돈을 남겨주었죠. 저야 물론 그런 기회가 생겨서 무척 기뻤습니다. 나 자신의 소망과 똑같은 다른 누군가의 소망을 실현하는 것은 언제나 기분 좋은 일이니까요. 제 후견인이기도 했던 변호인들이 유언장에 적힌 부친의 소망을 즉시 따르는 게 좋겠다고 하더군요." 그가 무미건조하게 말을 이었다. "법학원에서 썩어가는 노망난 늙은이들인 그들 눈에는 부친의 제안을 따라 런던을 버리고 머나먼 동양으로 가는 젊은이가 효성스러워 보였겠죠. 젊은이라면 무릇 광둥의 시장보다 섀프츠베리 애비뉴 극장의 뒷문을 훨씬 더 좋아하리라 여겼을 테니. 그런데 틀렸어요. 지금 제가 가진 귀중한 수집품 절반이 60년 전에 세계를 돌아다닌 덕에 얻은 겁니다, 백작부인."

슬레인 백작부인은 확실히 그의 수집품에 대해 전혀 들은 바가 없는 모양이었다. 사실 그렇게 말하기도 했다. 그래서 그는 그녀에게 미적 안목이 없다는 것을 알아챘을 때만큼 기뻤다.

"아주 멋져요, 슬레인 백작부인! 내 수집품은 유머포펄러스•의 수집품보다 적어도 두 배는 값어치가 있고, 두 배나 유명하기도 하죠. 제가 들인 돈은 현재 값어치의 100분의 1밖에 안 되지만요. 그리고 대부분의 수집가와 달리 저는 미적인 측

• 영국의 수집가 조지 유머포펄러스(1863~1939). 특히 20세기 초에 중국과 한국, 극동 지방의 유물과 미술품을 많이 수집했다.

면을 놓치는 법이 없습니다. 희귀하고 특이하고 오래되었다는 사실만으로는 충분하지 않은 거죠. 아름다워야 해요. 아니면 적어도 정교하게 제작되었든가. 그런 제 판단이 결국 맞았습니다. 지금 박물관들은 제가 가진 수집품 중 어떤 것이라도 가질 수만 있다면 가장 좋은 진열장을 내주겠다고 다들 난리니까요."

그런 일에는 문외한인 슬레인 백작부인은 순진하고 유치하게 떠벌리는 그의 모습이 재미있었다. 난데없이 자기 집에 들어왔고, 이제 난롯불 옆에 앉아 자기 자랑을 늘어놓는, 아름다운 물품을 수집한다는 이 순진해빠진 늙은 까치를 계속 부추겼다. 캘커타의 만찬과 케이와의 친분만이 이 집 안에 쳐들어온 일을 정당화할 수 있을 텐데, 그 이야기는 까맣게 잊은 채로 말이다. 처음 봤을 때부터 그에게서 세상사에 초연한 외톨이의 매력이 느껴졌다. 부모가 누구인지도 모르고 적법한 이름도 없이, 그저 오롯이 그 자신일 뿐이라는 바로 그 사실이 그에게 어떤 전설적인 매력을 부여한 것이 아닌가 싶었다. 세속적인 지위를 어디나 무사통과인 통행증으로 여기는 사람들은 살면서 질리도록 봐왔다. 피츠조지 씨에게는 그런 통행증이 없었다. 그의 막대한 재산조차 통행증이 되어주지 못했다. 워낙 구두쇠로 악명이 높아서 아무리 자신만만한 사람이라도 그에게서 콩고물을 얻어먹겠다는 희망을 곧장 접었기 때문이다. 참 이상하게도 자기 아들인 윌리엄의 탐욕은 그렇게 거슬리면서도 그의 탐욕은 별로 거슬리지 않았다.

윌리엄과 러비니어는 은밀하게 탐욕적이었다. 인색함이 유전이라 구두쇠 노릇을 안 할 수 없는데도(약혼한 두 사람을 보며 그런 면이 둘의 진정한 연결 고리라고 생각했던 기억이 났다) 그에 대해 솔직히 터놓지 않고 아닌 척 감추려 했다. 피츠조지 씨는 그것을 전혀 숨기려 하지 않고 규모도 더한 자신의 약점을 맘껏 누렸다. 슬레인 백작부인은 자신에게 안 좋은 면이 있더라도 그것을 부끄러워하지 않는 사람을 좋아했다. 위선적인 가장은 경멸했다. 그래서 자신은 돈을 내놓기가 정말 싫고, 아름다움에 어쩔 수 없이 이끌리는 경우에만 돈을 내놓는다, 그리고 싼 가격에 사야만 그나마 위안이 된다는 피츠조지 씨의 말에 그녀는 진심으로 웃었고 진심으로 존경심을 보였다. 그가 난롯불 너머로 그녀를 바라보았다. 그의 추레한 외투가 그녀의 눈에 들어왔다. "캘커타에서도 당신이 날 보고 그렇게 웃었던 기억이 나네요." 그가 말했다.

그는 캘커타에서 있었던 일을 아주 많이 기억하는 모양이었다. 기억력이 정말 뛰어나다는 그녀의 말을 반박하며 그가 말했다. "슬레인 백작부인, 젊은 시절의 기억은 나이가 들면서 점점 더 또렷해진다는 사실을 아직 알아채지 못하셨나요?" 별것 아닌 그 '아직'이라는 말에 그녀가 다시 웃었다. 여전히 젊다고 여자를 치켜세우는 남자처럼 굴었기 때문이다. 그녀는 여든여덟 살이었지만, 남녀 관계의 주요 원천이 나타나 코브라처럼 둘 사이에 똬리를 틀었다. 그런 자극을 느껴본 지가 언제인지 까마득했다. 예상치 못하게 다시 살아나 깜박이는 불꽃처럼, 작별 인사처럼 다가와 묘하게 마음을 흔들었고 제대로 되찾을 수 없는 어떤 가락을 메아리처럼 일깨웠다. 정말 예전에 피츠조지 씨를 만나서였을까, 아니면 그가 살짝 내보인 구시대적인 관심에서 모든 남자가 그녀를 흠모의 눈길로 바라보던 그 시절의 기억이 전반적으로 되살아난 것일까? 어느 쪽이건 그의 존재는 그녀를 심란하게 했다. 그 희미한 동요가 전혀 유쾌하지 않다는 시늉을 할 수는 없었지만 말이다. 그 역시 마음만 먹으면 설명해줄 수 있다는 투로 그녀를 바라보았다. 그가 떠난 뒤, 그녀는 책도 들지 않고 저녁 내내 불만 들여다보며 앉아 있었다. 궁금해하면서, 기억을 떠올리려 애쓰며, 모퉁이만 돌면 있을 텐데 거기 닿을 수 없어 감질나게 애만 태우는 무엇을 잡아보려 애쓰며. 버려진 첨탑에 달린, 깨지고 낡은 종 안의 추가 종을 때리듯이 무언가가 그녀를 때렸다. 계곡 너머까지 울려 퍼지는 소리는 없었지만, 첨탑 내부에서 아릿한 진동이 일면서 둥지 속 찌르레기가 퍼드덕거리고 거미줄이 부르르 떨었다.

물론 다음 날 아침이 되자 그녀는 전날 밤의 감상을 비웃었다. 웬 요상한 감상 나부랭이에 사로잡힌 걸까? 소녀처럼 두 시간 동안 몽상에 빠져 있었다니! 그런 식으로 들이닥친 피츠조지 씨의 탓이었다. 마땅히 그럴 만하다는 양 그녀의 화롯가에 앉아 옛날이야기를 하고 젊은 총독 부인이었던 그녀가 얼마나 기품이 있었는지 놀리듯이 회상하고, 나중에 다 알게 되겠지만 지금은 반만 들려주겠다는 분위기로 그녀를 바라보고, 약간 놀리는 듯도 하면서 약간은 신사답게 정중하고, 오롯이 감탄하고 은밀하게 감동한 그의 탓이었다. 겉으로는 아무렇지 않은 척 예의를 지키고 있었지만, 의도한 바가 있어서 그녀를 찾아왔다는 사실을 그녀는 알아챘다. 다시 찾아올까 궁금했다.

그분이 다시 찾아오면 맞이하느냐고 저누가 물었다. 다음에는 대비를 하겠다고, 자기를 전날 신문처럼 치워버리며 곧장 현관으로 들어와 우스꽝스러운 모자를 탁자에 올려놓는 일은 막겠다고 했다. "아이고, 세상에, 마님. 얼마나 웃기는 모자냐고요!" 저누가 몸을 반으로 접고 손바닥으로 허벅지를 문지르며 깔깔거렸다. 슬레인 백작부인은 무엇이든 웃기는 일이 있으면 진심으로 재미있어하는 저누의 그런 면을 무척 좋아했다. 그 대답으로 그녀 자신도 피츠조지 씨의 모자를 향해 빙그레 미소를 지어 보였다. 그런 모자는 대체 어디서 구했을까요? 저누가 물었다. 평생 어디서도 본 적이 없는 모자예요. 일부러 맞춤 제작을 한 걸까요? 또 그 목도리는, 마님도 보셨어요? 말 사육사 복장처럼 전부 바둑판무늬잖아요. "아주 독창적이에요." 저누가 슬기롭게 결론을 내렸다. 하지만 영국 하인과 달리 그녀는 피츠조지 씨를 놀리는 일에만 관심이 있지는 않았다. 그에 관해 더 알고자 했다. 그런 처지라니 참 불쌍하네요. 그녀가 말했다. 늘그막에 아무도 없이 혼자라니. 한 번도 결혼을 안 했어요? 결혼한 적이 있는 것처럼 보이지 않아요. 그녀는 뭐라도 알아내려 슬레인 백작부인을 졸졸 쫓아다녔지만, 슬레인 백작부인에게도 그런 정보는 없었다. 차를 참 잘 끓이더라고요. 저누가 말했다. 그녀는 추레한 외투를 보고 그가 아주 가난하리라 지레짐작했다. "제가 머핀을 들고 그분을 쫓아 모퉁이까지 마구 달려갔다니까요." 피츠조지 씨가 백만장자인 걸로 안다고 슬레인 백작부인이 다소 무미건조하게 전하자 저누는 눈에 띄게 실망한 기색이었다. "백만장자라고요! 그런데 옷을 그렇게 입고 다녀요?" 저누는 그 사실을 도저히 받아들일 수 없었다. 그래서 한마디로 어떻게 되는 거예요? 그녀가 물었다. 다음번에 집 안으로 모셔요, 말아요?

피츠조지 씨가 다시 찾아올 것 같지 않다고 슬레인 백작부인이 말했다. 하지만 그 말을 하는 순간에도 그것이 거짓말임을 알았다. 피츠조지 씨가 집을 나서며 그녀의 손을 붙잡고는 다음에 또 와도 되겠냐고 물었기 때문이다. 저누에게 거짓말할 필요가 뭐가 있지? "그래, 안으로 모셔." 그녀가 응접실로 걸음을 옮기며 말했다.

이제 셋이었다. 벅트라우트 씨와 고셰런 씨와 피츠조지 씨, 늙은 신사 세 명. 중개인과 건축업자와 미술품 전문가라니 얼마나 우스꽝스러운 삼인조인가! 다들 늙고, 다들 괴짜고, 다들 세속적인 면이라고는 없으니. 생을 마감하기 직전의 막간인 지금, 지금까지 살아온 인생(온갖 활동과 자식들과 헨리)이 전부 떨어져 나가고 그 대신 그야말로 흐뭇한 인물들이 들어찬 새로운 상황이 오롯이 자리를 차지하다니 일이 얼마나 묘하게 되었는지! 이런 상황이 생겨난 것은 전부 자신의 책임으로 여겨졌지만, 어떻게 그런 일을 해냈는지 도대체 상상이 가지 않았다. "어쩌면 항상 종국에는 원하던 것을 얻게 되나 보지." 그녀가 큰 소리로 말하고는 낡은 책을 집어 들어 아무데나 펼쳐 읽기 시작했다.

서약을 그만두어라, 대단한 맹세를 그만두어라,
허세를 그만두어라, 허영을 그만두어라,
미움을 그만두어라, 신성모독을 그만두어라,
악의를 그만두어라, 시기를 그만두어라,
분노를 그만두어라, 색욕을 그만두어라,
협잡을 그만두어라, 기만을 그만두어라,
혀를 놀려 험담하는 것을 그만두어라.

자신의 갈망을 누군가 이렇게 표현했다니 정말이지 놀라웠다. 그것도(그녀가 연도를 보았다) 1493년에?

다음 절을 읽었다.

미미한 거짓과 변덕에서, 더럽고 사나운 것에서 도망치라,
어디를 보나 공정한 척하는 치명적인 아첨꾼에게서 도망치라,
그럴듯한 가장과 근거 없이 꾸며낸 말에서 도망치라,
거짓이 빈번한 사람들의 동료애에서 도망치라,
옹고집이 가득한, 미친 듯이 들이미는 이에게서 도망치라,
바보들의 오류에서 도망치라, 허황된 환상에서 도망치라,
입에 발린 말을 하며 수다를 떠는 이에게서 도망치라.

그녀는 다른 것에서는 다 벗어났지만 허황된 환상에서는 도망치지 못했다. 세 명의 늙은 신사는 허황된 환상이었다. 허황된 환상 막대기. 그녀가 빙그레 웃으며 표현을 고쳤다. 허세와 허영과 혀를 놀리는 험담은, 캐리가 쌀쌀한 공기와 함께 이 집에 들일 때가 아니라면 이제는 그 집 문지방을 넘을 일이 없었다. 그러다가 피츠조지 씨를 기꺼이 집 안에 들여 친밀한 관계에 집어넣었다는 생각에 멈칫했다. 헤어지며 예의상 했던 말 외에 그가 다시 찾아오리라고 가정할 근거가 뭐가 있어서?

그는 다시 찾아왔다. 저누가 마치 오랜 친구처럼 그를 현관에서 맞이하는 소리가 들렸다. 네, 마님 안에 계세요. 네, 언제든 오시면 안으로 모시라고 말씀하셨어요. 그 소리를 들으며 그녀는 저누가 자신을 대신해서 그런 환대를 베풀지 말아줬으면 하는 마음이었다. 지금으로서는 피츠조지 씨가 침입하

도록 사적인 공간을 열어두는 일을 정말 원하는지 확신할 수 없었다. 케이에게 언질을 좀 하라고 해야겠다.

그래도 부드러운 검은색 옷을 차려입은 그녀는 자리에서 일어나 그가 기억하는 똑같은 미소를 지으며 손을 내밀어 그를 맞이했다. 그러지 말아야 할 이유가 뭐가 있나? 결국 두 사람은 늙은 사람, 아주 늙은 사람, 내내 각자의 나이를 의식할 만큼 늙은 사람들인데. 아주 늙었기에 굳이 애쓰지 않아도 대화가 오르락내리락 이어지는 사이, 불꽃의 분홍빛이 투과할 것처럼 투명한 손을 앞으로 뻗은 채 두 마리 고양이처럼 화롯불 양쪽에 앉아 시린 뼈를 데우는 일이 만족스럽고 좋았다. 평생 슬레인 백작부인은 누구와 자리를 함께하든 상대에게 원하면 대화를 하고 싫으면 안 해도 된다는 기분이 들도록 해주었다. 헨리 홀랜드가 그녀와 결혼하겠다고 마음먹은 이유 중 하나였다. 내면에 무궁무진한 고요함이 있기에 다른 사람들도 조용히 있는 것을 좋아하리라는 사실을 이해했다. 조용하면서도 따분하지 않은 여자는 드물고, 대화를 나눌 때 따분하지 않은 여자는 더 드물다고 헨리 홀랜드는 말했었다. 당시 헨리 홀랜드는 여자들과 어울리는 일을 즐겼지만 여자를 낮게 평가했고, 자신의 아내 외에 그 누구도 마음에 차지 않아 했다. 캘커타에서는 총독 주변으로 예쁘고 생기발랄한 여자가 많이 몰려들었고, 겉보기로는 번갈아 오직 자기들에게만 친밀한 관심을 보이는 듯한 그의 모습에 미혹되어 다들 우쭐댈 때,

진정 놀라운 명민함을 지닌 피츠조지는 그 사실을 간파했다.

백작부인에게 미적 안목이 없으니 얼마나 다행이람. 피츠조지 씨가 생각했다. 미적 취향을 자부하면서 감식가인 그와 잘 통할 거라고 지레짐작하는 여자들이라면 아주 신물이 났다. 그 둘은 전혀 관련이 없었다. 그러니까 '장식'과 진정한 아름다움 말이다. 자신의 예술 작품은, 고급 취향이라는 여자들이 멋지게 꾸며놓은 실내장식과는 다른 세계에 속했다. 슬레인 백작부인의 분홍색 등갓과 터키 카펫을 보며 거의 다정함이 솟아나기까지 했다. 아름다움을 바란다면 그저 상아조각처럼 섬세하고 사랑스럽고 연로한 부인에게 눈길을 두면 되었다. 의자에 앉은 몸매는 흐르는 물처럼 유려하고 팔다리는 나긋나긋 가냘프고, 그런 몸매와 눈처럼 흰 머리칼 위로 난롯불이 장미처럼 발간빛을 드리웠다. 젊은이에게는 연로한 얼굴의 아름다움이 없다. 젊은이의 얼굴은 아무것도 적히지 않은 책장이다. 바삐 움직이는 일이 다 끝나 이제 순순히 기다리는 일만 남은 듯이 그렇게 가만히, 오롯한 안식 속에 앉아 있는 일을 젊은이는 할 수 없다. 그는 중년 시절의 그녀를 만나지 못해 정말 다행스러웠다. 젊고 활달하고 열의에 불타던 예전 기억을 망가뜨리지 않고 그대로 간직했다가 서사의 다른 끝에 이른 현재 그녀의 모습으로 그것을 완성할 수 있게 되었으니 말이다. 같은 사람이었지만, 그 자신은 그사이에 무슨 일이 있었는지 전혀 몰랐다.

그는 자신이 오 분가량 침묵을 지키고 있음을 의식했다. 슬레인 백작부인은 그가 함께 있다는 사실도 잊은 듯했다. 잠이 든 것은 아니었다. 발을 난로 망에 얹고 평소처럼 두 손은 편안히 내린 채 가만히 불을 들여다보고 있었기 때문이다. 그녀가 자신을 그렇게 자연스럽게 받아들이다니 그로서는 뜻밖이었다. '하지만 우린 늙었고 우리 지각은 말이 없으니까.' 그가 생각했다. '평생 알아온 사이라는 듯이 여기 이렇게 앉은 나를 당연시하는 거야.' "슬레인 백작부인, 총독 부인으로 지내던 시절이 그다지 즐겁지 않았던 걸로 아는데요." 그가 입을 열었다.

그의 목소리는 늘 약간 냉소적이고 거슬렸는데, 그녀와 함께라고 그런 투를 누그러트리려 애쓰지도 않았다. 그는 꽤나 인간을 업신여기고 경멸하는 인물이라 입만 열면 빈정거림이 튀어나왔다. 친구라고는 케이뿐이었지만, 케이에게조차 부드럽게 말을 거는 경우보다 거칠게 말하는 경우가 더 많았다.

헨리에 대한 의리가 되살아나며 슬레인 백작부인이 일순 경직되었다. "총독직도 나름의 쓸모가 있어요, 피츠조지 씨."

"하지만 부인께는 분명 아니었잖아요." 자기 말을 후회하는 기색도 없이 피츠조지 씨가 말했다. "그 멍청이들 사이에 붙들려 있는 당신을 보고 내가 얼마나 속상했는지 알아요?" 그가 몸을 앞으로 숙이며 말했다. "당신은 순순히 받아들이고 해야 할 역할을 했죠. 오, 그것도 아주 훌륭하게! 하지만 내내 당신의 본성을 부인했던 거예요. 만찬에서 당신과 총독이 나타나기를 기다렸던 때를 아직 기억해요. 커다란 거실에 다들 모여 있었죠. 보석으로 치장하고 제복을 차려입은 사람 서른 명이 넓은 바닥에 깔린 카펫 위에 다소 우스꽝스러운 기분으로 서 있었어요. 어마어마하게 큰 샹들리에 가득히 촛불이 타고 있었던 기억이 나는군요. 누구라도 걷기만 하면 머리 위에서 짤랑거렸어요. 그것이 짤랑거리는 게 당신의 발걸음 때문일까, 그런 생각을 했더랬죠. 곧 커다란 접이식 문이 확 열리면서 당신이 총독과 함께 들어왔고, 여자들이 모두 무릎을 굽혀 절을 했죠. 저녁 식사가 끝난 뒤 당신들은 참석한 손님들을 찾아다니며 이런저런 말을 했어요. 흰색 옷을 입고 머리에 다이아몬드 장식을 단 당신이 내게 맹수 사냥을 하러 갈 생각이냐고 물었죠. 아마 그것이 돈 많은 젊은 남자에게 할 적절한 말이라고 생각했겠죠. 내가 동물 죽이는 일을 끔찍이 싫어한다는 사실을 당신이 알 리 없으니까. 난 아니라고, 그저 여행을 할 뿐이라고 대답했죠. 당신은 주의를 기울이는 듯 미소를 보이긴 했지만 내 대답을 듣지는 않았을 게 분명해요. 다음 손님에게 할 말을 머릿속으로 굴려보고 있었을 거고, 마찬가지로 공들여 떠올렸겠지만 역시 맞지 않는 말을 했을 게 당연하고. 여행에 동행하지 않겠냐고 제안한 건 당신이 아니라 총독이었어요."

"우리 여행에요?" 슬레인 백작부인이 흥미롭다는 듯이 되물었다.

"총독께서 이런저런 제안을 다감하게 툭툭 던졌던 거 알잖아요. 진심으로 하는 말이 아니고 상대가 그걸 진짜로 받아들이리라 기대하지도 않는 제안이라는 걸 대개는 알죠. 그냥 꾸벅 인사를 하면서, 말씀만으로도 고맙습니다, 그러고는 그 말을 다시 꺼내는 일은 없으려니 하죠. 중국인가? 그래, 내가 다음 주에 중국에 가는데, 참 흥미로운 나라야, 중국은. 자네도 함께 가지 그래. 이런 식으로 말이죠. 그런데 누군가가 그 말을 곧이곧대로 받아들이면 깜짝 놀라겠죠. 물론 예의라면 흠잡을 데가 없는 분이니 놀란 내색은 하지 않겠지만. 어때요. 맞는 말 아닌가요, 슬레인 백작부인?"

가타부타 답을 기다리지도 않고 그가 말을 이었다. "그런데 딱 한 번 누군가가 그의 말을 곧이곧대로 받아들였던 겁니다. 내가 그랬죠. 피츠조지, 자네 골동품 수집가라면서. 그런 말로 입을 열었죠. 골동품 수집가라는 용어가 그에겐 막연했을 텐데. 자네 골동품 수집가라면서, 게다가 바쁜 일도 없고. 우리와 함께 파테푸르 시크리에 가는 거 어떤가? 그러더군요."

슬레인 백작부인의 머릿속에 아무렇게나 흩어져 있던 퍼즐 조각이 순간 한꺼번에 움직이며 제자리를 잡았다. 반밖에 듣지 못한 음들이 다시 모여들어 가락을 이루었다. 적막한 인도의 한 도시에서 테라스에 나와 서 있는 자신으로 돌아갔다. 군데군데 피어오르는 모래 구름이 아그라로 가는 길을 알려주는 갈색 풍경을 건너다보고 있었다. 따뜻한 난간에 팔을 얹고 몸을 기대선 채 양산을 천천히 돌리고 있었다. 양산을 돌린 이유는 약간 거북했기 때문이다. 곁에 선 젊은 남자와 그녀는 나머지 세상과 따로 떨어져 있었다. 총독은 저 멀리서 흰 제복과 햇볕 가리는 모자를 쓴 일단의 공직자들과 함께 진주 사원을 둘러보고 있었다. 지팡이를 들어 가리키며, 처마 밑의 산비둘기를 다 쫓아버려야 한다고 말했다. 슬레인 백작부인 곁에 선 젊은이는 산비둘기를 탓하다니 참 안된 일이라고, 인간이 버린 도시에서 비둘기들이 모여 사는 게 뭐가 어떠냐고 나지막하게 말했다. 비둘기와 원숭이와 앵무새가 말이죠. 옥색 앵무새 떼가 공중에서 시끄럽게 다투며 두 사람 앞을 지나갈 때 그가 말을 이었다. 여기 다마스크 담에 붙은 녹색 깃털을 봐요. 바람에 날려 시인의 집을 가로지르는 한 줌의 에메랄드처럼 새 떼가 다시 공중에서 한 바퀴 돌자 고개를 들며 그가 덧붙였다. 오로지 새와 동물들만 거주하는, 사원과 왕궁과 궁정의 도시에는 뭔가 색다른 면이 있다고 말했다. 호랑이가 악바르 왕궁의 계단을 오르고 코브라가 대회의실에서 맵시 있게 똬리를 튼 광경을 보고 싶다고 했다. 장화를 신고 햇빛 가리개 모자를 쓴 남자들이 아니라 그들이야말로 붉은 도시에 더 어울릴 거라고. 슬레인 백작부인은 총독과 그 일행의 움직임을 파악하기 위해 귀를 쫑긋 세운 채로 그의 상상에 빙그레 웃으며 피츠조지 씨는 낭만주의자라고 말했다.

피츠조지 씨. 이제야 그 이름이 기억났다. 지금까지 알았던 이름이 수천 개니 그 이름을 잊었다고 놀랄 일도 아니었다. 하지만 이제 기억이 났다. 그런 말로 놀리던 그의 얼굴에 떠오른 표정이 기억난 것처럼. 단순한 표정이 아니었다. 그것은 그녀의 시선을 붙든 채로 그 안에 감히 입 밖에 내지 못할, 입 밖에 내지 않을 모든 숨은 의미를 가득 쏟아부었던, 그가 만들어낸 순간이었다. 그때 그녀는 그 앞에 발가벗고 선 기분이었다.

"그래요. 당신 말이 맞았어요." 햄프스테드의 난롯불을 사이에 두고 그녀를 건너다보며 그가 말했다. "**그때** 난 낭만주의자였죠."

자신의 회상 속으로 들어오기라도 한 양 그가 그 말을 입 밖에 내는 바람에 그녀는 화들짝 놀랐다. 그렇다면 그 순간은 그에게도 마찬가지로 그렇게 의미심장하고 강렬했던 건가? 정말이지 그 의미로 마음이 뒤흔들려 스스로 인정하지 못할 만큼이나 심란해졌다. 헨리를 향한 충절에 흠잡을 데라고는 없었다. 하지만 피츠조지가 떠난 뒤, 이름조차 의식 속에 제대로 기입되지 않은 젊은 떠돌이 여행가가 떠난 뒤 그녀의 상태는 가장 은밀한 내면의 지하실에서 누군가 다이너마이트 한 묶음을 터뜨린 듯했다. 누군가 한번 들여다본 뒤 그녀 자신에게도 감추었던 내실에 이르는 길을 발견했던 것이다. 너무나 배짱 좋게도 그녀의 영혼 속을 들여다봤던 것이다.

“참 묘해요. 그렇죠?” 그가 여전히 그녀에게 시선을 둔 채로 말했다.

“그래서 아그라를 떠난 뒤 뭘 했나요?” 예전에 그로 인해 자신의 마음이 흔들렸다고 인정하기 싫었기에 그녀는 다른 질문을 던졌다.

“카슈미르로 갔습니다.” 의자에 등을 기대고 손가락 끝을 맞대며 그가 말했다. “유람선을 타고 보름 동안 강을 거슬러 올라갔죠. 생각할 시간이 워낙 많아서 분홍색 연꽃이 가득한 호수를 바라보며 흰옷을 입은 젊은 여성, 의무감이 강하고 놀랍도록 훈련이 잘되어 있지만, 길들지 않은 열정을 지닌 그 여성을 생각했죠. 잠깐 동안 가까이 다가갔다며 우쭐했는데, 그러다가 상대가 눈길 한번 주고는 바로 몸을 돌려 남편에게 가버렸다는 사실이 떠올랐어요. 하지만 겁이 나서였는지, 아니면 날 질책하려는 의도였는지는 전혀 판단할 수 없었죠. 아마 둘 다였겠지만.”

“겁이 났던 거라면, 자신에게 겁이 난 거지 당신 때문은 아니었어요.” 피츠조지 씨는 물론 스스로도 놀랍게 슬레인 백작 부인의 입에서 이런 말이 나왔다.

“나 때문에 겁을 냈다는 그런 자만에 빠진 적은 없어요.” 피츠조지 씨가 말했다. “내가 여자의 마음을 끌 인물이 아니라는 건 그때 이미 알았으니까요. 당신처럼 어여쁘고 특출한 젊은 여자는 더욱 그렇고. 바라지도 않았어요." 좀 터무니없이 까탈스러워 보이는 외양으로나마 반항하듯 그녀를 바라보며 말했다.

"당연히 그러셨겠죠." 순간 번득인 그의 상처받은 자존심을 다독이며 슬레인 백작부인이 말했다.

"그래요. 바라지 않았어요." 마음이 풀어진 피츠조지 씨가 말했다. "그래도." 과거 기억이 떠올라 다시 솔직한 심정으로 그가 덧붙였다. "그 전이나 이후에나 한 번도 사랑에 빠진 적이 없었는데, 그때 파테푸르 시크리에서 당신을 보고 사랑에 빠졌어요. 아마 캘커타에서의 그 우스꽝스러운 만찬 때 정말 사랑에 빠졌을 거예요. 그게 아니라면 파테푸르 시크리까지 가는 일도 없었겠죠. 그런 식으로 내 길에서 벗어난 적이 없어요. 남자 때문이건 여자나 아이 때문이건 내가 그런 식의 일을 한 적은 전혀 없었는데 말이죠. 난 철저한 이기주의자입니다, 슬레인 백작부인. 미리 말해두는 게 좋겠군요. 예술 작품이 아니면 그 무엇도 날 꾀어서 내 길에서 벗어나게 할 수 없거든요. 카슈미르로 갔다가 그다음에 중국으로 갔는데, 그곳에서 예술 작품에 푹 빠져서 당신은 잊었지요."

이 기이하고도 무례한, 뒤늦은 애정 공세는 슬레인 백작부인에게 온갖 감정을 연속적으로 불러일으켰다. 그것은 헨리에 대한 충절을 위반했고, 노년의 평온함을 흔들었다. 젊은 시절의 당혹스러움을 다시 불러일으켰다. 깜짝 놀라긴 했지만, 그 이상으로 달가웠다. 전혀 예상하지 못한 일이었다. 지난날을 돌아보고 단 하나의 앞길을 고대하며 지내는 지금의 그녀에게는. 그런 안정된 생활을 마구 뒤흔들려는 악의적인 의도를 품고 피츠조지 씨가 일부러 찾아온 것만 같았다.

“하지만 중국에서도 여전히 당신과 슬레인 경을 떠올릴 여유는 있었습니다. 당신들은, 과자에 비유하자면 참 안 어울린다고 할까요. 물론 진짜 과자라면 그 반대라고 할 테지만 말이죠. 안 어울린다고 해서 당신이 할 일을 훌륭하게 해내지 않았다는 뜻이 아닙니다. 훌륭하게 해냈죠. 사실 너무 훌륭해서 내게 의구심이 들었던 거예요. 유쾌하면서도 불편한 그 사기꾼과 결혼하지 않았나면 당신은 어떻게 살았을까요, 슬레인 백작부인?”

“사기꾼이라고요, 피츠조지 씨?”

“아, 물론 말 그대로 사기꾼은 아니죠.” 피츠조지 씨가 말했다. “오히려 그 어렵던(그렇다고 들었어요) 5년 동안 영국의 수상을 맡아 큰 무리 없이 나랏일을 해나갔으니까요. 사실 어렵지 않은 때는 거의 없지만. 내 판단이 잘못되었을 수도 있어요. 하지만 그가 남보다 좋은 이점을 타고났다는 건 당신도 인정하겠죠. 내가 아는 어떤 남자보다 매력적인 남자였어요. 타고난 매력이 어느 정도까지는 삶에 도움이 되는데 보통 더 나아갈 수 없다고 여겨지는 지점이 있잖아요. 그런데 그는 그걸 넘어섰죠. 그것도 한참. 현실이라고 하기 힘들 정도로 너무 훌륭한 거죠. 슬레인 백작부인, 당신도 분명 그 매력 때문에 괴로웠던 때가 많았겠죠?"

그가 그 질문을 얼마나 아무렇지도 않게 던졌는지 그녀는 무심코 진심을 털어놓을 뻔했다. 피츠조지 씨는 정말로 관심이 있는 듯했다. 하지만 그녀는 사실 관심이 가지는 않는 어떤 인생 문제를 이맛살을 찌푸린 채 골똘히 따져보는 헨리의 모습을 종종 지켜보았더랬다. 인간적 관심사가 하찮은 수준으로 쪼그라든 세상에 틀어박혀 살았고, 깊은 마음속에는 차갑고 냉소적인 야망 외에 아무것도 없는 사람이면서. 헨리가 그렇다면 피츠조지 씨라고 뭐가 다르겠는가? 한 사람은 정치가였고 한 사람은 예술품 감정가였다. 혹시 가짜가 아닌가 하며 당나라 인물상을 살피듯 조사를 받고 싶은 마음이 그녀에게는 없었다. 헨리를 평생 지켜보며 얻게 된 교훈 하나가 있었고, 그것은 쉽게 잊히지 않았다. 그렇게 매력적이면서 그렇게 기만적이고, 또 그렇게 냉랭한 존재와 함께 산다는 것은, 그런 존재를 사랑한다는 것은 끔찍한 일이었다. 헨리가 무척 남성적인 인물이었음을 그녀는 문득 깨달았다. 매력과 교양이 넘쳤지만 남성성이야말로 그의 인성의 골자였다. 그렇게 세상을 비웃고 경멸했지만 본인이 그 누구보다 세속적인 인물이었다.

"화가가 되었을 거예요." 마지막 질문이 아닌 그 전 질문의 대답으로 슬레인 백작부인이 말했다.

"아!" 마침내 원하는 것을 얻은 사람처럼 안도하며 피츠조지 씨가 말했다. "고맙습니다. 그것이 제게 단서가 될 수 있겠어요. 그러니까 당신은 잠재적으로 예술가였던 거네요? 그런데 여자의 몸으로 가능하지 않은 일이었겠죠. 알겠어요. 평온한 표정의 당신에게서 왜 간혹 비극적인 분위기가 풍겼는지 이제 이해가 가는군요. 당신을 보면서, 저 모습은 무척 상심한 여자의 모습이군, 하고 생각했던 기억이 나요."

"이봐요, 피츠조지 씨!" 슬레인 백작부인이 외쳤다. "내가 비극적인 삶을 살았던 것처럼 말하지 말아요. 난 사회적 지위와 안락과 자식들과 사랑하는 남편이라는, 여자들 대부분이 탐내는 것을 다 가졌더랬어요. 불평할 것이라고는 없어요. 전혀요."

"당신에게 정말 중요한 단 하나의 것을 속아서 빼앗겼다는 점만 빼면 말이죠. 예술가에게는 재능의 발현 외에는 아무것도 중요하지 않아요. 그건 나만큼이나 당신도 잘 알 텐데요. 그것이 좌절되면 부자연스러운 모습으로 비틀린 나무처럼 구부러져 자라죠. 삶은 무의미하고 그저 생존이 돼요. 임시변통의. 똑바로 봐요, 슬레인 백작부인. 자식과 남편과, 그 화려한 삶이란 당신의 자아를 가로막은 장애물이었을 뿐이에요. 당신의 진정한 천직 대신 선택한 대체물이었을 따름이죠. 너무 어려서 그럴 수밖에 없었겠지만, 그런 삶을 선택했을 때 당신은 빛을 저버린 죄를 지었던 겁니다."

슬레인 백작부인이 손을 올려 눈을 덮었다. 자신을 비난하는 충격을 더 이상 버텨낼 기운이 없었다. 설교사라도 된 양 피츠조지 씨가 인정사정없이 그녀의 평온함을 마구 뒤흔들었다.

“그래요. 당신 말이 맞아요.” 그녀가 힘없이 말했다.

“당연히 내 말이 맞죠. 늙은 피츠가 웃기는 인물일지는 몰라도 아직 가치를 알아보는 감각은 있어서 당신이 내 신조의 첫 번째 계율을 어겼다는 걸 알아본 겁니다. 그러니 나무랄 만도 하잖아요.”

“이제 그만 나무라시죠.” 슬레인 백작부인이 고개를 들어 미소를 보이며 말했다. “내가 잘못을 저질렀다면 그 대가는 이미 다 치렀다고 확실히 말할 수 있어요. 하지만 남편을 탓해서는 안 돼요.”

“안 합니다. 남편 입장에서는 당신이 바랄 만한 건 다 해줬으니까요. 그냥 당신을 죽인 거죠. 그게 다예요. 남자가 여자를 죽이는 건 다반사고, 듣자 하니 여자들도 대부분 그렇게 죽임당하는 걸 즐긴다죠. 당신도 여자니까 그 과정에서 얼마간 낙을 얻었다고 보는데. 이제 내게 화가 나나요?”

“아니요. 그렇게 정체가 탄로 나니 오히려 안도감이 드네요.” 슬레인 백작부인이 말했다.

“파테푸르 시크리에서 당신 정체를 알아냈다는 걸 이제 깨달았겠죠? 물론 자세하게는 아니고, 근본적인 의미에서 말입니다. 지금 이 대화는 그때 우리가 나누지 못했던 대화의 연장선일 따름이에요."

동요한 상태였지만 부인은 기탄없이 소리 내어 웃었다. 이제 나무라는 일을 그만두고 유머와 애정이 담긴 눈길로 그녀를 바라보는, 아주 별난 피츠조지 씨에게 대단히 고마운 마음이 들었다.

"50년 동안 하지 못했던 대화군요." 그녀가 말했다.

"그리고 다시 끄집어낼 일은 없을 겁니다." 자신이 찾아낸 상처를 수술칼로 거듭 헤집을까봐 그녀가 두려워하리라는 사실을 알고 놀랄 만큼 눈치 빠르게 그가 말했다. "어쨌든 꼭 해야 할 말이라는 게 있고, 이것도 그런 것이었죠. 이제 우리는 친구가 될 수 있어요."

피츠조지 씨는 그런 식으로 둘 사이를 정리하고는 그녀가 자신과 어울리는 일을 당연히 반기리라고 여겼다. 미리 연락하는 일도 없이 찾아와 어느새 그의 자리가 된 의자에 자리를 잡고는, 그를 흠모하는 저누를 놀리고, 벅트라우트 씨와 지나치다 싶게 토론을 이어가고, 자신의 습관을 그 집에 강요했는데, 그래도 어쨌든 슬레인 백작부인의 생활 방식에 멋지게 자신을 맞춰나갔다. 그녀가 비틀거리며 느릿느릿 히스로 산책을 나갈 때 동행하기도 했다. 그녀의 망토와 그의 네모진 모자는 겨울날의 나무 아래에서 움직이는 익숙한 풍경이 되었다. 두 사람은 허청거리며 함께 황야를 거닐다가 종종 벤치에 앉았는데, 기운이 없어서라고 인정은 하지 않고 그저 풍경을 감상하기 위해 그런 척했다. 충분히 쉬었다 싶게 감상을 하고 나면 자리에서 일어나 좀 더 걷자고 마음을 모았다. 그렇게 두 사람은 컨스터블의 기억을 부활시키고, 진초록 월계수 사이에 외따로 놓인 압박과 비극의 자그마한 흰 상자 같은 키츠의 생가를 찾아가기도 했다. 유령 같은 인물 두 명이 패니 브론•의 유령과 키츠를 결딴낸 열정에 대해 나직하게 이야기를 나눴다. 그러는 내내 피츠조지 씨가 그렇게 조심성 많은 이기주의자(가련한 키츠와 달리)가 아니었다면, 젊은 총독 부인을 향한 가망 없는 사랑을 안은 채 멀리 떠나버릴 만큼 현명했고 동시에 50년 동안 그렇게 멀리서나마 그 마음을 간직해올 정도로 현명하지 못했던 그를 결딴낼 수도 있었을 슬레인 부인에 대한 열정이 손에 닿지 않는 저 모퉁이 너머에 숨어 있었다.

어느 날 히스에 함께 있을 때 그녀가 잊고 지낸 한 사건을 그가 일깨워주었다.

"기억해요?" 그가 그렇게 입을 열었는데, 그 단어는 이제 두 사람에게 아주 익숙해져서 그 말이 나올 때마다 두 사람은

• 영국 시인 존 키츠(1795~1821)의 연인이자 뮤즈였던 패니 브론(1800~1865).

빙그레 미소를 지었다. "그때 만찬 이후에 내가 점심 식사를 하러 왔던 날 기억해요?"

"만찬요?" 이젠 머리 회전이 그렇게 빠르지 않은 슬레인 백작부인이 애매하게 되물었다. "무슨 만찬?"

"캘커타에서 말이에요." 그가 상냥하게 말했다. 그는 그녀의 기억을 애써 끌어내야 할 상황에서도 절대 성마른 모습을 보이지 않았다. "내가 파테푸르 시크리 여행에 동행하자는 제안을 받아들이자 총독이 다음 날 다시 와서 점심을 함께하자고 했죠. 상세한 일정을 논의해야 한다면서. 그날 좀 일찍 갔더니 당신이 혼자 있었어요. 혼자는 아니고, 케이와 함께 있었죠."

"케이가?" 슬레인 백작부인이 말했다. "아, 하지만 그때는 케이가 아직 태어나지 않았을 텐데."

"태어난 지 두 달 되었어요. 당신 방에 요람을 놓고 함께 있었죠. 기억 안 나요? 아기와 함께 있는 모습을 낯선 청년에게 보이게 되어 약간 당황한 것 같던데. 하지만 곧바로 평소의 태도로 돌아와(그렇게 수수한 당신 태도에 감탄했던 기억이 나요) 아기를 한번 보지 않겠냐고 했죠. 당신이 요람에 두른 커튼을 젖혀주었고, 그런 당신을 생각해서 그 흉측한 작은 것을 한번 들여다봤어요. 하지만 사실 난 커튼을 잡고 있는 당신 손을 보고 있었어요. 모슬린처럼 하얀 손에, 색을 지닌 것은 반지뿐이었죠."

"이 반지예요." 검은 장갑 아래로 툭 튀어나온 부분을 만지며 슬레인 백작부인이 말했다.

"당신이 그렇다면 그렇겠죠. 일전에 케이에게 내가 요람에 누운 그를 본 적이 있다고 말했어요." 피츠조지 씨가 키득키득 웃으며 말했다. "그 농담을 수년 동안 안 써먹고 아껴두고 있었죠. 장담하는데, 아주 깜짝 놀랐을 겁니다. 하지만 더는 설명하지 않았어요. 지금까지도 사실을 알지 못할걸요. 당신에게 물어봤으면 모를까?"

"아니요." 슬레인 백작부인이 대답했다. "물어보지 않았어요. 물어봤다 한들 내가 답을 해주지도 못했겠지만."

"못 했겠죠. 다 잊어버리니까. 잊어버리죠." 벌판 저 멀리에 시선을 둔 채 피츠조지 씨가 말했다. "하지만 절대 잊히지 않는 일들이 있어요. 커튼을 붙든 당신 손을 기억하고 이후 케이로 자라날, 그 흉측한 갓난것을 내려다보던 당신 표정을 여전히 기억해요. 우연히 당신의 내밀한 사생활에 불쑥 들어간 그 순간 내게 일었던 일그러진 감정도 기억하죠. 오래 지속되지는 않았어요. 당신이 벨을 울렸고, 유모가 와서 요람째 케이를 데리고 나갔으니까요."

"케이를 좋아하나요?" 슬레인 백작부인이 물었다.

"좋아하냐고요?" 화들짝 놀라며 피츠조지 씨가 되물었다. "뭐, 익숙해졌죠. 그래요. 당신이라면 좋아하는 거라고 할 수도 있겠네요. 워낙 서로를 잘 알아서 상관하지 않고 내버려

두죠. 서로에게 익숙해요. 그렇게 표현합시다. 우리 나이에는 그게 아니면 뭐든 성가시니까요."

사실 누구를 좋아한다는 것은 슬레인 백작부인에게도 아득한 감정이었다. 피츠조지 씨를 좋아하는 것 같았고, 저누와 벅트라우트 씨를 좋아했고, 그보단 덜하지만 고셰런 씨도 좋아했다. 하지만 그 좋아하는 마음에 수고로움이나 불안은 이미 떠나고 없었다. 늙은 몸에서 생기가 다 빠져나간 것처럼. 모든 감정은 이제 황혼의 것이었다. 그녀가 할 수 있는 말은 피츠조지 씨와 함께 햄프스테드 히스에서 산책을 하다가 앉아서 쉬는 일이 즐겁다는 정도였다. 그사이 그가 예전의 기억들을 불러냈는데, 시간의 베일을 사이에 두고도 흐릿한 그녀의 눈이 감당하기에 너무 강한 빛을 발산했다.

사실 피츠조지 씨는 슬레인 백작부인에게 진실을 다 말한 게 아니었다. 그날 그곳에서 방 한구석에 놓인 요람 속의 케이와 단둘이 있는 그녀를 보았을 때, 그녀가 방 안 가득 놓인 꽃에 둘러싸여 바닥에 무릎을 꿇고 있었다는 말은 하지 않았다. 영국에서 온 지 얼마 안 되었으니 아마 겨울이었을 것이다. 그런데도 인도의 정원에서 꺾어온 장미와 미나리아재비와 스위트피가 어우러져 주변에 무리 지어 놓여 있었다. 카펫 위 여기저기 놓인, 물이 담긴 투명한 꽃병이 군데군데에서 밝게 빛났다. 그녀가 고개를 들어 그를 보았다. 예상치 못한 손님이 나타나 총독 부인이 할 법하지 않은 일에 열중한 그녀를 우연히 보았던 것이다. 그런 일은 비서나 정원사가 해야 마땅하겠지만, 그녀는 직접 하고자 했다. 고개를 들면서 물이 뚝뚝 떨어지는 손으로 눈을 가린 머리칼을 넘겨 올렸다. 그런데 바로 그 동작으로 눈에서 치워버린 것이 또 있었다. 사적인 생활 전부를 치워버린 뒤 그 자리에 형식적인 예의를 채워 넣었던 것이다. 그렇게 예의를 차리면서 일어나 우선 손의 물기를 닦은 뒤 그에게 내밀며 말했다. "오, 피츠조지 씨." 그러니까 그때는 일시적으로나마 그의 이름을 알았던 거다. "미안합니다. 시간이 이렇게 된 줄 몰랐어요."

세인트 제임스 스트리트에서는 피츠조지 씨가 자주 집을 비우는 것이 눈에 띌 수밖에 없었다. 케이 홀랜드는 피츠와 저녁을 함께할 기회가 전보다 적어졌다는 사실을 눈치챘다. 하지만 의심이 가는 원인을 아무리 멀리까지 찾아봐야 설명이 되지 않았다. 진실에 다가갈 수 없는 그는 연로한 친구가 피곤해서, 어쩌면 건강이 안 좋아서 부득불 일찍 잠자리에 드는 건가 하는 공연한 근심이 떠나질 않았다. 하지만 두 사람은 언제나 격식을 차리는 관계였기에 알아보기가 조심스러웠다. 그는 집에 찾아가본 적이 있어서 피츠조지 씨가 어떻게 사는지 대충 알았다. 비할 데 없이 귀중한 예술 작품이 무질서하게 널려 있는 사이로 실내복을 걸치고 슬리퍼를 신은 그가 발을 끌며 오가고, 저녁으로 먹을 인스턴트 수프를 가스레인지 위에서 끓이고, 전기를 아끼려고 딱 하나 켜놓은 전구가 예이거•를 입은 자그마한 몸을 비춘 다음 쌓여 있는 액자의 금박에 겨우 이르는 광경(아니면 아예 병에 동강 양초를 꽂아서 쓰려나?)을 머릿속에 떠올릴 수도 있었다. 케이의 생각에 피츠조지 씨는 제대로 잘 먹지 않는 것이 분명했고, 매일 청소부가 오지만 최소한의 일만 하고 가는, 천장이 낮고 물건이 빽빽이 들어찬 집에서 그 먼지를 다 들이마시며 살면 당연히 건강이 나빠질 거라고 여겼다. 될 수 있는 한 반짝반짝 윤이 나도록 주변을 쓸고 닦느라 엄청난 시간을 들이는 케이로서는, 그 정신 사납고 지저분한 곳에서 지내는 피츠조지 씨가 어떻게 그럭저럭 단정하고 말쑥한 모습으로 나타날 수 있는지 불가사의하기만 했다. 사실 노처녀라 해도 연중행사인 봄맞이 대청소를 감독하는 케이 홀랜드보다 더 자기 집에 자부심을 느끼는 사람은 없을 것이다. 부서지기 쉬운 보물들은 대야에 물을 받아 팔을 걷어붙이고 직접 손으로 닦았다. 그런데 늙은 피츠를 보라고! 피츠가 방 두 개짜리 그 집으로 이사를 한 때가 언제인지 까마득한데, 그 이후 한 번이라도 집을 다 뒤집어 대청소를 한 적이 없으리라는 것이 케이의 짐작이었다. 하나씩 계속 뭔가를 물고 와 잔뜩 쌓아둔, 버나드 스트리

• 영국의 의류 브랜드.

트의 건물 처마 아래 까치집이나 다름없었다. 의자 위에 아무렇게나 던져두고, 의자가 꺼지면 바닥에 놓았다. 서랍에 쑤셔 넣었고, 찬장이 얼마나 가득 찼는지 이젠 문도 잘 닫히지 않았다. 피츠조지의 허락을 얻은 손님이 찾아와 그의 명작에 더께로 앉은 먼지를 불어 날리고, 그림이든 청동상이든 조각이든 빛에 비추어 볼 때가 아니면, 피츠 자신은 전연 건드리지도 않았고 먼지를 터는 일도 없었다.

그런데 그런 피츠의 모습이 요즘 통 보이지 않았다. 클럽으로 걸어 들어오는 그를 보았을 때 예전과 다를 바 없는 모습이라서 케이의 불안감은 줄어들었다. 굳이 따지자면 전보다 약간 더 활달해 보이기까지 했다. 은밀한 농담을 즐기는 양 눈을 반짝거리며, 더 신나게 케이를 구박했다. 사실 은밀한 농담을 즐기는 게 맞았다. 케이는 훈훈하고 기꺼운 마음으로 앉아 있었다. 그 누구도 피츠조지처럼 그를 놀리지 않았다. 케이는 요람 속의 자신을 보았다는 일전의 대화를 다시 꺼내고 싶은 마음이 굴뚝같았지만, 워낙 안 하던 일인 데다 소심해서 차마 꺼내지 못했다.

한편 케이로서는 다행스럽게도 피츠는 슬레인 백작부인을 소개시켜달라는 부탁을 더 이상 하지 않았다. 케이는 햄프스테드에 내려가 사는 어머니가 분명 낯선 사람의 방문을 전혀 반기지 않으리라 보았다. 사실 이 문제에서 자신이 생각을 잘 했고, 늙은 피츠를 기술적으로 적절히 만류해서 스스로 뿌듯해하기도 했다. 그렇지만 이따금 약간 꺼림했다. 새로운 친분을 한번 만들어보려던 피츠를 단칼에 잘라버리다니 다소 박정하지 않았나? 그런 제안을 하기까지 대단히 힘들었을 테고, 그 문제를 다시 끄집어내기란 더 힘들 것이었다. 그래도 어머니에 대한 의무가 먼저였다. 캐리나 허버트나 찰스는 한적한 곳에 내려가 살려는 어머니의 마음을 이해하지 못했다. 하지만 그는, 케이는, 이해할 수 있었다. 그러므로 어머니의 그런 마음을 지켜주는 것이 그의 의무였다. 그렇게 어머니를 지켰다. 그는 보통 피츠 앞에서는 기를 펴지 못했는데도 그랬다. 그가 적당히 얼버무린 덕에 피츠는 자신을 사로잡았던 변덕을 이제 다 잊은 모양이었다. 조만간 어머니를 찾아가 자신이 얼마나 영리하게 행동했는지 알려드려야겠다고 케이는 생각했다.

그런데 1월의 맹추위가 얼마나 기승을 부리는지 그 일을 줄곧 미루었고, 고양이처럼 따뜻하고 아늑한 곳을 무척 좋아하는 케이는 찬바람이 쌩쌩 부는 지하철역은 바깥 생활에 익숙하지 않은 데다 연로해가는 자기 같은 사람이 갈 장소가 아니라면서 쉽게 핑계를 댔다. 외투와 목도리를 단단히 차려입고 템플에 있는 자신의 집을 나와 알아서 비키지도 못할 만큼 뚱뚱한 비둘기 사이를 뚫고 파운틴 코트를 가로지른 뒤, 계단을 내려가 북쪽 강변길을 걷다가 다시 노섬벌랜드 애비뉴로 올라가 공원을 가로질러 세인트 제임스 스트리트에 이르는, 매일 걷는 그 길은 어떻게 해볼 수 있었지만, 그 너머로 더 나가는 일은 도저히 엄두가 나지 않았다. 그는 운동 삼아 그런 것도 있지만, 대중교통마다 가득할 미생물에 무척이나 예민했기 때문에 걸어다녔다. 그에게 미생물은 파충류보다 더 끔찍했다. 하루가 저물 때면 자신이 적어도 한 가지 치명적인 질병에 걸렸으리라는 상상이 떠오르지 않은 적이 없었고, 물을 펄펄 끓였으니 안전하다는 사실을 고마운 마음으로 떠올려야 차를 마실 수 있었다. 비가 오거나 진눈깨비가 내리는 날은 집에 틀어박혀 있을 구실이 생겨 더욱 환영이었다. 감기에 걸렸다든지, 요즘 독감이 아주 유행이라든지, 저누가 어머니를 잘 보살피길 바란다는 짧지만 다정한 편지를 어머니에게 써 보내는 것으로 양심의 가책을 달랬다. 그러면서도 여전히 날이 풀리면 곧장 햄프스테드의 어머니를 찾아뵈고 피츠조지 이야기를 해드려야겠다고 생각했다. 재미있어 하실 테니까. 고마워하시겠지.

그러나 유난히 슬기로운 사람이 으레 그러듯이 케이는 계획을 너무 오래 미루고 말았다. 피츠조지가 자신보다 스물다섯 살이 더 많다는 사실을 잊었던 것이다. 여든한 살은 시간을 가지고 장난칠 수 있는 나이가 아니었다. 스무 살이나 서른, 마흔, 쉰, 혹은 예순 살까지도 내년 여름으로 미뤄둬야겠다고 한들 큰 무리가 없었다. 물론 스무 살이라도 뜻밖의 위험은 늘 도사리고 있지만 말이다. 하지만 여든하나의 나이에 그렇게 미루는 것은 운명을 면전에서 조롱하는 일과 다름없었다. 젊은 시절에는 있음직하지 않은 뜻밖의 위험이던 것이 나이와 더불어 점점 불어나 여든의 나이에는 확실성이 된다. 어쩌면 케이의 가족이 워낙 오래 살아서 잘못된 기준을 갖게 되었는지도 모른다. 케이에게 피츠조지의 죽음은 두말할 나위 없이 엄청난 충격이었고, 도무지 믿을 수 없어 분한 마음까지 들었으니 말이다.

그 죽음의 암시가 그에게 처음 온 것은 "웨스트엔드 클럽 회원의 죽음"이라는 벽신문의 글자를 보았을 때였다. 점심을 먹으러 강변길을 걷다가 노섬벌랜드 애비뉴에 들어섰을 때 무심결에 그 글귀가 뇌리에 박혔다. 그에게는 버스가 브릭스턴의 도로를 따라 올라간다는 소식과 다를 바 없었다. 좀 더 걸었을 때 점심판인 또 다른 벽신문이 눈에 들어왔다. "고독한 백만장자가 웨스트엔드에서 사망." 그에 피츠조지가 머리를 스쳤지만, 바로 치워버렸다. 기자들조차 버나드 스트리트를 웨스트엔드로 치는 법은 별로 없었으니까. 케이는 플리트 스트리트에 몸담은 적이 없었다. 어쨌든 그는 신문을 한 장 샀다. 공원을 가로질러 걸어가는데, 땅 위로 연두색 코를 비죽 내민 수선화가 눈에 들어왔다. 그렇게 그 길을 걷기가 수천 번이었다. 평온하게 부들스에 들어가 늘 주문하는 비시 생수를 주문한 뒤, 냅킨을 펼치고 《이브닝 스탠더드》를 앞쪽에 세워둔 채 점심을 먹기 시작했다. 구운 고기와 피클이었다.

한결같이 반복되는 일상이라 종업원에게 따로 주문할 필요도 없었다. 신문 1면의 두 번째 난에 이런 문자가 쓰여 있었다. 웨스트엔드의 클럽 회원 사망한 채 발견: 부유한 은둔자의 기이한 일생 공개. (그때조차 케이는 어떻게 클럽 회원인 동시에 은둔자일 수 있는지 의아하기만 했다.) 바로 그때 이름이 눈에 박혔다. 피츠조지 씨…….

그가 들고 있던 포크와 나이프가 접시 위로 요란하게 떨어졌고, 그렇잖아도 케이 홀랜드의 태연한 모습에 의아해하던 다른 손님들이 그제야 고개를 들고 서로 속삭였다. "아, 이제 들었나봐!" 들었다는 건 신문에서 읽었다는 뜻이었다. 하지만 들었다는 말에도 상당히 일리는 있었다. 신문에 인쇄된 그 이름이 케이에게 비명이라도 지르는지 귀가 먹먹할 정도였으니 말이다. 누군가가 귀에 상자를 들이댄 느낌이었다. "피츠가 죽었다고?" 그가 옆자리의 남자에게 물었다. 아는 사이는 아니었지만, 지난 20년간 얼굴이 익어서 만나면 고개를 까딱해 보이던 남자였다.

주머니에 손을 집어넣어 택시비를 계산했다는 흐릿한 기억만 있을 뿐 어떻게 왔는지도 모르게 그는 버나드 스트리트에 도착해 피츠의 집 계단을 오르고 있었다. 강제로 열고 들어갔는지 피츠의 집 현관문은 부서지고 쪼개져 있었다. 몸집이 큰 젊은 경찰관 두 명이 있었는데, 젠체하면서 변명을 늘어놓는 두 사람은 케이의 이름을 듣고는 아주 공손하게 잘 받아주었다. 피츠도 있었다. 예이거 실내복을 입고, 기이하도록 빳빳한 모습으로 침대에 누워 있었다. 탁자에는 정어리 한 마리 반과 반쯤 먹다 만 토스트 조각, 먹다 남은 삶은 계란이 놓여 있었다. 먹다 남은 다 식은 삶은 계란만이 그럴 수 있겠다 싶게 입맛 떨어지는 광경이었다. 피츠는 수면 모자를 쓰고 있었는데, 옆쪽에 술이 달린 그 모자가 케이에게는 뜻밖이라 깜짝 놀랐다. 그의 모습은 생전과 별다를 바 없었다. 그저 그러면서도 전혀 달라 보였을 뿐. 어떤 점 때문에 달라 보이는지 꼬집어 말하기가 힘들었다. 경직되어서라고 설명할 수는 없었다. 어쩌면 늙은 피츠를 훔쳐본다는 죄책감, 지금까지 아무에게도 보이지 않았던 순간, 슬리퍼를 신고 수면 모자를 쓴 순간, 찬장에 남은 마지막 정어리 세 개를 꺼냈던 그 순간에 고정된 그의 모습을 목격하게 된 죄책감에서 기인한 것인지도 몰랐다. "시신을 움직이면 안 됩니다." 케이가 너무 가까이 다가가 친구의 몸을 만지지라도 않을까 경계하며 젊은 경찰관 하나가 말했다. "의사가 할 일을 다할 때까지는 말이죠."

케이는 이 죽음과 너무 대조되는 아버지의 죽음을 떠올리며 창문가로 물러났다. 두 사람은 정말이지 무척 상반된 삶의 경로를 택했더랬다. 피츠는 세상을 경멸했고, 혼자서 은밀한 삶을 살았다. 자기 내면에서 즐거움을 구하고 누구에게도 자신을 내보이지 않았다. 그가 흥분하는 모습을 본 것은 딱 한 번이었는데, 한 신문에 런던의 괴짜들을 다루는 기사가 실렸을 때였다. "맙소사! 세상과 떨어져 살면 다 괴짜라는 건가?" 그렇게 말했다. 괴짜 명단에 자기 이름이 포함되어 격분한 것이었다. 그는 주변 사람들이 흔히 보이는 다른 사람들에 대한 호기심을 이해하지 못했다. 천박하고 따분하고 불필요하다고 여겼다. 그냥 내버려뒀으면 좋겠다고, 자신은 세상 돌아가는 일에 간섭할 마음이 전혀 없다고 했다. 본인이 선택한 세상에 칩거하며, 자기 예술품과 그 아름다움에 빠져 살고 싶을 뿐이라고. 그것이 그 나름의 정신적 삶이며 그 나름의 사색적 삶이었다. 그래서 그의 고독한 죽음에도 비애감은 없었다. 자신이 선택한 삶과 일치하는 죽음이었으므로.

하지만 법률 자문단과 정부 관계자는 걱정이 태산이었다. 케이가 참담한 마음으로 창문가에 서서 꼬질꼬질한 커튼을 만지작거리며 서 있는데 그들이 들이닥쳤다. 경직되고 말이 없는 형체를 바라보며, 그가 말도 못 하게 부자였다고 말했다. 실제로 기사에 따르면 그의 재산 가치가 일곱 자리 숫자에 이른다고 했다. 그리고 자신들이 거지의 고독사는 많이 다뤄봤지만 백만장자의 고독사는 전례가 없어 어떻게 처리해야 한다는 방침이 없다고도 했다. 그래도 친척은 있겠죠? 케이의 탓이라는 듯 케이를 바라보며 그들이 말했다. 하지만 케이는 없다고 대답했다. 자신이 아는 한 피츠 씨에겐 친척이 하나도 없다고. 이 땅에 연줄이라고는 전혀 없다고. "좀 기다려봐요." 그가 덧붙였다. "사우스 켄싱턴 박물관에서 뭔가 알려줄 수 있을지도 모르니까."

그에 경위가 껄껄 웃었다. 그러다가 시신과 한방에 있다는 사실을 깨닫고는 손으로 입을 막았다. 박물관이라고요! 그가 말했다. 사망한 사람의 정보를 얻을 장소치고는 참 칙칙한 곳이군요. 틀림없이 그 경위의 집에는 마음 편한 부인이 있고 소란스러운 아이들이 바글거리고, 창가에는 빨간 제라늄 화분들이 놓여 있을 것이다. 사실, 홀랜드 씨가 박물관을 거론한 것이 아주 엉뚱한 말은 아니라고 했다. 박물관이 아니었다면 경위 본인과 부하들이 여기 있지도 않았을 거라고. 살인이나 자살의 암시도 없는데 경찰이 와 있는 것 자체가 통상적인 일은 아니었다. 단지 경위가 '흥분 상태'라고 표현한 그런 상태로 박물관이 런던 경찰국에 전화를 한 덕에, 혹시 국가에 귀속될 수도 있는 귀중한 물건들을 잘 지키기 위해 버나드 스트리트에 경찰관이 출동한 것이었다. 정작 경위는 그 물건들을 업신여기는 것이 분명했지만 '귀중한'이라는 말은 즉각 인정했다. 그런데 박물관보다 좀 더 인간적인 정보통으로 홀랜드 씨가 아는 바는 없을까요? 홀랜드 씨는 없다고 했다. 인명록에서 피츠조지 씨를 찾아보는 게 어떻겠냐고 자신 없이 말할 뿐이었다.

자, 대체 부친은 누구시죠? 경위가 수첩을 꺼내 본격적으로 일을 시작하며 물었다. 저 기자들 좀 내보내. 부하 두 명에게 화를 내며 그렇게 소리 질렀다. 부친은 없습니다. 그물에 걸린 토끼의 심정으로, 버나드 스트리트에는 왜 괜히 와서 이렇게 공무원에게 닦달당하나 후회하는 심정으로 케이가 대답했다. 게다가 사망한 백만장자의 조상을 묻는 것은 그의 의무를 넘어 개인적인 호기심이 아닌지 미심쩍기도 했다.

그를 뚫어지게 보는 경위의 눈 속에 장난기가 비쳤지만, 자존감에서인지 눌러버렸다. "그럼 모친은?" 아버지는 없을 수도 있지만 어머니는 없을 수가 없지 않냐는 듯이 그가 물었다. 하지만 케이는 그런 추정이 지배하는 영역을 벗어난 지 오래였다. 그가 보아온 피츠조지는 그저 독립적인 삶을 지키려 안간힘을 쓰는 고립된 존재일 뿐이었다. "어머니도 없어요." 그가 대답했다.

"그럼 대체 있는 게 뭐예요?" 경위가 그렇게 물으며 자기 부하들을 힐끗 돌아봤는데, '돌았어'라는 한 단어로 케이를 정리해버리는 표정이었다.

사적인 삶이죠. 케이는 그렇게 대답하고 싶었다. 약간 어지럼증이 일며, 경위와 그가 대표하는 모든 것, 그리고 피츠조지 사이의 격차가 감당하기 어려울 정도였다. 하지만 겨우 절충을 해서 방 안 여기저기 무더기로 쌓인 예술품을 가리키며 말했다. "이거죠."

"그거로는 충분치 않죠." 경위가 말했다.

"그에겐 충분했어요." 케이가 말했다.

"저 고물들이?" 경위가 말했다. 케이는 묵묵히 있었다.

경찰 한 사람이 다가와 경위에게 명함을 보여주며 귀에 대고 뭐라고 속삭였다. "좋아. 들여보내." 명함을 확인한 경위가 말했다.

"층계참에 기자들도 엄청나게 몰려와 있습니다."

"다 내보내라고 했잖아."

"방 안을 잠깐만 보게 해달랍니다."

"그럴 일은 없어. 볼 거 없다고 해."

"알겠습니다."

"고물만 잔뜩 있다고 해."

"알겠습니다."

"박물관에서 나온 신사분만 들여보내. 그 외엔 아무도 들이지 말고." 경위가 케이를 돌아보며 말을 이었다. "그 박물관 얘기는 맞는 것 같군요. 시신의 삼촌이라도 되는 양 지금 등장했으니까요. 지체 없이 말이죠." 케이는 그가 넘겨준 명함을 받아 읽었다. "크리스토퍼 폴잼, 빅토리아 앤드 앨버트 박물관."

중산모를 쓰고 푸른색 외투를 입고 가죽 장갑에 뿔테 안경을 낀 젊은 남자가 들어왔다. 남자는 피츠조지 씨를 흘끗 보고는 눈을 돌려 방 안 여기저기 쌓인 물건을 훑어보았다. 경위와 대화하는 중에도 그것들을 평가했다. 하지만 그의 태도는 경위와는 달랐다. 이따금 눈이 반짝하면서 의자나 탁자 위에 먼지를 덮어쓴 채 쌓여 있는 귀중품을 손에 넣으려는 듯이 부지불식간에 움찔움찔했다. 게다가 그는 케이 홀랜드에게 깍듯이 인사를 했고, 그래서 경위의 눈에 케이의 지위가 상당히 올라가게 되었다. 어쨌든 박물관은 정부의 보조금이라는 아주 실질적인(보잘것없기는 하지만) 권한을 부여받은 공적 기관이었다. 그리고 그것은 경위의 존경심을 명령하는, 존경심을 샀다고도 할 수 있는 그런 권위였다. 그는 케이 홀랜드를 대했던 것보다 예의를 갖춰 폴잼 씨를 대했다. 케이 홀랜드가 전 수상의 아들이라는 점은 알아보지 못했지만, 폴잼 씨가 건넨 명함에는 명확하게 '빅토리아 앤드 앨버트 박물관'이라고 적혀 있었기 때문이다.

사실을 말하자면 폴잼 씨는 안절부절못했다. 늙은 피츠의 물건이 제대로 보호되고 있는지 알아보라며 윗사람이 급히 보낸 인물이었다. 지난 40년간 늙은 피츠가 툭툭 던진 언질을 생각하면 박물관이 그의 유산상속인으로서의 권리를 기대해도 무리가 없으리라 보았다. 케이 홀랜드는 다시 창문가로 물러나 꼬질꼬질한 커튼을 만지작거리며 경위와 폴잼 씨 둘 다 응당 그럴 만하다고 보았다. 경위는 수행해야 할 의무가 있었고, 박물관에서 보낸 폴잼 씨도 자신에게 안 맞는 일을 하고 있는 것이었으니까. 새로운 물건을 발견했을 때 늙은 피츠가 느끼던 기쁨, 멋진 물품 앞에서 늙은 피츠가 느끼던 심술궂고 절제된 황홀감은, 실질적인 망자의 보호나 성향에 대한 관심과는 다른 세계에 속해 있었다. 케이도 웬만큼은 세상을 알았으므로 어쩔 수 없는 일이라는 것을 이해했다. 그의 친구의 입장에서 보더라도 아주 역설적이라는 심정은 아니었다. 경위와 폴잼 씨는 둘 다 저마다의 견지에서 행동하고 있었다. 특히 폴잼 씨는 무척 예의 바르기도 했다.

"물론 저희가 개입할 권리는 없다는 건 압니다." 그의 말소리가 들려왔다. "하지만 워낙 가치가 어마어마하고, 피츠조지 씨가 수집품 대부분을 국가에 귀속하겠다는 의향을 늘 저희에게 비쳤다는 사실을 고려하면, 망자의 재산을 보호할 적절한 조치가 필요하다는 것이 저희 박물관의 생각입니다. 위에서 지시하길, 여기 책임을 맡을 사람을 저희 쪽에서 보내는 게 좋겠다고 보신다면 바로 한 사람을 보내겠다는 말을 전달하라고 했습니다."

"지금 수집품의 가치가 어마어마하다고 말씀하신 게 맞습니까?"

"수백만 파운드는 된다고 봐야겠죠." 폴잼 씨가 음미하듯 말했다.

"흠……." 경위가 말했다. "저야 그런 분야는 전혀 아는 바가 없습니다만, 제 눈에 이 방은 전당포처럼 보이는데요. 하지만 당신 말씀이 그러하다면 당연히 믿어야겠죠." 엄지손가락을 휙 돌려 피츠조지 씨를 가리키며 그가 말했다. "저분은 가족이 전혀 없다지요?"

"제가 들은 바로는 그렇습니다."

"참 특이하네요. 돈 많은 사람치고는 참 특이해요."

"변호사는?" 폴잼 씨가 넌지시 물었다.

"어디서도 아직 변호사를 보내지 않았습니다. 하지만 점심판 신문에 뉴스가 실렸으니까. 맞아. 여기 전화가 없어." 넌더리가 난다는 듯 주변을 둘러보며 경위가 말했다. "누가 되었건 직접 찾아와야겠구먼."

"피츠조지 씨는 은둔자에 가까웠어요."

"그건 저도 알겠습니다. 의지가지없는 홀몸이었다는 거죠. 나로서는 이해가 잘 되지 않지만. 전 사람들과 어울리는 걸 좋아하거든요. 여기가 멀쩡하긴 했나요?" 경위가 자기 이마를 톡톡 치며 물었다.

"약간 별스러웠지만, 그냥 그 정도입니다."

"그런 부류의 인물이 치안판사나 뭐 그런 자리에 들어가면 좋지 않겠어요? 그러니까 공무를 좀 맡기는 거죠. 병원 위원회라든지."

"피츠조지 씨는 공적인 삶에 관심이 있지 않았을 겁니다." 폴잼 씨가 그렇게 말했는데, 말투로 봐서는 호의적인지 비난조인지 케이는 판단할 수 없었다. "하지만 대단히 귀중한 수집품을 국가에 남길 인물에게 그런 말을 해서는 안 되겠지요." 그가 덧붙였다.

"정말 남길 건지는 확실히 모르잖아요." 경위가 말했다.

폴잼 씨가 어깨를 으쓱했다. "꽤 분명히 암시한 바가 있어요. 게다가 국가가 아니면 달리 남길 데가 어디 있어요? 홀랜드 씨, 당신에게 전부 남기지 않았다면 말이죠." 그가 케이를 돌아보며 말했는데, 그 유머가 만족스러운 모양이었다.

그러나 피츠조지 씨는 수집품을 국가에도, 케이 홀랜드에게도 남기지 않았다. 자신의 엄청난 재산까지 포함한 수집품 전부를 슬레인 백작부인에게 남겼다. 유서는 반쪽짜리 종이에 쓰여 있었지만, 어딜 보나 명료했고 완전히 정식으로 작성되었다. 필요한 증인도 갖추어 다른 식으로 해석될 만한 빈틈이라고는 없었다. 재산은 자선단체에 기부하고, 수집품은 국립 미술관과 테이트 미술관을 비롯한 여러 다른 미술관에 나누어 기증하려 했던 앞선 유언을 취소하고 새로 작성한 것이었다. 슬레인 백작부인의 소유권은 절대적이며, 유산을 넘기는 데 어떤 조건이나 의무도 없음을 명백하게 적어놓았다.

이 소식이 알려지자 다들 경악을 금치 못했다. 미술관 측의 분노와 당혹만큼이나 슬레인 백작부인 가족의 놀라움과 기쁨도 대단했다. 즉시 캐리의 차 탁자 주위로 다들 모여들었다. 바로 그날 오후에 모친을 만나본 캐리는 모두가 부러워할 만한 유리한 입장에 있었다. 사실 그녀는 곧장 햄프스테드로 달려갔었다. "난데없이 그렇게 엄청난 책임을 떠맡게 된 불쌍한 어머니를 혼자 놔둘 순 없었으니까." 캐리가 말했다. "어머니가 그런 종류의 일처리에 얼마나 젬병이신지 다들 알잖아.” “그런데 도대체 어떻게.” 그날따라 유난히 벌컥벌컥 화를 내는 허버트가 말했다. “도대체 어떻게 그런 일이 생긴 거야? 어머니는 그 피츠조지라는 남자를 어떻게 아신 거지? 케이는 또 무슨 관계가 있고? 케이와 피츠조지가 친하다는 건 우리도 다 아니까 말이지. 우리는 어머니가 그 사람과 안면이 있는지조차 몰랐잖아. 그 사람 이름을 입에 올리시는 건 한 번도 들어본 적이 없어.” 허버트의 노여움이 탁탁거리며 들불처럼 타올랐다.

“다 꾸민 거야. 딱 그거지. 케이가 배후에 있어. 케이는 그 노인네 재산을 자기가 차지하고 싶었겠지. 뭐, 어쨌든 케이도 보기 좋게 뒤통수를 맞은 거고.”

“과연 그럴까?” 찰스가 말했다. “케이가 어머니와 모종의 합의를 했는지 어떻게 알아? 케이는 항상 우리와 거리를 두고 지냈으니까. 난 늘 케이가 약간 염치없다고 생각했어.”

“오, 물론이지.” 메이블이 입을 열었다.

“가만히 있어, 메이블.” 허버트가 말했다. “나도 찰스와 같은 생각이야. 확실히 케이는 언제나 약간 복병이었으니까. 게다가 어머니는 유언에 대해 우리 중 누구에게도 전혀 말씀이 없으셨잖아.”

“지금까지는 남겨줄 재산도 없으셨지.” 이디스가 말했다. 그녀는 형제와 한자리에 있는 것이 지긋지긋했지만, 여하튼 그 자리에 있었다.

으레 그러듯이 아무도 이디스 말에 신경 쓰지 않았다.

"내 생각은 전혀 달라." 윌리엄이 말했다. 실질적인 문제를 파악하는 능력은 그가 가장 뛰어나다는 것은 형제자매들도 인정했다. "케이와 어머니 사이에 모종의 합의가 있었다면 피츠조지의 유산이 일단 어머니에게 가도록 처리하지는 않았을 거야. 세금을 생각해봐."

"돌아가셨을 때?" 늘 그렇듯 눈치 없는 이디스가 그 불쾌한 단어를 끄집어냈다.

"적어도 50만 파운드는 될걸." 윌리엄이 말했다. "그건 아냐. 전부 직접 케이에게 주는 게 훨씬 나으니까."

"하지만 어머니는 도무지 현실적이지 않으시잖아." 캐리가 한숨을 쉬며 말했다.

"비극적일 만큼 현실적이지 못하시지." 윌리엄이 말했다. "왜 우리 중 누구와도 논의를 하지 않으셨을까? 하지만 이젠 다 끝난 일이지." 그러더니 달관한 투로 다시 말을 이었다. "도대체 그걸 다 어떻게 하시려나?"

"어머니는 전혀 관심이 없으신 모양이야." 캐리가 말했다. "가보니까 어머니는 책을 읽고 계시고 저누는 구석에서 고양이에게 먹이를 주고 있더라고. 진짜로 책을 읽고 계셨던 건지는 잘 모르겠는데, 무슨 말이든 꺼내야 할 것 같아서 제목이 뭐냐고 여쭤봤더니 대답을 못 하시더라고. 머디가 보내준 책이라고만 하셨는데, 다들 알다시피 어머니는 그런 목록은 다

직접 꼼꼼히 만드시지 머디에게 맡겨두는 법이 없으시잖아. 집에 들어가기도 좀 힘들었어. 보아하니 기자들이 엄청 몰려와 귀찮게 했는지, 어머니가 저누에게 현관 벨이 울려도 나가지 말라고 하셨다더라고. 뒤쪽 정원으로 가 창문 아래에서 소리쳐 어머니를 불러야 했지."

"그래서 어머니는 뭐라고 해명하셨어?" 캐리가 말을 멈추자 허버트가 물었다.

"아무 해명도 안 하셨어. 피츠조지라는 그 사람은 인도에 살 때 만났던 사람인데 최근에 한두 번 집에 찾아왔었대. 그렇게만 말씀하시더라고. 하지만 뭔가 숨기시는 게 분명해. 피츠조지가 집에 찾아왔었다는 말씀을 하자 주변을 얼쩡거리던 저누가 갑자기 울음을 터뜨리며 방에서 나가더라고. 앞치마를 들어 올려 거기 대고 코를 훌쩍거리면서. 나가면서 '정말 상냥한 신사분이셨는데' 그런 말을 했어. 그걸 보니 그 사람이 늘 팁을 줬었겠구나 싶었지."

"그래서 어머니는? 심란해 보이셨어?"

"조용하셨어." 잠깐 사이를 두었다가 캐리가 판결을 내리는 투로 말했다. "그래, 전체적으로 보자면 분명 어머니는 뭔가 숨기는 게 있었어. 계속 화제를 바꾸려고 했거든. 도대체 화제를 바꾸는 게 가당키나 해! 어머니는 런던의 벽신문을 보지 못하신 거야. 확실해. 난 그저 불쌍한 어머니를 도우려던 것뿐인데. 그렇게 딸의 마음을 알아주지 않으시니 참 괴롭더

라. 내가 관여하지 않기를 바라시는 것 같았어. 내게 거리를 두려고 하신달까."

"하지만 어머니 연세에 숨길 만한 일이 뭐가 있어?" 러비니어가 말했다. "그게 아니라면?"

"뭐, 그거야 알 수 없지. 안 그래?" 캐리가 말했다.

"아냐." 허버트가 말했다. "아냐! **그럴** 리가 없어!" 집안의 가장답게 의분에 찬 말투였다.

"그래, 아니겠지." 그 말을 순순히 인정하며 캐리가 말했다. "오빠 판단이 가장 낫다고 믿으니까. 그래도 문득문득 아주 해괴한 생각이 떠오른다니까."

캐리의 해괴한 생각을 들으려 다들 조금씩 그쪽으로 몸을 기울였다.

"아냐, 말 못 하겠어." 그렇게 커다란 관심을 불러일으켜 신이 난 캐리가 말했다. "여기서 한 이야기가 밖으로 새어 나갈 일은 없겠지만, 그래도 안 되겠어."

"캐리!" 허버트가 외쳤다. "말을 끝맺지 않을 거면 아예 꺼내지도 않는다는 우리 약속 알잖아."

"그건 어렸을 때잖아." 여전히 주저하면서 캐리가 말했다.

"그래, 말하기 싫다면 굳이……." 허버트가 말했다.

"꼭 듣고 싶다면." 캐리가 말했다. "내게 떠오른 생각은 이런 거야. 피츠조지 씨라는 그 어르신과 어머니의 친분 관계를 아는 사람은 우리 가운데 아무도 없잖아. 우리에게는 이야기를 꺼낸 적이 없다고. 그런데 이제 와서 보니 어머니가 그분을 인도에서 알았다잖아. 케이가 태어나던 딱 그때에. 어쩌면 그 전일 수도 있고. 그리고 그분은 항상 케이에게 관심을 가졌고. 그러더니 세상을 뜨면서 가진 재산 전부를 어머니에게 남겼어. 그래, 케이에게 남긴 건 아니지. 하지만 어머니가 그 재산을 몽땅 다시 케이에게 남기지 못할 이유는 없잖아. 그분은 늘 케이에게 재산을 남기기를 원했을지도 몰라. 단지 우회로를 택했던 거지. 속임수가 아닌지 누가 알겠어? 알다시피 그런 괴팍한 노인들은 추문이라면 아주 질겁하잖아."

"그러니까 그 이유가……." 허버트가 말했다.

"바로 그렇지. 바로 그런 이유에서."

"오, 아냐, 아니라고!" 이디스가 외쳤다. "정말 끔찍해, 캐리. 아주 흉측하다고. 어머니는 아버지를 사랑하셨어. 아버지를 속이는 일은 절대 하시지 않았을 거라고."

"하여튼 너는!" 캐리가 말했다. "순진해서 반사를 그저 흑백으로만 보니!" 하지만 그러면서 이미 이디스가 있는 자리에서 그 말을 꺼낸 일이 후회스러웠다. 어머니에게 고해바칠 수도 있었다. 지금은 특히나 어머니와 좋은 관계를 유지해야 할 중차대한 이유가 있는데 말이다.

이디스는 너무 화가 나서 대동단결한 나머지 가족을 두고 그 자리를 떴다. 그들은 의자를 좀 더 당겨 앉았다.

"그런데 어떤 젊은 남자가 찾아왔어." 캐리가 다시 이야기를 이어갔다. "무슨 박물관에서 온 폴잼이라는데, 말할 수 없이 불쾌한 젊은이야. 그런데 저누의 행동이 영 마뜩잖더라고. 아마 이름만 알린 게 아니라 자기 명함을 보여줬을 거야. 어쨌든 저누가 므시외 폴장브(Follejambe) 씨•가 오셨다고 했는데, 일부러 그런 게 아닌가 싶어. 그런데 알고 보니 그럴 만도 해. 그 젊은이와 박물관은 어머니 유산에 눈독을 들이는 게 분명하더라고. 하는 말로는 어머니 집에 수집품을 보관할 장소가 마땅치 않으면 미술관에서 대신 맡겠다는 제안을 하러 왔다더라고. 그때는 그래도 어머니가 꽤 분별력이 있으셨던 게 딱히 뭐라고 약속을 하지 않으셨어. 그냥 아직 뭘 어떻게 할지 결정하지 못했다고만 하시더라고. 마치 없는 사람 취급하듯이 폴잼 씨를 쳐다보셨어. 그때 아니나 다를까 늘 하던 식으로 저누가 불쑥 들어와서는 어머니께 저녁으로 커틀릿을 드실지 닭 요리를 드실지 물어보는 거야. 그러자 어머니는 닭 요리가 돈이 더 들기는 하겠지만 내일까지 먹을 수 있겠지, 그러시더라. 1년에 받을 돈이 적어도 8만 파운드는 될 어머니가 말이야!"

러비니어가 신음을 내뱉었다.

"하지만 어머니는 그 젊은이한테만이 아니라 내게도 말을 아끼셨어." 캐리가 말을 이었다. "오로지 어머니를 돕고 싶은

• 프랑스어로 'folle'은 '미쳤다'는 뜻.

마음이라고 그렇게 말씀을 드렸는데도 말이야. 다들 날 잘 아니까 그게 사실이라는 건 이해하겠지만. 그런데도 나 역시 폴잼 씨를 바라보듯이 모호하게 바라보시는 거야. 내내 딴생각에 빠져 계시나 싶기도 하고. 어쩌면 감상적인 회상에 젖어 계셨는지도 모르고." 캐리의 말투가 사나워졌다. "저누가 다시 들어와 닭 요리가 거의 다 되었고 시간이 지나면 맛이 덜할 거라고 하는데도, 내게 저녁 먹고 가라는 말씀조차 안 하시더라고. 결국 나는 폴잼 씨와 함께 집을 나서야 했고, 당연히 그에게 차를 태워주겠다고 했지. 그가 하는 말이, 다른 재산을 뺀 수집품만으로도 가치가 200~300만 파운드는 될 거라고 했어."

"불쌍한 아버지." 허버트가 말했다. "처음으로 아버지가 돌아가셔 다행이라는 심정이네."

"맞아. 정말 다행이지 뭐야." 캐리가 말했다. "불쌍한 아버지. 아버지는 전혀 모르셨지."

그들은 말없이 위안이 되는 그 사실을 따져보았다.

"그런데 어머니는 그걸 다 어쩌실 작정이지? 그 돈을 다?" 언제나 실제적인 허버트가 다시 대화를 이어갔다. "1년에 8만 파운드라니! 거기에 예술품으로 묶인 돈이 200만 파운드 정도! 아니, 그걸 다 팔면 1년에 16만 파운드는 되잖아. 그걸 투자해서 이자를 5퍼센트만 받아도 그보다 더 되겠지. 그런 일이야 식은 죽 먹기일 테고." 돈 이야기만 나오면 언제나 그렇듯이 그의 목소리가 높고 카랑카랑해졌다. "어머니는 도통 알 수가 없으니. 보석을 얼마나 아무렇지도 않게 넘겨주시던지, 그것만 봐도 그렇잖아. 도대체 가치라든가 책임이라든가 그런 문제는 전연 모르시니까. 모르긴 몰라도 수집품을 통째로 국가에 기부하실 수도 있어."

슬레인 백작부인의 자식들에게 공포감이 내려앉았다.

"정말 그러실 거라고 믿는 건 아니지, 윌리엄? 자식들에게 애정이 **얼마간은** 있지 않으실까?"

"정말 그러시리라고 믿어." 윌리엄이 단단히 각오를 하듯이 말했다. "어머니는 루비를 조약돌처럼 가지고 노는 어린아이 같아. 그런 쪽으로는 전혀 깨우치질 못하셨다니까. 그저 평생 떠돌아다니기만 하셨지. 어머니가 다른 사람들과 좀 다르다는 느낌은 암묵적으로나마 우리 모두에게 있었잖아. 그 누구라도 자기 어머니를 두고 그런 말을 하고 싶지는 않겠지만, 지금 이런 상황에서 그런 면에 민감하게 신경 쓰기는 좀 그렇고. 툭하면 엉뚱한 일을 하셨잖아. 그걸 바라보는 사람은 뭘 어떻게 할 수가 없어 그저 애꿎은 손만 비틀고. 게다가 우린 아무 힘이 없었어. 무력했다고!"

"말도 안 돼, 윌리엄." 윌리엄이 상황을 너무 과장한다 싶어 캐리가 말했다. "어머니는 언제나 이치가 통하는 분이셨어."

"햄프스테드에 가서 살겠다고 하실 때도 그랬나?" 윌리엄이 침울하게 물었다. "어머니 연세에 안 하던 일을 새로 시작하는 사람이 이치가 통한다는 말에는 동의할 수 없어. 그렇게 황당하게 보석을 다 넘겨주셨을 때도 그랬어?" 그가 메이블을 쳐다봤고, 메이블은 안절부절못하며 레이스 끈에 엮인 진주를 가리려 했다. "아니야, 캐리. 어머니는 평생토록 현실에 발을 딛고 살았던 적이 없는 분이야. 몽상의 세계, 어머니 본성에 맞는 고향은 바로 그곳이지. 그런데 불행하게도, 그곳에 살겠다고 또 한 사람이 들어온 거지. 피츠조지 씨 말이야."

"벅트라우트는 어떻고?" 캐리가 말했다.

"정말 그러네." 윌리엄이 말했다. "벅트라우트가 재산을 전부 자기에게 넘기라고 어머니를 살살 꾈 수도 있어. 불쌍한 어머니. 어찌나 단순하고 어찌나 현명하지 못하신지. 먹잇감처럼. 뭘 어떻게 해야 하지?"

한편 벅트라우트 씨는 이렇게 갑작스러운 책임을 떠맡게 된 상황에 유감의 뜻을 전하러 슬레인 백작부인을 찾았다.

"벅트라우트 씨, 그러니까 피츠조지 씨는 자기가 무슨 일을 하는지도 모르고 그랬던 거예요." 심란하고 아파 보이기까지 하는 슬레인 백작부인이 말했다. "자기가 가진 아름다운 것들을 내가 즐겼으면 했겠죠. 그건 알겠어요. 하지만 내가 그 많은 돈으로 뭘 어쩌라고 그런 걸까요? 내게도 필요한 만큼의 돈은 있어요. 예전에 어떤 백만장자를 알고 지냈는데, 그는 세상에서 가장 불행한 사람이었어요, 벅트라우트 씨. 누군가가 자기를 죽일까봐 얼마나 겁에 질렸는지 형사들로 겹겹이 벽을 쌓고 살았어요. 마치 벽에 갇힌 쥐 같았어요. 친구도 사귀지 못했는데, 뭔가 숨은 동기가 있으리라는 의심을 떨쳐내지 못했기 때문이지요. 저녁 식사 자리에서 누군가가 옆자리에 앉으면, 그 사람이 결국엔 유명한 자선단체에 기부하라는 요청을 꺼내지 않을까 식사하는 내내 노심초사했어요. 대부분 그를 싫어했지만 난 무척 좋아했어요. 뭔가 숨은 동기가 있으리라 의심하며 사람들을 불신하는 사람들을 아주 많이 봐왔기 때문에 난 그런 처지에 놓이고 싶지 않아요, 벅트라우트 씨. 다른 사람도 아닌 피츠조지 씨가 날 이런 처지에 빠뜨리다니 참 부조리해요. 자기가 무슨 일을 하는지 몰랐을 거예요."

"세상 사람들이 보기에는 피츠조지 씨가 당신에게 어마어마한 혜택을 안겨준 거예요, 슬레인 백작부인." 벅트라우트 씨가 말했다.

"알아요. 나도 알죠." 무척 근심스럽고 괴롭지만 은혜를 모르는 사람으로 보이고 싶지는 않아 슬레인 백작부인이 말했다.

사는 동안 내내 사람들이 혜택을 안겨주었다고, 자신이 바라지도 않은 혜택을 안겨주었다고 그녀는 생각했다. 처음에는 헨리가 그녀를 총독 부인으로 만들어줌으로써, 그 뒤로는 정치 명망가의 부인으로 만들어줌으로써 그랬고, 이제 피츠조지 씨가 자신의 고요한 삶에 금은보석을 산더미처럼 쌓아놓음으로써 그랬다.

"난 뭔가를 바란 적이 없어요, 벅트라우트 씨." 그녀가 말했다. "바란 것이라고는 비켜서 있는 것뿐이었죠. 그런데 세상은 도대체 그걸 허락하지 않네요! 여든여덟의 나이에도!"

"가장 작은 행성도 태양 주위를 돌 수밖에 없어요." 벅트라우트 씨가 훈계조로 말했다.

"우리 모두 싫건 좋건 부와 지위와 재산 주위를 빙빙 돌아야 한다는 말인가요?" 슬레인 백작부인이 물었다. "피츠조지 씨는 그런 사람이 아니라고 봤어요. **당신도** 이해하지 못하는 거예요?" 벅트라우트 씨에게 절박하게 호소하며 그녀가 물었다. "마침내 그 모든 것에서 도망쳤다고 생각했는데, 다른 사람도 아닌 피츠조지 씨가 날 다시 그런 것이 버글버글한 한가운데로 밀어 넣었잖아요. 뭘 어떻게 해야 할까요, 벅트라우트 씨? 어떻게 해야 해요? 피츠조지 씨의 수집품은 아주 아름다운 물품이겠지만, 난 그런 것들은 전혀 알지 못해요. 난 언제나 인간의 작품보다 신의 작품을 더 좋아했어요. 신의 작품은 그것을 감상할 수 있는 사람이라면 백만장자든 거지든 누구나 마음껏 즐길 수 있지만, 인간의 작품은 백만장자만을 위한 것이라는 느낌이 항상 들었거든요. 인간의 작품이 그저 창작자 자신에게 충분하다면 모를까. 충분하다면 수년이 지난 후 백만장자가 그 작품을 산들 크게 문제 될 건 없겠죠." 그녀가 말을 이었다. "피츠조지 씨가 그 가치 때문에 예술품을 샀다는 뜻은 아니에요. 그는 감상하는 측면에서 예술가였죠. 게

다가 구두쇠였어요. 시장가치를 그대로 지불하기는커녕, 시장가치보다 낮은 가격의 예술품을 찾아내기를 즐겼죠. 그러고 나면 인간의 작품이라기보다 신의 작품이라는 차원에서 그것을 얻은 기분이었다고 했어요. 제 말뜻을 이해할지 모르겠지만."

"충분히 이해해요." 벅트라우트 씨가 말했다.

"이해하는 사람이 거의 없을 거예요." 슬레인 백작부인이 말했다. "공감하는 사람이 거의 없을 텐데 그래도 당신은 내 처지를 공감하는 모습을 보이니까. 무척 아름답기는 하지만 난 이 값비싼 물건들을 원하지 않아요. 내 벽난로 위에 첼리니의 테라코타를 놓아둔다니 상상만 해도 걱정스러워요. 언제라도 저누가 이른 아침에 먼지를 털다가 깨뜨릴 것이 분명하니까요. 난 싫어요, 벅트라우트 씨. 볼 거리가 좀 아쉽다 싶으면 차라리 히스로 나가서 컨스터블의 나무를 바라보겠어요."

"컨스터블을 소유하는 것보다 말이죠?" 벅트라우트 씨가 약빠르게 물었다. "피츠조지 씨 수집품 중에는 분명 햄프스테드 히스를 그린 훌륭한 컨스터블의 풍경화도 있을 텐데요."

"글쎄요." 슬레인 백작부인이 느긋하게 말했다. "아마 그건 내가 가질 수도 있겠네요."

"하지만 나머지 말인데요, 슬레인 백작부인." 벅트라우트 씨가 말했다. "개인적인 이유로 몇 작품을 빼놓은 뒤 나머지는 어떻게 할 작정인가요?"

"기부해야죠." 활기차기보다는 피로한 말투로 그녀가 말했다. "국가에 기부할 거예요. 돈은 병원에 기부하고요. 피츠조지 씨도 애초에 그럴 마음이었으니까요. 다 없애버릴 거예요. 다 없애버릴 수만 있다면!" 갑자기 화제를 바꿔 그녀가 이렇게 덧붙였는데, 그런 일에는 벅트라우트 씨도 이제 익숙했다. "게다가 나로 인해 자식들이 얼마나 약이 오를지 생각해보라고요!"

자식들을 향한 슬레인 백작부인의 미묘한 농담을 그는 충분히 이해했다. 원칙적으로 벅트라우트 씨는 특정한 대상을 향한 농담을 그다지 즐기지 않았다. 철없고 유치하다며 무시했다. 하지만 지금 농담은 그의 유머 감각을 자극했다. 그는 슬레인 백작부인의 자식들을 실제로 본 적은 없지만 그들에 대해 이미 명민한 판단을 내리고 있었다.

"당신이 죽으면 부고에 사심 없는 독지가라고 쓰겠네요." 평소처럼 단도직입적으로 벅트라우트 씨가 말했다.

"내가 그걸 읽을 일은 없잖아요." 슬레인 백작부인이 말했다. 그녀는 남편의 부고를 보면서 거기에 잘못 해석될 여지가 얼마나 많은지 이미 충분히 알고 있었다.

벅트라우트 씨는 혼란스러워하는 연로한 친구를 진심으로 걱정하는 마음을 안고 그 집을 나섰다. 지금까지는 세상 사람들이 슬레인 백작부인의 회한을 아주 별난 것으로 여긴다는 사실이 그의 머리에 떠오른 적이 없었다. 그저 슬레인 백작부인은 통상적인 세상의 가치 체계에 동의하지 않고, 따라서 그런 가치 체계가 끊임없이 자신에게 강요되어 원망스러워한다는 사실을 받아들였을 뿐이다. 더구나 그는 이제 그녀가 젊은 시절에 어떤 야망을 가졌고, 그녀가 실제 살아온 삶이 그 야망과 완전히 어긋난다는 사실도 알게 되었다. 벅트라우트 씨는 여러 면에서 단순한 사람(대부분은 약간 제정신이 아니라고 보았다)이었지만, 나름대로 편견이 없고 올곧은 지혜 역시 지니고 있었다. 그가 아는 바로는, 기준이 상황에 맞도록 바뀌어야지, 상황이 기존의 기준에 따라 바뀌기를 기대한다면, 그런 일이 흔히 일어나긴 해도 얼토당토않았다. 따라서 그의 판단으로 슬레인 백작부인은 좌절된 삶이라는 측면에서 몸이 마비된 운동선수와 마찬가지의 연민을 받아 마땅했다. 물론 독특한 관점이기는 했지만, 벅트라우트 씨는 그것이 옳다고 믿어 의심치 않았다.

그러나 저누는 슬레인 백작부인이 하려는 일을 알고 어마어마한 충격에 휩싸였다. 그 프랑스 영혼이 놀라 자지러졌다. 사나흘 동안 그녀는 허공을 걷는 기분이었더랬다. 믿기지 않는 재산이 갑작스럽게 들어온 일을 기념하기 위해 고양이에게 줄 생선을 몇 조각 더 사기도 했다. 슬레인 백작부인이 물려받은 유산(신문에서 그 액수를 보고는 0이 몇 개인지 손가락을 접어가며 세어봤고, 믿을 수가 없어 몇 번이고 더 세었다)과 관련해서 그녀의 생각은 묘하게 뒤죽박죽이었다. 100만 파운드나 200만 파운드의 돈이 어느 정도인지는 잘 알았지만, 그것을 실제 생활에 적용하는 문제에서는 일주일에 두 번 부르는 청소부를 이제 세 번 불러달라는 말을 슬레인 백작부인에게 꺼낼 수 있겠다고 마음먹는 것이 고작이었다. 지금까지 그녀는 경제적 사정을 고려해서 류머티즘으로 관절이 더 뻣뻣해져도 개의치 않고 몸을 아끼지 않았다. 그저 갈색 종이를 두 겹으로 두르고 속치마도 한 벌 더 껴입고는, 좀 나아지겠지 하며 집안일을 했다. 돈이 넉넉지 않은 주인마님이 돈을 더 쓰게 하느니 자신이 고생을 감수하려 했던 것이다. 그런데 어느 날 저녁 쟁반을 치우려고 들어갔을 때 슬레인 백작부인이 무심코 자신의 결심을 알려주었고, 그 순간 앞으로 풍족하게 살겠다는 꿈이 사라졌다. "말도 안 돼요, 마님!" 저누가 소리쳤다. "이제야 최고의 날이 다시 찾아오는구나 했는데!" 저누는 그야말로 절망했다. 게다가 슬레인 백작부인에게 다시 대중의 관심이 쏠려 기뻐하던 참이었다. 일간신문과 삽화가 들어간 주간신문이 앞다투어 슬레인 백작부인의 사진을 실었다. 물론 아주 오래전 사진들이었다. 최근 사진은 구할 수 없었겠지. 정교하게 틀어 올린 머리에 작은 관을 쓰고, 온갖 보석으로 치장을 한 채 야회복을 입고 야자수 아래 앉은, 총독 부인이나 대사 부인이던 젊은 시절의 모습이었다. 묘하게 구식이고, 읽지도 않는 책을 펼쳐 든 모습. 세일러복을 입은 허버트와 파티 드레스(저누는 그 옷을 얼마나 생생하게 기억하는지!)를 입은 캐리가 사랑스럽게 어머니의 어깨에 몸을 기댄 채 서서 어머니가 무릎 위에 앉혀 붙들고 있는 아기(찰스일까, 윌리엄일까?)를 내려다보는, 아이들에 둘러싸인 모습. 심지어 한 신문은 어차피 최근 사진은 구할 수 없었다고 인정하면서, 그 어려운 상황에서도 할 수 있는 일은 다 하겠다는 심정으로 대담하게도 웨딩드레스를 입은 70년 전 사진을 싣기도 했다. 그 곁에 함께 실린 사진 속 슬레인 백작은 승마 바지를 입고 손에 총을 들고 한쪽 발을 호랑이 위에 얹은 모습이었다. 무슨 까닭인지 슬레인 백작부인이 좋아하지 않는 그런 것들이 저누는 마땅하다고 여겨져 만족스러웠다. 제가 마님께 이래라저래라 할 입장은 아니지만, 마님은 마님의 지위에 마땅한 대접이 뭔지 생각해보셨어요? 그녀가 물었다. 모두 흑인이긴 했지만 온갖 부관과 하인을 거느리는 일에 익숙하던 마님이, 금방이라도 쪽지나 전갈을 들고 달려오던 그 모든 잡역부에 익숙하던 마님이 말이에요. 그때는 마님이 정말 귀한 대접을 받았는데. 그렇게 낙심하다가 문득 어떤 생각이 떠올라 저누는 갑자기 허리를 접고 허벅지를 손으로 쓸었다. "아이고, 맙소사, 마님. 캐리 아씨만 신나겠네! 윌리엄 도련님은 볼 장 다 봤고! 아, 멋진 농담이네요!"

이제 피츠조지 씨가 세상을 떴으므로 슬레인 백작부인은

외로웠다. 그녀의 기부로 또 한 번 야단법석이 난 일도, 자식들이 미쳐 날뛰던 것도 그녀에게는 별다른 인상을 남기지 않고 다 지나갔다. 그녀는 머리기사가 한 줄짜리 기사로 줄어들기 전까지는 신문을 집 안에 들이지 말라고 저누에게 명했고, 자식들 역시 그런 일이 전혀 없었던 것처럼 행동하겠다고 약속하기 전까지는 얼굴도 보지 않겠다고 했다. 캐리는 주의 깊게 말을 골라 쓴 근엄한 편지를 보냈다. 이 끔찍한 상처가 얼마간 아물어 침묵이라는 어머니의 조건을 따를 수 있기까지는 아마 몇 주, 어쩌면 몇 달이 걸리겠다고 적었다. 그때까지는 자기가 어떻게 나올지 믿을 수 없다고 했다. 좀 회복이 되면 다시 편지를 쓰겠다고 했다. 그동안 슬레인 백작부인은 자신이 지독히 망신스러운 일을 했다고 여기는 것이 당연한 듯했다.

그런 일로 동요하지는 않았지만, 그리고 케이와 벅트라우트 씨 덕에 몇몇 문서에 서명을 첨부하는 일만 했을 뿐 관리들과의 일 처리에서 번거로운 일도 없었지만, 그녀는 이세 피로하고 기운이라고는 다 빠져버린 느낌이었다. 피츠조지 씨와의 우정은 기이했지만 근사했다. 그녀에게 일어날 법한 일 가운데 기이하고도 근사한 마지막 사건이었다. 그녀는 더 바라지 않았다. 그저 성가신 일을 내려놓고 평화롭기를 바랄 뿐이었다.

간혹 신문에 실린 가족의 소식이 눈에 들어왔다. 캐리가 바

자회를 열었다. 캐리의 손녀가 자선 공연에서 배역을 맡았다. 찰스는 마침내 편지를 《타임스》에 싣는 데 성공했다. 허버트의 장손인 리처드는 크로스컨트리 경마에서 우승했다. 리처드의 누이인 데버라는 아주 적절하게도 공작의 장손과 약혼했다. 허버트 자신은 상원에서 연설했다. 다음에 총독 자리가 공석이 되면 허버트가 그 자리에 앉을 거라는 소문이 있었다. 사실인즉 그는 신년 서훈식에서 세인트 마이클 앤드 세인트 조지 훈장을 받았다. 슬레인 백작부인은 너무나 멀리까지 걸어온 세월을 사이에 두고 그런 일들이 저 멀리서 자그마하게 자신의 삶과 뒤섞인 사건의 메아리를 울려오면 곰곰이 생각에 잠겼다. "얼마나 피로하고 단조롭고 식상하고 부질없는지." 지팡이를 짚고 난간에 의지해 조심스레 아래층으로 내려가며 그녀가 혼잣말했다. 그러면서 살날이 얼마 남지 않은 이때 셰익스피어 말고 다른 작품을 굳이 읽을 필요가 있을까 생각했다. 사실 그런 면에서는 삶을 시작할 때도 마찬가지지. 셰익스피어는 생동하는 젊음과 원숙함을 모두 이해한 것 같으니까. 하지만 그의 심오한 진실을 오롯이 감상하는 일은 아마 원숙한 시절에나 할 수 있을 테지.

그녀는 자기 속으로 낳은 그 무리를 바라보았고, 중년에 들어섰거나 이제 본격적으로 삶을 시작하는 모습을 보았다. 약혼을 한 젊은 데버라는 행복할 테고, 젊은 리처드는 시골 마을에서 말을 달리며 삶으로 충만한 기분을 만끽하겠지. 두 젊은이를 떠올리는 그녀의 얼굴에 자상한 미소가 떠올랐다. 하지만 그들도 딱딱하게 굳어가겠지. 그 따스한 젊음이 식으면서 굳어갈 거야. 세상 물정을 알게 되고 자아를 추구하겠지. 성급한 젊음의 너그러움 대신 중년의 신중함이 들어서겠지. 격렬히 싸울 일도 없고 영혼의 몸부림도 없겠지. 이미 그들에게 마련된 틀 속에서 그저 굳어갈 뿐. 간접적이긴 하지만 그들의 존재에 자기 책임도 있다는 생각에 슬레인 백작부인이 한숨을 내쉬었다. 그녀에게서 길고도 피로한 후손이라는 뱀이 꿈틀거리며 나온 것이다. 역한 기운이 올라와 그녀는 그저 놓여날 그날만을 바라보았다.

그러면서도 스스로 설명할 수 없는 일을 했다. 그 일을 하고 난 뒤, 그러니까 편지를 써서 우표를 붙이고, 저누에게 편지를 부치라고 시킨 뒤 자신의 행동을 되돌아보니 분명 제정신이 아닌 상태에서 한 일로 보였다. 어떤 충동에 떠밀렸는지, 어떤 기이한 욕망에 끌려 자신이 포기했던 삶과의 연결선을 다시 이었는지 알 수 없었다. 어쩌면 인간의 용기로는 감당할 수 없을 만큼 지독한 외로움 때문이었는지도 몰랐다. 자신의 강단을 과대평가했는지도 몰랐다. 거의 혼자서만 사는 일은 아주 강한 영혼을 지닌 사람만이 할 수 있으니까. 어떻든지 간에 그녀는 신문과 잡지의 기사를 발췌하는 통신사에 편지를 써서 자기 가족과 관련된 기사는 무엇이든 보내달라고 했다. 속으로는 단지 증손주들의 소식만을 원했지만 말이다. 캐리나 허버트, 찰스, 윌리엄이야 무슨 일이 있건 별로 관심이 없었다. 그들이 지금까지 걸어왔고, 앞으로도 계속 걸어갈 삶의 경로는 뚜렷이 정해져서 놀랄 일도 기쁠 일도 있을 리 없었다. 하지만 제정신이 아닌 상태에서도 그녀는 홀본의 통신사에 본심을 드러내기가 꺼려졌다. 그래서 두루뭉술하게 요청함으로써 진짜 바라는 바를 감추었던 것이다. 작은 녹색 꾸러미가 도착하기 시작하자 자식들 관련 기사는 바로 휴지통으로 들어가고, 증손주 관련 기사만 추려져 길모퉁이의 문방구에서 산 앨범을 차근차근 채워나갔다.

분홍빛 등이 드리우는 은은한 불빛 아래 저녁마다 이 일을 하면서 그녀는 큰 즐거움을 맛보았다. 새로운 꾸러미가 일주일에 두세 번 정도 온다는 사실을 깨닫고, 매일 저녁 얼마 안 되는 기사를 아꼈다. 다음 날을 위해 언제나 한두 개는 남겨야 했으므로 기사를 스크랩하는 호사는 어느 선에서 멈췄다. 다행히도 증손주 둘은 이미 성인이 되어 다방면에서 활동하고 있었다. 당시 두드러진 젊은이 무리에 속했으므로 가십난에 기사가 실릴 만했다. 그 단편적 정보에서 증손주들의 인성과 성격을 구성하고, 예전에 알았던 사실로 보강하면서 슬레인 백작부인은 많은 시간을 즐겁게 보냈다. 증손주 본인들은 전연 알지 못하는 사이 증조모에게 오락거리가 된 셈인데, 그쪽에서 모르기 때문에 오히려 반은 짓궂고 반은 감상적인 즐거움이 상당히 더했다. 그녀에게 즐거움이란 오롯이 사적인 차원의 것, 강렬하고 향기롭지만 치자나무 꽃잎처럼 쉽게 망가지는 은밀한 농담이었기 때문이다. 저누만은 밤마다 이루어지는 그 작업을 알았지만, 백작부인의 장화나 뜨거운 물이 담긴 물병이나, 아니면 비길 데 없이 단정하고 품위 있게 화롯불 앞에 몸을 말고 앉은 고양이 존과 마찬가지로 슬레인 백작부인의 일부였기에 전혀 방해가 되지 않았다. 사실 저누도 슬레인 백작부인과 마찬가지로 홀랜드 집안의 젊은이들에게 관심이 있었다. 각도가 좀 다른 관심이긴 했지만. 저누는 재빨리 짐작을 했고 다시 살아난 슬레인 백작부인의 관심을 쌍수를 들어 환영했으므로, 작은 녹색 꾸러미가 우체통 속으로 툭 떨어지기가 무섭게 들고 들어왔다. "여기 있어요, 마님! 이게 왔어요!" 그러고는 슬레인 백작부인이 포장을 벗기고 기사를 꺼내는 동안 잔뜩 기대하며 곁에 서 있었다. 사실 실속은 없었다. 기사 제목을 보면 그랬다. 지하철역의 보물찾기, 무도회, 파티. 승마 바지를 입은 리처드나 화려하게들 차려입은 무도회에서 스코틀랜드의 메리 여왕 복장을 한 데버라의 사진이 간혹 있었다. 실속 없었지만 젊고 무해했다. 슬레인 백작부인이 그것들을 뒤적거리는 그때의 감정을 누군들 주제넘게 따져볼 수 있을까? 하지만 환희에 찬 저누는 손을 맞잡고 이렇게 말했다. "아, 마님, 정말 잘생겼어요! 아, 마님, 정말 어여쁘네요!" 얘가 데버라야. 슬레인 백작부인은 저누의 찬사를 듣고 기분이 좋아 미소를 짓곤 했다. 어쨌든 그녀는 노인네였으므로 이제는 작은 일에도 기뻤다. "그래." 한 쪽 옆구리에 은잔을 끼고 다른 쪽 옆구리에 채찍을 낀, 진흙투성이 리처드의 사진을 보며 그녀가 말했다. "아주 건장한 젊은이네. 나쁘지 않아." "나쁘지 않다고요!" 저누가 화를 내듯 소리쳤다. "최고예요, 신처럼. 얼마나 우아하고 세련되었는지. 젊은 여자들이 다들 사족을 못 쓰겠는데요. 게다가 증조부와 같은 길을 가려는 거잖아요." 세속적인 명망을 아주 높이 치는 저누가 덧붙였다. "총독도 되고 수상도 될 거예요. 아니면 뭐가 되겠어요. 두고 보세요." 슬레인 백작부인에게 그런 것들이 얼마나 하찮은지 저누는 절대 제대로 가늠하지 못했다. "아니야, 저누." 슬레인 백작부인이 말했다. "내가 살아서 볼 수는 없겠지."

그녀가 살아서 볼 것, 그것도 기이하게 멀리서 보게 될 것이라고는 사랑스럽고 어리석은 그 젊음뿐이리라. 거칠 것 없고 어리석은, 돋보이는 자질로도 어떻게 해볼 수 없이 더 어리석기만 한 성인의 삶으로 굳어가는 모습을 보지 않아도 될 테니 얼마나 감사한지. "정령과 양치기여, 이리 오렴."• 숱 많은 머리칼과 호리호리하고 탄력 있는 팔다리를 보며 그녀가 중얼거렸다. "아, 저누, 젊다는 건 참 좋은 거야." 그녀가 말했다.

• 영국의 작곡가 헨리 퍼셀(1659?~1695)이 1692년에 〈난봉꾼〉이라는 극을 위해 작곡한 노래.

젊음도 젊음 나름이라고 저누가 점잖게 말했다. 가난한 부모의 열두 번째 자식으로 태어나 푸아티에의 농장에서 보내야 하는 젊음은 좋지 않다고 했다. 평생 부모는 만나지 못할 팔자에, 헛간에서 짚을 깔고 자고, 여름이든 겨울이든 매일 아침 5시에 일어나고, 일을 제대로 못 하면 매를 맞고, 자라면서 형제자매는 만나볼 수도 없는 그런 젊음은. 70년 가까이 함께 살았지만, 슬레인 백작부인이 그런 이야기를 들은 건 처음이었다. 궁금하다는 듯 저누를 바라보며 그녀가 물었다.

"그럼 형제자매를 다시 만났을 때 아주 낯설지 않았어, 저누?"

전혀 그렇지 않았다고 저누가 말했다. 피를 나눈 사이니까. 가족은 가족이라고 했다. 열여섯 살이 되었을 때 그녀는 애초에 그 집 사람이라는 듯이 파리의 작은 아파트로 걸어 들어갔다. 푸아티에 근처의 농장은 완전히 지워졌고 다시는 머리에 떠올리지도 않았다. 길 잃은 암탉이 어디에 알을 낳는지 누구보다 잘 아는 그녀였지만 말이다. 형제자매의 삶 속으로 곧장 걸어 들어갔고, 한 번도 떠난 적 없다는 듯이 자리를 차지했다. 언니 하나 때문에 애를 좀 먹었다고 했다. 그 언니는 쌍둥이를 낳았는데, 그 직전에 손위 아이가 디프테리아로 죽었다. 저누가 말하길, 다들 어떻게든 아이의 죽음을 언니에게 감추려 했지만, 어쩌다가 알게 되었다고 했다. 그래서 언니는 잠옷을 입은 채 침대에서 튀어 나가 묘지까지 한달음에 달려가서 아이의 무덤 앞에 몸을 던졌다고 했다. 쫓아가서 언니를 다시 데려오는 것이 저누의 일이었다. 열여섯 살 나이의 여자아이에게 그런 임무를 맡기는 것이 딱히 이상하지도 않았다고 했다. 필요하면 하는 거니까. 저누의 어머니는 집에서 쌍둥이를 돌봐야 했으니까. 하지만 가족과 함께 머물던 시간은 막간극일 뿐이었다. 아버지가 이미 등기소에 딸의 이름을 적어 넣었고, 어느새 그녀는 해협을 건너 영국으로 가고 있었다. 마님을 모시기 위해서.

달관한 말투로 평이하게 이어지는 이야기를 들으며 슬레인 백작부인은 감정이 북받쳤다. 한 번도 저누에게 묻지 않았던 자신을 책망했다. 평생 저누를 당연시해왔는데, 그 건장한 가슴이 엄청난 경험을 가둬두고 있었던 것이다. 짚 위에서 잠을 자고 툭하면 매를 맞던 푸아티에 근처의 농장에서 총독 관저와 관리인 주택의 휘황찬란한 환경으로 옮아온 일은 얼마나 특이한 경험이었을까. 그녀의 증손주들의 경험은 그에 비하면 정말이지 얄팍했다. 자신의 경험도 현실과의 접촉이 결여된, 너무 세련되고 박약한 경험으로 보였다. 이루지 못한 천직을 몰래 곱씹었던 그녀는 제정신이 아닌 언니를 새로 만든 무덤에서 떼어내야 하는 일은 겪은 적이 없었다. 옆에 서서 먼 과거의 그 시련을 담담하게 전하는 저누를 바라보자니 울쑥불쑥한 현실의 상처와 눈에 보이지 않는 깊은 상상의 멍 가운데 어떤 상처가 더 깊을까 하는 의문이 그녀에게 떠올랐다.

그때 이후로 저누에게 사적인 삶이라고는 전혀 없었겠지.

그녀가 생각했다. 저누의 삶이란 자아를 깊숙이 가둬놓은 채 마님을 모시는 일이었으니까. 슬레인 백작부인은 문득 자신이 이기적인 노인네라는 가책이 들었다. 하지만 나 역시 내 삶을 헨리에게 바치지 않았나. 살면서 마지막으로 울적함에 마음껏 젖는다고 스스로를 너무 비난할 필요는 없잖아.

그녀의 생각이 다시 저누에게 돌아갔다. 저누 가족의 자리를 홀랜드 가족이 차지했고, 자부심이든 야망이든 속물근성이든 저누가 가진 모든 것을 빨아들였다. 헨리가 귀족의 지위를 받았을 때 저누가 얼마나 기쁨의 찬가를 불렀는지 여전히 생생했다. 마치 자기 자식인 양 아이들을 돌봤고, 슬레인 백작부인을 향한 격렬한 보호 본능 때문이라면 모를까, 홀랜드 자식들을 비난하는 말은 단 한마디도 입에 올리지 않았다. 그들이 발길을 끊은 이후로도 변하지 않은 그녀의 관심은 이제 증손주들에게로 옮아갔다. 데버라와 리처드를 집에 들이지 않겠다는 슬레인 백작부인의 결심 탓에 그녀의 충직한 영혼은 잠시 둘로 갈라졌더랬다. 하지만 젊은 활기가 노인네를 너무 피곤하게 한다는 슬레인 백작부인의 설명을 듣자 곧바로 수긍했다. "그럼요, 마님. 젊은이들은 정말 피곤해요."

그렇지만 녹색 꾸러미와 앨범으로 구체화되었다시피, 가문의 자부심이 이렇게 알맞게 부활하자 저누는 두 손 들어 환영했다. 농부의 지혜가 여전히 마음 깊이 존재해서 대대손손 이어가려는 건전한 본능의 가치를 인정했다. 본인은 그런 여성성을 실현하지 못했으므로 자신이 흠모하는 슬레인 백작부인을 매개로 한 대리 만족에 눈물겹도록 매달렸다. "마님이 그 작은 풀 단지를 앞에 놓고 바삐 움직이시는 걸 보니 기분이 좋네요." 그녀가 눈물이 글썽한 눈으로 말했다. 그리고 한 번은 고양이 존을 안아 올리며 《태틀러》에 실린 리처드의 전면 사진을 보라고 하기도 했다. "아가야, 이 잘생긴 분 좀 봐." 존은 몸을 뒤틀 뿐 보려 하지 않았다. 그러자 저누가 실망해서 다시 내려놓으며 말했다. "참 신기하죠, 마님. 동물들이 참 똑똑한데 그림은 도대체 알아보질 못하니."

요즈음 슬레인 백작부인은 상식에 거의 신경 쓰지 않았다. 하지만 피츠조지 씨의 유산을 포기한 일을 젊은이들이 어떻게 생각할지 문득 궁금해졌다. 아마 울화가 치밀었겠지. 종국에는 다 자신들에게 올 혜택인데 그런 식으로 빼앗겼으니 마땅히 증조모를 욕했겠지. 낭만적인 동기 같은 건 분명 인정하지 않겠지. 혹시 증손주들에게는 해명을 해야 하지 않을까? 사과는 아니더라도 말이지. 하지만 어떻게 연락한단 말인가? 특히 지금 같은 때에? 펜을 들어 잉크병에 담그려는 순간, 자존심이 손목을 붙들었다. 결국 그들과 관련한 그녀의 행동은 합리적인 사람이라면 누구든 너무 비정상적이라고 여길 만했다. 처음에는 그들을 만나지 않겠다고 했고, 그다음에는 엄청난 부를 손쉽게 얻을 수 있는 미래의 가능성을 완전히 없애버렸다. 그들 눈에는 이기심과 인정머리 없음의 화신으로 보일 것이 분명했다. 아주 고통스러웠지만 슬레인 백작부인은 자신이 확신을 가지고 한 행동임을 알았다. 예전에 피츠조지도 빚을 저버린 죄를 지었다며 그녀를 책망하지 않았던가. 그리고 문득, 어떤 깨달음의 순간에 그녀는 피츠조지 씨가 어째서 막대한 유산으로 자신을 유혹에 빠뜨렸는지 이해했다. 그것은 단지 유산을 거부할 힘을 끌어내도록 하기 위해서였다. 유산을 주었다기보다는 자신에게 충실할 기회를 준 것이었다. 슬레인 백작부인이 몸을 숙여 원래 그다지 좋아하지 않는 고양이를 쓰다듬었다. "존." 그녀가 말했다. "그 사람이 원했던 바를 미처 깨닫기도 전에 그가 원하는 일을 했으니 얼마나 다행이니."

그러고 나자 그녀는 행복했다. 젊은 후손들에 대한 가책으로 여전히 괴로웠지만 말이다. 얄궂게도 이제 자신의 행동을 만족스럽게 설명하고 나니 증손주에 대한 양심의 가책은 더 커졌다. 자기만족만 생각한 터무니없는 행동이었다고 스스로를 비난하듯이. 혹시 너무 성급하게 내린 결정은 아니었을까? 아이들에게 부당한 대접은 아니었을까? 자기 관념을 따르자고 다른 사람의 희생을 요구해서는 안 되는 것 아닐까? 자기 관념을 철저히 따져보기는 했다. 아무래도 캐리와 허버트와 찰스와 윌리엄의 성질을 돋워서 양념처럼 더해진 즐거움이 없지 않았지만 말이다. 일개 개인이 그런 재산을, 그렇게 어마어마한 부를 소유하는 일 자체가 그녀에게는 그릇된 일로 여겨졌다. 그래서 귀중한 유물은 대중에게, 돈은 고통받는 빈자에게 넘김으로써 모두 급히 처분했던 것이다. 칼로 두부모 자르듯했지만 논리는 단순했다. 그런 식으로 설명하고 나니 자신이 잘못했다고는 믿을 수가 없었다. 그래도 증손주들은 고려했어야 하지 않았나? 혼자 결정하기에는 미묘한 문제였다. 그 문제를 벅트라우트 씨에게 털어놓았지만 별 도움을 받지 못했다. 그녀의 본능적 결정에 전적으로 공감하기도 했지만, 무엇보다 세상의 종말이 다가오니 어느 쪽이든 별반 중요하지 않다는 입장이었기 때문이다. "부인, 당신의 첼리니든 푸생이든 손주들이든 증손주들이든 모두 행성 먼지에 뒤덮이고 나면 당신의 양심이라는 문제도 별로 중요하지 않을 겁니다." 말이야 맞는 말이었지만 별 도움이 되진 않았다. 천문학적 진실이 상상력을 확장할지는 몰라도 지금 당장의 문제에는 거의 도움이 되지 않는 법이니까. 그녀는 여전히 괴로움에 시달리며 그를 빤히 보았다. 그 순간, 헨리라면 눈썹을 치켜 올리며 무슨 말을 했을지 떠올랐고, 그래서 더 괴로웠다.

"데버라 홀랜드 양이 왔어요." 저누가 문을 열어젖히며 말했다. 문을 열어젖히는 품은 예전 파리 대사관의 위엄 있는 집사를 흉내 내는 것 같았다.

늘 그렇듯 실크와 레이스가 살짝 바스락거리는 소리와 함께 슬레인 백작부인이 당황해하며 일어섰다. 뜨개질거리가 미끄러져 바닥으로 떨어졌다. 붙잡아보려 몸을 숙였지만 소용이 없었다. 자신의 증손녀를 벅트라우트 씨와 한자리에서 만나는, 이 있음직하지 않은 사건을 무난히 넘기기 위해 머릿속이 부산했다. 잠깐 머리를 굴려서 성공적으로 수습하기에는 너무 복잡한 상황이었다. 그녀는 재빨리 기지를 발휘해서 상황에 대처하는 데는 도통 소질이 없었다. 그것도 하필이면 증손주들을 두고 대화를 나누는 중이었으니 허버트의 손녀가 불쑥 하나의 표본처럼 등장한 지금의 상황이야말로 아주 재빨리 기지를 발휘해야 할 상황이었다. "**우리 아가**, 데버라구나." 다정하게 종종걸음으로 다가가다가 뜨개질거리를 떨어뜨리고, 그것을 주우려다가 관두고, 그러고서야 겨우 데버라의 뺨에 입을 맞췄다.

슬레인 백작부인이 엘름 파크 가든스를 떠난 이래 햄프스테드의 집에 발을 들인 젊은이는 데버라가 처음이었기에 더욱 당황스러웠다. 햄프스테드의 집이 맞아들인 사람은 피츠조지 씨와 벅트라우트 씨와 고셰런 씨뿐이었다. 물론 이따금 자식들이 찾아오긴 했다. 그렇지만 별로 반갑지 않았던 그 자식들도 어쨌든 다들 나이가 많았다. 문을 두드리고 들어온 데버라는 젊은 인물이었다. 털모자를 쓴 그녀는 예뻤다. 예쁘고 우아했다. 슬레인 백작부인이 신문 사교란에 실린 사진을 보며 예상했던 딱 그런 모습이었다. 보지 못한 사이에 학생이었던 증손녀가 젊은 여성으로 자랐다. 젊은 숙녀가 된 이후 화려한 사교계에서 활동해온 증거는 슬레인 백작부인에게도 많았다. 데버라를 직접 보자 그동안 모아온 기사 스크랩이 떠올랐다. 그 앨범은 탁자 위의 등 아래 놓여 있었다. 그녀는 잡았던 데버라의 손을 놓고, 씻지 않은 찻잔이라도 되는 양 급히 앨범을 어둑한 곳으로 밀쳐놓았다. 그 위에 압지를 얹었다. 가까스로 모면했다. 가까스로 모면하기도 했고, 예상치 못하기도 했다. 하지만 이젠 안심이었다. 다시 자리로 돌아와 데버라를 벅트라우트 씨에게 정식으로 인사시켰다.

눈치가 빠른 벅트라우트 씨는 곧바로 자리를 떴다. 그를 잘 아는 슬레인 백작부인은 혹시 최근 자신의 괴팍한 행동과 관련한 중대한 주제를 그 자리에서 끄집어내어 증손녀와 자신을 당황스럽게 하면 어쩌나 겁이 났더랬다. 하지만 벅트라우트 씨는 처세에 능한 사람처럼 전혀 예상치 못한 행동을 했다. 봄이 왔다는 둥, 런던 고분 위에 꽃이 피기 시작했다는 둥, 아네모네가 물에서도 잘 자라고 특히 줄기를 잘라주면 오래 산다는 둥, 시골 들판 여기저기에 스노드롭이 올라오고 있는데 스노드롭은 금방 시들고 곧 그 자리에 앵초가 자랄 거라는 둥, 코번트 가든이 어떻다는 둥 몇 마디 한담을 건넬 뿐이었다. 어마어마한 재앙이건 올바른 판단이건 데버라 홀랜드의 증조모가 벌인 일에 대해서는 입도 벙긋하지 않았다. 딱 한 번 경솔할 수도 있는 행동을 보였는데, 손가락으로 코를 만지며 몸을 기울이더니 이렇게 말했던 것이다. "데버라 양은 영광스럽게도 내 친구가 된 슬레인 백작부인과 닮은 구석이 있군요." 다행히 말을 더 잇지는 않고 딱 적절한 시간이 지나자 자리에서 일어났다. 슬레인 백작부인은 그런 그가 고마웠지만, 예전의 자신과 똑같은 이름을 가진 젊은 여자와 단둘이 남겨지자 낭패감이 밀려왔다.

어쩌다가 특정한 말이 튀어나와 현실의 차원으로 불이 옮겨붙어 잭의 콩나무처럼 질책의 나무로 마구 뒤엉켜 자라날까 두려운 마음에 어정쩡하고 무의미한 이야기로 대화가 시작되리라는 것이 그녀의 예상이었다. 별별 상황을 다 예상했지만, 데버라가 자기 무릎 옆에 앉아 할머니가 그런 일을 해줘서 고맙다고 간단하고도 단도직입적으로 말하리라는 예상은 조금도 하지 못했다. 슬레인 백작부인은 아무 대꾸도 하지 못한 채 무릎에 얹힌 증손녀의 머리에 가만히 손을 얹었다. 너무 감격해서 대꾸를 할 수 없었다. 젊은 목소리가 이어지도록 자신은 가만히 있고 싶었다. 지금 말을 하는 사람이 자신인 양 젊은 시절을 되살리며, 마침내 속마음을 털어놓을 상대를 찾았다는 상상에 빠졌다. 그녀는 늙었고, 피로했고, 기꺼이 달콤한 착각에 자신을 맡겼다. 지금 들리는 소리는 메아리인가? 아니면 어떤 기적이 일어나 지금까지의 세월을 다 쓸어가버렸나? 그 세월을 다시 한번, 다른 식으로 살고 있는 건가? 그녀는 슬그머니 손가락을 데버라의 머리칼 속에 집어넣었고, 곱슬머리가 아니라 짧은 머리라는 것을 알았다. 그러자 도망가려던 젊은 시절의 계획을 실행에 옮겼나보다고 막연히 상상했다. 그러면 내가 그때 정말로 집을 나왔나? 정말로 헨리가 아니라 나의 일을 택했나? 내가 지금 믿을 만한 친구 옆에 앉아, 자신이 이런 일을 해야 하는 이유와 열망과 확신을 내면의 불꽃으로 환히 밝힌 듯 단호하고 확실하게 털어놓고 있는 것일까? 무척이나 단호하고 확신에 차 있으니, 그리고 이해해줄 사람이 적어도 한 사람은 있으니 데버라는 얼마나 운이 좋은지! 그녀가 생각했다. 하지만 어떤 데버라를 뜻하는 건지는 자신도 잘 몰랐다.

피츠조지 씨가 세상을 뜬 후 이제 죽을 때까지 기이하고 멋진 일은 다시 없겠다고 혼잣말했는데, 어리석은 예언이었다. 이렇게 예기치 못하게 자신의 삶과 증손녀의 삶을 혼동하는 이 상황은 기이하면서도 멋졌다. 피츠조지 씨의 죽음으로 그녀는 더 늙었다. 그녀의 나이에는 갑자기, 깜짝 놀랄 만큼 확 늙는다. 어쩌면 정신도 그다지 명료하지 못했다. 하지만 적어도 허약해진 정신을 스스로 의식할 만큼은 명료했고, 그래서 이렇게 말했다. "계속하렴, 얘야. 마치 내가 하는 말을 듣는 것 같구나." 자기 문제에 빠져 있는 젊은 데버라는 슬레인 백작부인이 무심결에 내뱉은 그 말의 의미를 알아채지 못했다. 그녀는 증손녀에게 자신의 비밀을 털어놓고 싶은 마음이 없었다. 죽음의 문턱에 서서 과거의 문제를 다시 끄집어내 젊은 마음을 괴롭히고 싶지 않았다. 지금 그녀로서는 온몸이 한 쌍의 귀가 된 듯 오롯이 청자의 역할에 열중하는 것으로 충분했다. 상상이 오고 가는 대로 여전히 자신의 비밀이 머릿속을 들락날락하기는 했지만 말이다. 슬레인 백작부인은 항상 혼자 즐기기를 좋아했다는 사실을 기억해야 한다. 아주 짜릿하게는 아니지만 지금 특히나 혼자 몰래 즐기고 있었다. 짜릿하기보다는 아스라했다. 감각이 강렬해졌지만 여전히 희부예서, 강렬하게 느끼면서도 사리를 따질 수 없었고, 따질 필요도 없었다. 깊어가는 황혼기, 완숙한 시절에 그녀는 요동치던 청소년기로 되돌아갔다. 다시 한번 갈대가 되어 강물에 이리저리 흔들리고, 작은 배가 되어 바다로 기를 쓰고 나가보지만 거듭 안전한 강어귀로 끌려 들어갔다. 젊음이란! 젊음이란! 그녀가 생각했다. 죽음이 가까운 지금 그 모든 위험이 다시 자신을 기다린다고 상상했다. 하지만 이번엔 더 담대하게 그것에 맞서리라, 확신을 가지고 단호하게 어떤 양보도 하지 않으리라 상상했다. 이 아이, 이 데버라, 이 자아, 이 다른 자아, 자신에게서 나온 이 존재는 확신에 차고 단호했다. 약혼이 실수였다고 그녀가 말했다. 그저 할아버지를 기쁘게 해드리려는 마음에 그쪽으로 쏠려갔다고 했다(어머니는 상관없었다고 했다. 할머니도. 불쌍한 메이블!). 할아버지께서 야망이 있으셨다고 했다. 언젠가 자신이 공작부인이 되면 좋겠다는 생각을 하셨다고. 하지만 자신은 음악가가 되고 싶은데, 그에 비해 공작부인이 과연 무엇이냐고 그녀가 말했다.

'음악가'라는 말이 나오는 순간 슬레인 백작부인은 약간 놀랐다. 당연히 '화가'라고 말하리라 기대했기 때문이다. 하지만 어느 쪽이든 마찬가지였으므로 실망감은 금세 사라졌다. 아이는 그녀 자신이 했을 법하게 말을 이어갔다. 같은 잣대로 삶의 가치를 평가하는 사람과 결혼할 수 있다면 그에 대해서는 어떤 편견도 없어요. 하지만 야드와 인치처럼 잣대 자체가 다르다면 서로를 이해하는 일은 불가능하잖아요. 할아버지와 제 약혼자였던 사람에게는 재산과 대단한 작위가 1야드나 2야드, 100야드나 1마일은 되었어요. 하지만 제게는 1인치나 반 인치밖에 되지 않아요. 반면 음악과 음악에 함축된 모든 것은 세속적인 잣대로 가늠될 수 없을 정도죠. 그래서 자신의 세속적 가치를 낮춰준 증조할머니에게 감사하다고 했다. "아시다시피 일주일 동안은 제가 어마어마한 유산상속인이었잖아요." 그녀가 재미있다는 듯이 말했다. "그러다가 곧 그게 아니라는 사실이 밝혀지니까 파혼하기가 훨씬 더 쉬웠어요."

"언제 파혼을 한 거니?" 그 소식을 신문에서 보지 못했다는 사실을 떠올리며 슬레인 백작부인이 물었다.

"그저께요."

저누가 데버라를 한 번 더 볼 구실이 생겨 좋아라 하며 저녁 신문을 들고 들어왔다. 슬레인 백작부인은 그 녹색 꾸러미를 뜨개질거리 아래에 집어넣었다. "난 파혼한 걸 몰랐구나." 그녀가 말했다.

얼마나 다행인지 모른다고 데버라가 어깨를 꼬물대며 말

했다. 정신 나간 그 세계와는 이제 상종할 일이 없다고 했다. "거기가 정신이 나간 거예요, 아님 제가 정신이 나간 거예요, 증조할머니?" 그녀가 물었다. "아니면 그냥 제가 그 세계에 어울리지 않는 인물인 걸까요? 다른 것을 중시하는 부류에 속하는 걸까요? 어쨌든 제가 왜 다른 사람들의 가치관을 받아들여야 해요? 제 가치관도 그에 못지않게 옳을 수 있잖아요. 제게는 옳은 거죠. 제가 아는 사람 가운데 생각이 같은 사람이 한두 명 있긴 한데, 할아버지나 캐리 고모할머니와는 잘 안 맞는 사람들이에요. 그리고 또 문제가……." 그녀가 말을 멈췄다.

"계속하렴." 좌충우돌 혼란스럽게 이어지는 분석에 마음이 짠해진 슬레인 백작부인이 말했다.

"할아버지와 캐리 고모할머니, 그리고 두 분이 인정하는 사람들 사이에 일종의 결속력이 있는 것 같아요. 마치 전체가 시멘트로 덮인 것처럼요. 그런데 **제가** 좋아하는 사람들은 다 제각각 혼자 살아요. 어쩌다 만나면 즉각 서로를 알아볼 수 있을 뿐이죠. 할아버지나 캐리 고모할머니가 중시하는 것보다 더 중요한 어떤 것을 인식한다고 할까요. 그 어떤 것이 정확히 무엇인지 아직은 모르겠어요. 그게 종교라면, 그러니까 제가 음악가가 아니라 수녀가 되고 싶다고 했다면 할아버지와 캐리 고모할머니는 제가 하는 말을 어렴풋이나마 이해했을 거예요. 그런데 종교는 아니거든요. 그러면서도 종교적인 성격이 얼마간 있긴 해요. 예를 들어 음악은 제게 기도보다 더한 만족을 주니까요."

"그래, 계속해." 슬레인 백작부인이 말했다.

"그러다가 제가 좋아하는 사람들에게 뭔가 냉혹하고 잔인하기까지 한 무언가가 똘똘 뭉쳐 한가운데에 단단하게 자리잡고 있다는 사실을 알게 되었어요. 정직함의 돌이라고 할까요. 무슨 일이 있어도 자기들에게 중요한 것에만 진심을 바치겠다고 단단히 마음먹은 것처럼." 그러다가 할아버지와 캐리 고모할머니의 논평이 떠올랐는지 이렇게 덧붙였다. "물론 그 사람들이, 말하자면 아무짝에도 쓸모없는 사회 구성원이라는 건 저도 알아요." 어린아이가 짐짓 심각한 척하는 말투였다.

"나름의 쓸모는 있지." 슬레인 백작부인이 말했다. "효모 같은 역할을 하잖아."

"효모(leaven)라는 그 단어는 도대체 정확한 발음을 모르겠어요." 데버라가 말했다. "각운을 맞출 때 'even'과 맞춰야 할지 'seven'과 맞춰야 할지 말이에요. 할머니 말씀이 맞는다고 봐요. 하지만 효소가 작용하기까지는 오랜 시간이 걸리잖아요. 게다가 얼마간 닮은 정신을 지닌 사람들 사이에서만 작용하고요."

"그건 그렇지만, 닮은 정신을 가진 사람들은 네 생각보다 더 많단다." 슬레인 백작부인이 말했다. "감추느라 무척 애를 써서 그렇지. 위기가 닥칠 때만 밖으로 나타나. 예를 들어 네가 살날이 얼마 안 남았다면……." 사실 그녀가 하고자 했던 말은 '내가 살날이 얼마 안 남았다면'이었다. "장담하는데, 네 할아버지도 네가(내가) 생각한 이상으로 너를(나를) 이해했다는 것을 알게 될 거야."

"그건 그저 감상이에요." 데버라가 단호하게 말했다. "죽음 앞에서야 다들 화들짝 놀라게 마련이니까요. 할아버지와 캐리 고모할머니라도 그렇죠. 당신들이 모른 체하려는 것들을 상기시킬 테니까요. 제가 하고자 하는 말은, 제가 좋아하는 사람들이 죽음에 병적으로 집착한다는 것이 아니라 삶에서 (자신들에게) 중요한 것들에 대한 인식을 늘 놓치지 않는다는 거예요. 죽음이란 결국 우연한 사건이잖아요. 삶도 그렇고요. 제가 의미하는 것은 그 어느 쪽에도 속하지 않아요. 그리고 할아버지와 캐리 고모할머니 생각에 제가 누려야 마땅한 그런 방식의 삶과도 양립할 수 없죠. 제가 틀린 걸까요, 아니면 두 분이 틀린 걸까요?"

슬레인 백작부인은 지금이 허버트와 캐리의 화를 돋울 마지막 기회라고 느꼈다. 나를 사악한 늙은이라고 부를 테면 부르라지! 사실 사악한 늙은이가 아니라는 것은 본인이 알았다. 이 아이는 예술가이고 원하는 길을 가야 했다. 세속의 보상을 얻고 그것을 누리거나 악의에 상처받고 받은 그대로 돌려주면서 세속의 일을 해나갈 사람들은 넘치도록 많았다. 데버라가 속한 자그마하고 드문 동지애의 세계, 번쩍이는 금박에 무

관심한 그 세계는 누가 알아주지 않더라도 열정적으로 자기 일을 해나갈 수 있어야 했다. 기이한 아수라장이 알아서 정리가 되고, 현재가 역사가 되다보면 종국에는 시인과 예언자가 정복자보다 더 중요했다. 예수도 그들과 함께였다.

그녀는 데버라의 재능을 평가할 수 없었다. 그건 핵심이 아니었다. 성취도 좋지만 그 정신이 더 좋은 것이다. 성취로 계산하는 일은 세상의 지배적인 체계에 굴복하는 일이었다. 슬레인 백작부인이나 그녀와 같은 부류가 인정하는 근엄하고 엄밀한, 사심 없는 기준에서 벗어나는 일이었다. 그러나 정작 입에서 튀어나온 말은 생각과 전혀 다른 말이었다. "아, 얘야, 내가 유산을 다 기부해버리지 않았다면 네가 독립적으로 살게 해줬을 텐데."

데버라가 웃었다. 제가 원한 건 조언이지 돈이 아니에요. 그녀가 말했다. 사실 딱히 조언을 원하지도 않는다는 것을 슬레인 백작부인은 잘 알았다. 그저 자신의 결심을 누군가 지지해주고 더 단단하게 만들어주길 바랐을 뿐이다. 좋아, 동조를 바란다면 내가 해줘야지. "아무렴, 네가 옳단다." 그녀가 나지막이 말했다.

두 사람은 좀 더 이야기를 나누었다. 평온함과 공감의 분위기에 푹 잠겨 있던 데버라는 증조모의 마음이 자신은 어떻게도 접근해볼 실마리가 없는 혼돈의 미로 속에서 떠돈다는 사실을 알아차렸다. 슬레인 백작부인의 나이에는 자연스러운 현상이었다. 간혹 자기 이야기를 하다가는 다시 정신을 차려서, 먼 과거에 잘못되어버린 어떤 사건이 아니라 증손녀의 미래를 열성적으로 들먹이며 안쓰럽도록 어설프게 그 말실수를 덮어보려 했다. 데버라는 워낙 편안하고 행복한 마음에 젖어 그것이 무슨 사건일지 그다지 궁금하지 않았다. 연로한 할머니와 마음이 통한 이 시간이 음악처럼 그녀를 어루만졌다. 그림자가 드리우고 열린 창문 너머 나방이 마구 부딪는 저녁에 가만히 울려보는 화음처럼. 그녀는 할머니의 무릎을 지지대 삼아, 버팀목 삼아 기대앉은 채 따스함과 아스라함과 나직하고 조화로운 음에 폭 안기고 푹 잠겼다. 소란스러움이 서서히 물러갔다. 요란한 금속성 소음도 조용해졌다. 할아버지와 캐리 고모할머니도 모난 중요성을 상실하고 쪼그라들어 양피지 얼굴을 달고 우스꽝스럽게 손을 흔들며 움직이는 작은 꼭두각시가 되었다. 다른 쪽 가치가 위대한 대천사처럼 눈앞에 솟아나 거대한 모습으로 날개를 펼쳤다. 불가해한 연상들이 데버라의 마음속에서 떠다녔다. 예전에 남쪽 항구에서 보았던 젊은 여자가 떠올랐다. 사위는 캄캄하게 어두운데 흰옷을 입고 하얀색 보르조이 개와 함께 걷고 있었다. 나이 차이는 엄청나지만 정신적으로는 아주 잘 맞는 증조모와 이렇게 육체적으로나 정신적으로 가까이하자 지금까지 누가 볼까 숨겨놓았던, 짧은 경험의 자그마한 보물의 덮개가 벗겨졌다. 지금 이 순간의 주문을 나중에 그대로 떠올려 음악으로 옮겨

볼 수 있을까, 어느새 그런 생각을 하고 있었다. 경험을 음악으로 표현하고 싶다는 열망은 증조모라는 한 인간에 대한 관심조차 능가했다. 어떤 면에서는 이기심이었지만 증조모는 그 이기심을 오해하지도, 그에 대해 분개하지도 않으리라는 것을 알았다. 어떤 충동에 밀려 증조모를 찾아왔는데, 잘한 일이었다. 음악이 주위를 감싸는 이 느낌이 그 증거였다. 저 멀리 피아노에서 음이 울려 나왔고, 그것은 할아버지와 캐리 고모할머니가 사는 세계에서는 의미도 없고 존재하지도 않는 음이었다. 하지만 증조모의 세계에서 그 음은 가치가 있었고 의미가 있었다. 정처 없이 이어지던 연로한 목소리가 문득 뚝 끊기면서 한 시간 동안 이어진 주문도 중단되었음을 깨달은 데버라는 자기 때문에 할머니가 너무 피곤하겠다고 생각했다. 증조모는 잠이 들었다. 고개가 앞으로 꺾여 턱이 가슴께 레이스에 닿아 있었다. 고운 두 손은 편안히 늘어져 있었다. 데버라는 가만히 자리에서 일어나 소리가 나지 않도록 조심스레 문을 닫고 거리로 나섰다. 그러자 상상 속의 음도 잦아들었다.

한 시간 후 저누가 쟁반을 들고 들어오며 마님, 저녁 준비가, 라고 말을 꺼냈다가 놀라서 이런 말을 내뱉었다. "세상에, 저게, 저게 무슨 일이야. 마님이 돌아가셨잖아."

"예상은 했어요." 아버지가 돌아가셨을 때와 달리 눈물을 훔쳐내며 캐리가 말했다. "이런 일이 닥치리라 예상은 했어요, 벅트라우트 씨. 그런데도 충격이네요. 아시겠지만 어머니는 정말이지 특출한 여성이셨어요. 그저 세입자일 뿐이었으니 물론 어르신께서 그걸 아실 턱은 없겠지만요. 오늘 아침 《타임스》 기자가 어머니를 드문 영혼이라고 표현했죠. 제가 늘 하던 말이었어요. 드문 영혼." 캐리가 예전에 말해놓고도 잊어버린 것은 그것 말고도 많았다. "이따금 다루기가 좀 힘들기는 했어요." 피츠조지의 유산이 문득 떠올라 마음이 상한 그녀가 덧붙였다. "때로 비현실적이셨는데, 현실적인 것만 중요하지는 않잖아요. 그렇죠, 벅트라우트 씨?" 그 말 역시 《타임스》에 나온 말이었다. "어머니는 천성이 참 아름다우셨어요. 저야 어머니가 간혹 보이는 그런 행동을 하지는 않겠지만요. 무슨 동기에서 그러시는지 따라가기 좀 어려울 때가 있었거든요. 돈키호테 같고, 또 무분별하다고도 할 수 있을까요? 게다가 얼마나 완고하신지. 다른 사람 말은 도대체 안 들으셨는데, 비현실적인 분이 그러셨으니 참 안된 일이었죠. 자식들 말을 들으셨다면 지금 우리 처지가 얼마나 달라졌겠어요. 하지만 이미 엎질러진 물이니 소용없겠죠. 그렇죠?" 벅트라우트 씨에게 애써 담대한 미소를 보이며 캐리가 말했다.

벅트라우트 씨는 아무런 대꾸도 하지 않았다. 그는 캐리가 싫었다. 그렇게 민감하고 솔직한 자기 친구에게서 어떻게 저렇게 냉혹하고 위선적인 딸이 태어날 수 있는지 의아했다. 그는 슬레인 백작부인을 떠나보낸 자신의 커다란 상심을 표정으로든 말로든 절대 캐리에게 내보이지 않겠다고 결심했다.

"괜찮다면, 지금 아래층에 관 크기를 재려고 사람이 와 있습니다." 그가 말했다.

캐리가 그를 빤히 쳐다보았다. 이 벅트라우트 씨라는 사람에 관해 우리가 생각한 것이 맞았어. 불쌍한 어머니를 두고 온당한 말은 단 한마디도 할 줄 모르는 교양 없고 매정한 늙은이. 캐리 자신은 드문 영혼 운운하는 말을 그대로 전할 만큼 관대했는데 말이다. 어머니가 자식들에게 어떤 몹쓸 장난을 쳤는지 기억하는 마당에 어머니에 대한 자신의 짧은 연설은 대체로 아주 관대한 헌사라고 보았다. 그 단어를 말하는 순간 스스로 극히 고결하다는 심정이었으므로 자신의 행동 규칙에 따르자면 벅트라우트 씨도 그 대답으로 뭔가 정중한 말을 건넸어야 했다. 그 역시 뭔가 콩고물이 떨어지지 않을까 기대했고, 그것이 틀어지자 억울한 마음이 든 것이 틀림없었다. 상어 같은 늙은이의 계획이 그렇게 완전히 틀어져 캐리에게는 대단한 위안이 되었다. 벅트라우트 씨는 그저 순진한 노인네를 등쳐먹으려 한 인물이었다. 그리고 이제 앙심을 품고 관 제작자를 불러들인 것이다.

"제 오빠 슬레인 경이 곧 와서 필요한 일을 다 알아서 처리할 거예요." 그녀가 거만하게 대답했다.

하지만 고셰런 씨가 이미 문 앞에 와 있었다. 중산모를 앞으로 살짝 기울이며 들어왔는데, 그 행동이 침대 위의 말 없는 슬레인 백작부인을 향한 것인지, 침대 발치에 서 있는 캐리를 향한 것이지는 확실치 않았다. 장의사 일도 하는 고셰런 씨에게는 죽음이 상당히 익숙했다. 그렇지만 슬레인 백작부인은 단순한 고객 이상으로 늘 따뜻하게 대해온 인물이었다. 부인의 관 뚜껑에 가장 소중히 여기는 목재를 쓰기로 마음먹은 것은 자신의 감정을 나름대로 표현하고 싶어서였다.

"백작부인께서는 돌아가신 모습도 아름다우시네요." 그가 벅트라우트 씨에게 말했다.

두 사람 모두 캐리는 본 척도 하지 않았다.

"살아생전 아름다우면 죽어서도 아름답다. 그것이 내가 늘 하는 말이죠." 고셰런 씨가 말했다. "죽음이 아름다움을 드러내는 걸 보면, 참 놀라워요. 같은 일을 하셨던 내 할아버지께서 하신 말씀인데, 50년 동안 지켜본 바에 따르면 할아버지 말씀이 정말 맞아요. 살아생전의 아름다움은 좋은 옷이나 뭐 그런 것 따위에서 생겨날 수 있지만 죽은 뒤의 아름다움은 인성에 달려 있다, 그렇게 말씀하시곤 했죠. 지금 백작부인을 봐요, 벅트라우트 씨. 그 말이 사실인가 아닌가." 그러더니 은밀한 말투로 덧붙였다. "사실 말이죠, 전 누군가를 판단하고 싶으면 그 사람을 바라보며 죽은 모습을 그려봐요. 그러면 언제나 드러나게 마련이죠. 내가 무슨 일을 하는지 상대가 모르니까 특히 더 그래요. 백작부인을 처음 봤을 때, 그래, 괜찮은 분이야, 그랬어요. 그때 그려봤던 모습이 실제 눈앞에 있는 지금도 여전히 그렇게 말할 수 있어요. 어쩐지 이 세상에 반 이상 발을 담근 적이 없었던 것 같아요."

"없었죠." 벅트라우트 씨가 말했다. 이제 고셰런 씨가 왔으므로 기꺼이 슬레인 백작부인에 대해 이야기를 나누었다. "세상과 타협한 적도 절대 없고요. 세상에서 얻을 수 있는 좋은 것들은 다 가졌어요. 본인은 원하지 않았던 모든 것을. 부인은 들판의 백합을 생각했어요, 고셰런 씨."•

"맞아요, 벅트라우트 씨. 전 성경의 이런저런 구절을 부인께 적용해봤어요. 하지만 사람들은 성경에 나오면 찬성할지 몰라도 실생활에서는 그렇지 않은 경우가 많죠. 교회 설교단에서 읽어주면 사뭇 경건한 얼굴로 듣지만, 각자 집안에서 그런 일을 마주치면 도대체 알아채지 못하는 모양이에요."

오, 맙소사. 캐리가 생각했다. 이 두 노인네가 그리스 비극의 코러스처럼 어머니를 두고 한마디씩 주고받는 이 일을 언제까지 계속할 셈이야? 그녀는 마음을 단단히 먹고 햄프스테드에 왔더랬다. 아량 있는 마음, 용서하는 마음을 가지리라. 그리고 약간의 진정한 감정도 보탬이 되었다. 하지만 이제 침착함에 금이 가면서 울화와 불만이 부글부글 끓어올랐다. 현

• 〈마태복음〉 6장 28절, "또 너희가 어찌 의복을 위하여 염려하느냐 들의 백합화가 어떻게 자라는가 생각하여보라 수고도 아니하고 길쌈도 아니하느니라" 참조.

명한 척, 확실한 척 떠들어대는 이 부동산 중개인과 장의사, 그들이 어머니에 대해 뭘 안단 말인가?

"아무래도 어머니의 장례식 조사는 가족들이 하게 내버려 두셔야 하지 않을까 싶네요." 그녀가 쏘아붙였다.

벅트라우트 씨와 고셰런 씨가 동시에 근엄한 얼굴을 그녀 쪽으로 돌렸다. 문득 그녀에게 두 사람이 동떨어진 인물로 나타났다. 우스운 인물인 것은 분명했지만 또한 정의의 인물이기도 했다. 그들의 시선이 점잖은 위선이라는 보호막을 모조리 벗겨냈다. 자신을 판단한다는 기분이었다. 고셰런 씨는 자신의 용도와 원칙에 따라 시신이 된 캐리를 상상하고 있었다. 상상력에 도움이 되도록 눈을 가늘게 뜨고 바라보았다. 침대에 눕히고 면밀히 살펴보았는데, 그녀는 평소의 방어막을 뜻대로 조절할 수 없어 무방비 상태였다. 드문 영혼 운운하던 말은 다 타고 재만 남았다. 벅트라우트 씨와 고셰런 씨는 어머니와 동맹을 맺고 있었고, 그런 동맹 앞에서는 어떤 말로도 진실을 덮을 수 없었다.

"고인 앞에서는 적어도 모자는 벗으셨으면 좋겠네요." 마지막으로 기댈 관습을 피신처 삼아 그녀가 고셰런 씨에게 말했다.

버지니아 울프의 편지•

1930년 9월 7일 일요일

멍크스 하우스(로드멜, 서식스)

비타 색빌웨스트에게

네가 화요일에 오면 무척 재밌을 것 같아. 너무 늦은 오후에 오지는 말고. 이 병에서 완전히 회복되려면 시간이 꽤 걸릴 것 같아(아픈 와중에 연로한 에설 스마이스••가 들이닥쳤지). 하지만 오늘은 그래도 짧은 산책을 하고 글쓰기라 할 만한

• 버지니아 울프가 비타 색빌웨스트에게 보낸 편지 중 《사라진 모든 열정》에 대해 언급한 것만을 모았다. 번역 대본으로는 Virginia Woolf, *A Reflection of the Other Person*(Hogarth Press, 1994)을 사용했다.

•• 영국의 작곡가 에설 스마이스(1858~1944). 여성 참정권 운동을 활발히 펼쳤으며, 버지니아 울프와는 각별한 사이였다.

일도 조금 했어. 그러니까 해즐릿에 대한 망할 평론의 교정 말이야. (결국 메이드스톤은 가지 못했어.) 화요일쯤이면 몸이 다 나을 테니, 너와 이야기를 나눈다면 우당탕탕 굉장히 신나는 일이 될 거야. 건강에 좋은 쪽으로 말이야. 여름에 이 주 내내 집에 박혀 있었으니 얼마나 따분한 일인지.

난 그 늙은 잔소리꾼(네 어머니 말이야)이 불쌍하다는 마음이 들지 않네(들어야 하는 건가?). 네 어머니가 일사병으로 쓰러져 네가 1년에 5000파운드를 더 받게 된다면, 난 오히려 신에 대해 다시 생각해보고 싶은걸. 왜 남겨줄 재산이라고는 없는 나와 포토•에게 이러는 걸까? 하늘이 하는 일은 참 엉망이라는 생각이 종종 들어. 믿기 힘들도록 어설프지.

난 지금 아래층 방에 누워서 사과나무를 내다보고 있어. 레너드••(나를 이 방으로 옮겨주고, 요강을 갖다주고, 쟁반이나 약을 들고 이리 뛰고 저리 뛰는 레너드는 얼마나 천사 같은 사람인지)가 접붙이기인지 가지치기인지를 하고 있지. 어느 쪽일까? 어느 쪽도 아닐 수도 있어. 그러고 나서 레너드는 저녁 먹으러 케인스네로 갈 거야. 식사 자리에서 메이너드는 지루한 삶의 비망록을 읽어줄 테고, 몰리는 분명 무슨 일인가로 씩씩거리겠지. 몰리가 우리와 함께 있어야 했는데.

• 비타가 버지니아를 부르는 애칭.

•• 버지니아의 남편 레너드 울프(1880~1969).

네 소설 《사라진 모든 열정》과 시는 어떻게 되어가? 그냥 호기심에서 묻는 게 아니야. 내 소설로는 1페니짜리 빵값도 벌지 못할 것이 점점 확실해지니, 이제 네가 울프의 부양자라고 보거든.

너의 버지니아

1931년 5월 27일 수요일

멍크스 하우스(로드멜, 서식스)

비타 색빌웨스트에게

월요일에 저녁 먹으러 와. 방송이 끝난 뒤인 8시면 좋겠네. 활활 타는 에설의 자기중심주의에 완전히 구워질 네가 불쌍해. 내 두통을 전부 불쌍한 노인네인 에설의 탓으로 돌릴 수는 없지만. 얼마간은 분명 이 이상한 기온 때문이기도 하고, 얼마간은 그날 아침 첼시 화초 전시회에서 사람들에게 너무 시달려서이기도 해. 그곳에서 50년 된 아주 작은 삼나무를 샀어. 이제 그 나무에서 아주 조그만 나이팅게일이 노래해주면 딱 좋겠어. 시싱허스트•에서 좀 찾아봐줘.

난 이제 상태가 많이 나아져서 혼자 고갯마루에서 이리저리 거닐었어. 세상에, 런던으로 왜 돌아가겠어? 오늘 저녁, 별

채에서 내다본 그곳이 무척 아름다웠거든. 나지막한 헛간들이 늘어선 그곳을 보면 늘 그리스 신전이 떠올라. 그리고 동네 결혼식에 갔는데, 이마에 작은 피라미드 모양의 종을 달고 꼬리에 리본을 묶은 커다란 농장 말이 끄는 널찍한 파란색 마차에 부엌 의자를 놓고 신부 측 하객들이 앉아 있었어. 영국 시골의 삶에는 어쩌면 그렇게 누추함과 찬란함이 신기하게 뒤섞여 있는지! 오늘 밤에는 〈땅〉••을 읽고 싶지만, 책이 여기에 없네.

그래서 냉장고가 돌아간다면 대신에 얼린 구스베리와 차가운 아스파라거스를 먹을 거야. 서리가 하얗게 내린 포도로 만든 스페인 포도주도 한 병 마시고. 그런데 종일 망치질을 해대고 있어도 냉장고는 돌아가지 않겠지. 레너드 말이 《사라진 모든 열정》을 선주문으로 4000부 이상 팔았다고 해.••• 오늘은 신문에 실릴 만한 멋진 날이지. 어쨌든 네게 몹쓸 악평이나 입에 발린 칭찬이 쏟아질 테니 그건 부러울 수가 없네.

월요일 8시(아니면 그 전에). 아침 먹으러 오란 뜻은 아니야.

버지니아

• 비타가 만들고 가꾼 정원. 영국에서 가장 아름다운 정원 중 하나로 손꼽힌다.

•• 비타의 시.

••• 《사라진 모든 열정》은 버지니아와 레너드가 함께 운영한 '호가스 출판사'에서 출간되었다.

오늘 밤에 아마 에설이 시싱허스트에서 자겠지?

1931년 6월 11일 목요일

타비스톡 스퀘어 52번지

비타 색빌웨스트에게

1) 내가 화요일에 시싱허스트(아니면 롱반)에 내려가서 밤을 지내도 될까? 혼자 갈 거야.

2) 《사라진 모든 열정》을 6500부 팔았어. '아주' 잘 팔려. 오늘 든 생각으로는 새 판을 낼까 싶어. 세상에! 얼마나 신나는지! 그물에 정어리가 걸리듯이 주문이 쏟아져.

어제 에설은 무척 까라져 있던데. 네가 무슨 말이라도 했니? 화요일에 무슨 일이 있었는지 알려줘.

버지니아

1931년 6월 19일 금요일

타비스톡 스퀘어 52번지

비타 색빌웨스트에게

삼 주를 기다린 끝에 마침내 책•이 도착했어. 텔레파시가 통한 게 아닐까 싶어. 네 우아한 프랑스어가 해협을 넘어가서 말로 하지 않아도 그들이 열심히 움직이게 만든 거지. 하지만 나중에 쓸 일이 있을까 해서 프랑스 편지는 내가 보관하고 있어. 아, 내가 얼마나 신나게 즐겼는지. 넌 참 좋은 감홍••을 가지고 있더라.

책은 꾸준히 팔리고 있어. 어제 요양원에서 들었는데, 어떤 환자가 다른 환자에게 《사라진 모든 열정》을 읽어보라고 권하면서 이렇게 말했대. "아름답게 잘 쓴 작품이기도 하고, 당신이 지금 집을 구하고 있으니 꼭 필요한 책이에요." 독자의 심리는 참 알 수가 없지.

도티가 간밤에 이곳에서 저녁을 함께 먹었어. 시리즈•••를 계속해달라고 설득할 셈으로 급히 이 사람 저 사람 모아서 마련한 이상한 자리였지. 별로 효과는 없었던 것 같아.

버지니아 울프

• 버지니아의 소설 《올랜도》의 프랑스어판.

•• 19세기에 만병통치약처럼 쓰이던 약품.

••• 호가스 생존 시인 시리즈.

1931년 7월 30일 목요일

타비스톡 스퀘어 52번지

비타 색빌웨스트에게

천사 같은 불쌍한 내 친구. 네가 요통으로 괴로워하며 꼼짝도 못 하고 빵 부스러기가 잔뜩 떨어진 침대에 누워 있을 거라고 생각하니 내 마음이 다 참담해. 책이나 물잔이나 손수건은 손에 닿지도 않을 테고 옆집 루이즈는 쿵쾅거리고 다니겠지. 그건 그렇고 자신을 기억하며 먹어달라고 네게 캐비아를 보내야 한다는 것이 포토의 마지막 바람이었어. 그러니 눈물 젖은 캐비아를 받아서 천천히 먹으렴.

이복 오빠가 돼지에 관해 쓴 글도 보낼게(내게 세 번째로 보낸 신문이야).

인생은 정말 형편없어. 항상 급하고 난리 법석이고, 난 원하지도 않는데 요란한 파티에 앉아 있어야 하니. 천장 불빛이 너무 눈부셔서 눈이 튀어나올 것 같은 상태로 앉아 너를 생각해. 요통처럼 괴롭진 않아. 그렇게 혼잣말을 해. 하지만 거의 그 정도야.

《사라진 모든 열정》의 판매량이 《에드워디언》을 넘어섰다고 들었어. 이 작품이 연극이었다면 장기 흥행할 텐데. 아, 내가 얘기했던가? 《사라진 모든 열정》을 팔아서 번 돈으로 보트와 카메라를 샀어. 네가 내게 그런 축복을 흠뻑 내려준 거지. 그래, 언제든 방 하나는 비워놓을 테니 말만 해. 아니면 내가 그쪽으로 갈게. 당장이라도.

버지니아

1931년 9월 16일 수요일

멍크스 하우스(로드멜, 서식스)

비타 색빌웨스트에게

뭐 좀 알아보고 싶어서 펜을 들었어. 대답을 꼭 듣겠다는 건 아니고. 내 기억으로 편도선염은 목에 흰 반점들이 생기는 아주 고통스러운 병으로 아는데, 그거 맞지? 그래서 오늘 하루 침대에 누워 지내야 한다니 죄악이나 다를 바 없어. 그러니까 신에게 그렇단 말이야. 네가 뭘 어쨌다고 그런 일을 겪어야 하냐고. 우리가 토스트에 버섯을 얹어 점심으로 먹고 함께 이즈데일네 갔다면 얼마나 즐거웠겠니. 기대했던 것에서 한 치도 벗어나지 않아. 아낌없이 후하게 베푸는 산만한 엄마, 차와 함께 내는 멋진 음식과 과수원의 쓰러져가는 작고 낡은 집. 아들은 방에서 작곡을 하고 조앤은 다른 방에서 시를 쓰고. 그들은 어디든 맘이 동하는 곳에서 식사를 해. 어떤 때는 주방에서 먹고 또 어떤 때는 침실에서 먹고. 알고 보니 E. 부인이 애드니라는 이름의 형편없는 화가의 여동생이래. 예술은 그쪽에서 나오는 모양이고, 그룸브리지에 사는 헤일 화이트라는 늙은 예언자와 미심쩍은 관계가 있었더라. 서랍 가득 그의 편지가 있는데, 내게 꺼내서 읽어보라고 했어. 자질구레한 구닥다리 물건과 구슬 매트와 초기 빅토리아 시대 우산들이 끝도 없이 나와. 조앤은 알다가도 모를 사람이야. 초콜릿 상자에 그려진 신여성처럼 생겼고, 말투도 그래서, 백합이 얼마나 아름다운지 모르겠다던가 노을이나 강아지나 고양이에 대해 이야기를 하는데, 또 그렇게 이상한 시를 쓴단 말이지. 분명 반편이 같은 남자 하인에게 최면이 걸렸다고 봐. 그는 집안일을 도맡아 하면서, 상대방을 생각해서 누추한 검은색 옷을 입는 위인이지. 그들은 네가 못 와서 무척 실망했고, 그 누추한 위인이 만든 케이크 다섯 개와 비스킷을 네게 준다며 따로 빼놓았어. 그들이 생일 파티를 할 때 그 위인이 말하길, 자기가 반딧불을 잡아 정원 가득 풀어놓을 테니 불을 켜지 않아도 된대. 커다란 바구니를 들고 숲으로 들어가더니 겨우 두 마리를 잡아 왔다지. 두 마리 반딧불이 할 일은 다 했지만, 넓은 정원에서 그게 무슨 소용이었겠냐고 이즈데일 부인이 내게 묻더라.

볼링을 하러 여기 나왔고, 불을 피운 채 다음 날까지 이어지지. 물론 비는 계속 퍼붓고. 그러니 침대에 누운 네가 그렇게 불쌍하지도 않네(하지만 이젠 기운을 차리고 일어났기를 바라). 이즈데일 집안에 대해 더 할 말은 없는데, 하나 있다면, 그곳의 젊은 음악가가 장담하길, 에설이 능력은 넘쳐나는데 음악성은 조금도 찾아볼 수 없다고 하더라. 그러니 가뜩이나 오페라를 싫어하는 내가 그녀 옆자리에 앉아 다섯 시간 동안 〈파괴자들〉•을 본다고 생각해봐. 또 언쟁이나 벌어질 게 분명하지.

(에벌린 아이언스와) 프랑스 여행을 해보면 어때? 도티가 내게 무슨 말인가 했는데, 부도덕할 만큼 신중했던 나는 아무 대꾸도 하지 않았어. 그렇게 신중할 까닭이 없기를 바라. 오, 난 화가 나서 참을 수 없어. 마을 위쪽의 고갯마루가 팔려서 전부 건물터가 되었어. 이미 단층집 두 채를 짓고 있으니 전부 영원히 망가지게 될 거야. 우리가 뭘 어쩌겠어? 바로 팔아야겠어. 하지만 레너드에게는 말하지 마. 이곳 브라이턴의 교외에서 왜 계속 살아야 하는지 모르겠어. 앞으로 살면서 시골길을 혼자 걷는 기쁨은 가질 수 없을 거야. 과장하는 게 아니야. 악마 같은 노동당 후보에 의해 고갯마루가 망가지는 걸 (빌어먹을 그의 저택이 들어설 거래) 지켜봐야 한다니. 맙소사, 비타, 이 시대에 살지 않아도 된다면 좋겠어. 내가 속한 이 무리가 지긋지긋해. 벤이 네게 엄청 감언이설을 쏟아붓더라. 미안해. 내가 홍보 때문에 내 본위로 한 일이야. 얼마나 알랑거리는지 그의 내장에 네가 아니라 월폴이나 스톰 제임슨 같은

• 에설 스마이스의 오페라.

부류가 들어갔으면 좋겠다는 마음이 들어. 상태가 어떤지 한 줄 적어서 보내줘. 내일 조지와 마거릿•이 오기로 했어. 도대체 왜 오겠다는 건지는 모르지. 마거릿은 다리를 심하게 절어서 계단도 오르지 못하고, 조지는 얼마나 뚱뚱한지 양처럼 한 번 넘어지면 일어나지도 못하는데, 꼭 넘어진다니까. 도티는 얼마나 친절한지 몰라. 얼룩덜룩한 점박이 개들이 둘러싼 마당을 내게 보여주었어. 그러니까 생각이 난다. 혹시 헨리 사진 가지고 있어? 특별한 이유가 있어서 묻는 거야.《플러시》가 망하는 바람에 지금 파산할 지경인데 그 상황을 막아볼 무모한 장난과 관련된 일이지.

지금은 기록적인 출판계 불황이야. 판매상들이 책을 사려 들지를 않아. 그래서 열정이 다 소진된 게 정말 기뻐.••

• 버지니아의 이복 오빠 부부.

•• 《사라진 모든 열정》이 다 팔렸음을 뜻함.

해설

노년, 그 한 조각 제정신을 위해

"늙어서도 마음대로 살지 못하면 언제 마음대로 살겠니? 살날도 별로 안 남았는데!"

남편이 아흔네 살에 세상을 떠 여든여덟 살에 혼자가 된 슬레인 백작부인은 자신을 번갈아 모시겠다고 하는 자식들에게 혼자만의 삶을 선언하며 이렇게 말한다. 노년이라고 하면 몸도 마음도 허약해서 누군가의 도움을 원하리라 으레 짐작하지만, 평생 가족을 위해 살았을 우리 할머니, 어머니라면 늙어서나마 오롯이 자기 삶을 살고 싶다는 그 마음에 십분 공감하지 않을까 싶다. 슬레인 백작부인이 살았던 20세기 초 영국만이 아니라 지금도 세계 곳곳에서 많은 여성이 가족을 우선시하느라 자기 마음대로 살지 못하는 것이 현실이니까. 역사적으로 제도로서의 결혼과 가족은 여성에게 질곡이 되었고 가족 내 여성의 삶을 비판적 시각으로 다룬 문학작품의 생산도 왕성해졌다. 하지만 할머니를 주인공으로 삼아 그 문제에 천착하는 작품은 흔치 않다. 여든여덟 살의 나이에 비로소 마음대로 살기를 선언한 할머니를 주인공으로 내세우는 비타 색빌웨스트의 《사라진 모든 열정》은 그 점만으로도 특별하다. 이 작품이 출간된 1931년에 채 마흔도 되지 않은 작가가 여든여덟 살의 노인을 주인공으로 내세우는 소설을 썼다는 점도 예사롭지 않지만, 사실 사회의 통념에 개의치 않고 파격적인 삶을 살았던 색빌웨스트에게 그 정도는 파격에 꼽히지도 않을 듯하다.

비타 색빌웨스트는 10대 시절부터 여러 여성과 연인 관계를 맺은 것으로 유명한데, 그 가운데 한 사람이 버지니아 울프다. 그래서 지금은 울프의 연인이자 《올랜도》의 모델이었다는 사실이 중요하게 거론되지만, 그는 유서 깊은 귀족 가문의 딸로 태어나 소설, 시, 에세이 등 여러 장르에서 왕성한 작품 활동을 하고, 젊은 작가에게 수여하는 호손든상도 두 번이나 받은 당대 인기 작가였다. 원예와 조경에도 일가견이 있어서 그가 조성한 '시싱허스트 캐슬 가든'은 지금도 영국 대중의 사랑을 누리고 있다.

색빌웨스트의 동성 관계는 10대에 시작되었다. 학창 시절에 만난 바이얼릿 트레퓨시스와 사랑에 빠졌고, 각자 남자를 만나 편의적인 결혼을 한 이후에도 관계를 지속했다. 색빌웨스트에게 구애하여 결혼한 해럴드 니컬슨 역시 동성애자여서 두 사람은 결혼 생활을 유지하며 각자 동성 연인들을 만났다. 이성으로서의 애정은 없었지만 두 사람은 다른 방식으로 서로를 아끼며 오래 결혼 생활을 이어갔다. 물론 열정적인 색빌웨스트는 바이얼릿과 함께 파리로 도망간 적도 여러 번이라 양가 부모들이나 남편들이 찾아 데려와야 했다. 그때 색빌웨스트는 자주 남장을 하고 바이얼릿의 남편인 척 함께 다녔는데, 그때 누렸던 해방감을 여러 방식으로 표현한 것을 봐도 당시 여성에게 규정된 협소하고 틀에 박힌 삶의 방식이 그에게는 참을 수 없는 구속으로 여겨졌음이 틀림없다.

그는 1925년에 울프를 처음 만나 3~4년 동안 열정적인 관계를 이어갔고, 열정이 자못 사그라든 뒤에도 10년 이상 만남을 지속했다. 서로의 창작 활동에도 격려와 자극을 아끼지 않아 그 기간에 각자 중요한 작품들을 여러 권 집필했다. 당시 울프보다 인기 있는 작가였던 색빌웨스트는 울프가 운영하는 호가스 출판사에 재정적으로 도움을 주기 위해 그곳에서 소설을 출간하기도 했는데, 대표작 가운데 하나인《에드워디언》은 3만 부 이상 팔려 출판사의 재정에 큰 도움을 주었다고 한다.

1931년에 출간된《사라진 모든 열정》도 호가스 출판사에서 출간했고, 초판의 표지 그림은 울프의 여동생인 버네사 벨이 그렸다. 울프의《자기만의 방》이 출간된 것이 1929년이므로 이 작품에서는 이러저러하게《자기만의 방》과 울프의 영향을 엿볼 수 있다. 주요 인물 가운데 하나인 이디스가 떠올리다시피 자아를 하나로 정의할 수 없다거나 언어의 의미 전달 기능에 의문을 나타내는 것도 그렇지만, 무엇보다 결혼과 가정 이외에 다른 삶의 가능성이 부재한 당대 여성의 상황을 전면적으로 다룬다는 점에서 특히 그렇다.《자기만의 방》은 일차적으로 여성의 처지와 창작하는 삶의 문제, 그러니까 당대 여성에게 들씌워진 특정한 정체성과 사회적 역할 속에서는 여성이 창조성을 발휘할 여지가 없다는 점을 주된 근거로 삼아 여성의 열등한 지위를 전반적으로 비판한다. 화가가 되려 했던 젊은 시절의 열망이 좌절되어 관습에 따른 결혼 생활을 이어갔던《사라진 모든 열정》의 주인공은 바로 창작을 위해 필요한 자기만의 방을 갖지 못했던 수많은 여성의 삶을 소설로 그려낸다고 할 수 있다. 그런데 좌절된 젊은 날의 열망을 노년에 회고하는 방식으로 보여준다는 점에 이 작품의 독특함이 있다. 그래서 이 작품에는 두 갈래의 이야기가 존재하는데, 하나는 회고를 통해 이루어지는 여성의 처지에 대한 비판적 질문이고 다른 하나는 슬레인 백작부인이 몇몇 노인들과 함께 꾸려가는 노년의 삶이다.

"거미줄처럼 가느다란 줄이 손목과 발목에 무수히 칭칭 감겨 있는 것을, 그리고 그 줄의 다른 쪽 끝은 모두 누군가의 가슴에 닿아 있다는 것을 깨달았다."

가부장제 사회의 결혼 제도가 여성에게 희생을 강요하고 여성의 삶에 족쇄로 작용해왔다는 것은 이제 반박의 여지가 없는 사실이다. 하지만 결혼은 제도인 동시에 애정을 기반으로 하는 가장 친밀한 사적 관계이기도 하다. 결혼을 통해 가장 친밀한 가족이 생겨나고, 한 개인의 결혼은 혼자만이 아닌 가족의 일이다. 통계나 사회학적 분석에 개인의 다양하고 자잘한 감정이나 상황이 충분히 담기기 어렵고, 어떤 삶이든 간단히 공식화하거나 쉽게 재단할 수 없는 것도 다들 거미줄처럼 얽힌, 그것도 전부 감정을 수반하는 관계 속에 존재하기 때문이다.

가족 내 책임과 의무에서 벗어나 비로소 자기만의 집에 자리 잡은 슬레인 백작부인은 화가의 꿈을 가졌던 젊은 시절을 돌아본다. 그 꿈을 이루기 위해 남장을 하고 가족 몰래 외국으로 나가려 했던 것은, 당시 여자의 몸으로 한 가정에서 딸로 태어나 살아가면서 예술가라는 꿈을 추구할 수 없었기 때문이다. 헨리와의 결혼을 앞둔 데버라는 대부분의 남자가 온갖 기회를 마음껏 누리는 반면 좋은 남자와 결혼하는 일 이외에 다른 기회가 거의 없는 여성의 처지를 비교하고, 결혼 이후에도 남성은 아무것도 포기하지 않는 것이 당연시되지만 여성은 자신의 욕망과 자신을 위한 삶을 다 버리고 남편과 자식을 위해 헌신해야 하는 부당함을 곱씹는다.

이런 사실을 다 알면서도 엉겁결에 결혼 관계로 휘말려 들어가는 과정, 정신을 차려보니 어느새 가느다란 거미줄에 칭칭 감긴 상황은 아마 현재 중년 이상의 여성이라면 대부분 공감할 내용이 아닐까 싶다. 사랑에 빠져 결혼하지는 않았지만, 그래도 슬레인 백작부인은 결혼 생활 내내 남편을 사랑했다. 남편에게 무슨 일이 생길까 염려하고 열심히 뒷바라지하고 자식들을 키웠다. 그렇게 해서 성공한 남편과 번듯한 자식을 둔, 남들 보기에는 더 바랄 나위 없는 행복한 결혼 생활을 이루었지만, 그사이 화가라는 꿈은 싹트지 못하는 씨앗처럼 땅속에 묻혀 있었다. 슬레인 백작부인의 머릿속에서 '그녀 안의 여성'과 '그녀 안의 예술가'는 여러 면에서 서로 다른 대답을 내놓았고, 그러고 보면 결혼 제도 자체가 여성의 독자적인 꿈과는 양립할 수 없다고 결론지어야 할 것도 같다.

하지만 두 세대를 지나, 데버라라는 같은 이름을 가진 슬레인 백작부인의 증손녀는 음악가라는 꿈을 좇기 위해 집안에서 원하는 정략적 결혼을 거부한다. 그러면서도 비슷한 영혼을 가진 사람과 함께하는 삶은 가능하다고 생각하기에 창작하는 예술가의 삶과 결혼을 양자택일로 여기지 않는다. 제도란 결국 인간이 만든 것이니, 시대가 바뀌면서 제도를 바꿔가는 일은 새로운 세대가 해야 할 몫일 터다. 슬레인 백작부인은 평생 가족을 위해 사느라 화가라는 꿈을 피워내지는 못했지만, 땅속의 그 씨앗이 썩어 사라지지는 않았다. 어차피 씨앗이란 늘 다음 세대를 위한 것이니, 다음 세대든 그다음 세대든 언제든 싹을 틔우리라는 희망은 늘 지속된다. 그래서 《사라진 모든 열정》은 혹시라도 젊은 세대가 앞 세대에게 던질 "엄마는(혹은 할머니는) 왜 그렇게 살았는데요?"라는 질문에 대한 대답이자, 시대의 거미줄에 붙잡혔지만 어떤 식으로든 씨앗을 뿌리고 가꾸었을 수많은 여성에게 바치는 헌사라고 하겠다.

"그러나 얄궂게도 그녀에게는 나비의 파닥거림이 늘 더 중요했다."

평생 남편만 바라보고 살았으니 혼자 남겨진 어머니가 삶의 의미를 상실하고 허물어질 것을 당연시하는 자식들에게 보기 좋게 한 방 먹이며, 슬레인 백작부인은 햄프스테드에 집을 얻어 나이 많은 몇몇 사람과 어울리며 여생을 보낸다. 그의 삶의 테두리 안에 들어 있는 인물은 결혼 후 내내 곁에서 자신을 돌보았던 저누와 집주인인 벅트라우트 씨, 집수리와 관리를 맡은 고셰런 씨, 그리고 막판에 난데없이 합류한 피츠조지 씨다.

앞으로 살날보다 지금까지 살아온 세월이 훨씬 긴 사람들만 집 안에 들이기로 했으니 햄프스테드 집에 모이는 이들은 일단 노인들이긴 하지만, 여기서 노년은 그저 물리적 나이만이 아닌 특정한 가치를 대변한다. 그것은 무엇보다 돈을 우선하는 사회의 지배적 경향에서 거리를 두는 것으로, 슬레인 백작부인이 이미 노인 축에 드는 자식들 대부분을 달갑게 여기지 않는 까닭도 상당 부분 그 때문이다. 돈을 중시하는 지배적인 사회 경향과 그에 어긋나는 햄프스테드 노년 공동체의 대비는 여러 방식으로 표현된다. 계획하고 고군분투하는 활동적인 삶과 차분하고 사색적인 삶으로 대비되기도 하고 대형 트럭의 아름다움과 목재의 아름다움으로 비유되기도 하는데, '호사'로 여겨지는 그런 가치를 누릴 수 있는 존재는 나이 많은 사람과 시인으로 대표되는 예술가다.

보석을 별생각 없이 큰아들에게 다 넘겨주는 슬레인 백작부인은 애초에 돈에 대한 관념이 없어 자식들이 넌더리를 낼 정도이지만, 벅트라우트 씨는 한창 활동할 나이에는 누구에게도 뒤지지 않을 만큼 사회의 가치 기준에 따라오다가 노년에 이르러 스스로 그 흐름에서 벗어난 인물이다. 그는 집에 어울리는 임차인을 기다리며 30년 동안 대부분 비워놓은 그 집을 일컬어 '한 조각 어리석음'이자 '한 조각 제정신'이라고 하는데, 그가 생각하는 노년의 핵심을 가리키는 멋진 표현이라 하겠다.

그 두 사람이 돈 위주의 가치판단에서 비켜난 인물이라는 점은 명백하지만, 수집가인 피츠조지 씨는 좀 특이한 경우다. 사실 수집가란 사용가치보다 교환가치를 중시하는 자본주의 가치 체계에서 교환가치가 숫제 사용가치를 대체한 자본주의의 정수를 구현하기 때문이다. 하지만 피츠조지 씨는 순전히 아름다움에 끌려서, 아름다움을 알아보는 안목에 따라 세계 구석구석에서 물건을 사들여 좁은 집 안에 쌓아둘 뿐 수집품의 자본주의적 가치에 무심한 인물이라 햄프스테드 노년 공동체에 속할 만하다. 또한 슬레인 백작부인에게 피츠조지 씨는 결혼 생활에서 구현할 수 없었던 젊은 시절의 열정이자 어울리는 영혼의 결합을 이룰 수 있었을 가능성이기도 하다. 물론 이제 세상을 알 만큼 아는 슬레인 백작부인은 자신을 사랑했다던 그에게서도 상대를 분석하고 헤집는 냉정한 남성성을 알아본다. 어울리는 영혼의 결합을 위해서는 무엇보다 남성이 달라져야 할 테니 아무래도 그것은 이후 세대에게 기대해야 하지 않을까 싶다.

이후 세대인 증손녀 데버라가 바라는 '자그마하고 드문 동지애의 세계, 번쩍이는 금박에 무관심한' 세계는 바로 햄프스테드 집의 노년 공동체와 공명하는 세계다. 자그마하고 드문 그 세계는 사회의 지배적인 흐름을 따르지 않으려 하지만, 그렇다고 그 흐름을 바꿀 수는 없을 것이다. 슬레인 백작부인이 헨리와 마차를 타고 페르시아 사막을 건널 때 마차를 따라오던 연약한 나비 떼가 마차를 세울 수 없던 것처럼. 나비는 마차처럼 내달리는 헨리가 중심이 된 삶을 사는 중에도 슬레인 백작부인이 잊지 않았던 젊은 날의 꿈이자 자신의 정체성이었다.

비슷한 영혼을 지닌 나비들이 아무리 무리를 이룬다 한들 마차를 세울 수는 없다는 생각은 너무 비관적일까, 아니면 가히 현실적인 판단일까? 달리 생각해보면 마차를 세우지도 못하는 나비가 무슨 소용이 있느냐는 질문이야말로 마차의 움직임만을 중심에 두는 비관적인 태도에서 비롯한 것일 수 있고, 그런 태도가 마차를 더 내달리게 할 수도 있다. 슬레인 백작부인처럼 나비의 파닥거림을 알아보고 그것을 더 중시하는 사람들이 세상에는 늘 얼마간 존재할 테고, '독립적이고 멋진' 그들의 삶이야말로 말이 마구 내달리다가 고꾸라지는 일을 막는 '한 조각 어리석음'이자 '한 조각 제정신'일 수 있기 때문이다.

정소영

휴머니스트 세계문학 022

사라진 모든 열정

1판 1쇄 발행일 2023년 7월 17일

지은이 비타 색빌웨스트
옮긴이 정소영

발행인 김학원
발행처 (주)휴머니스트출판그룹
출판등록 제313-2007-000007호(2007년 1월 5일)
주소 (03991) 서울시 마포구 동교로23길 76(연남동)
전화 02-335-4422 **팩스** 02-334-3427
저자·독자 서비스 humanist@humanistbooks.com
홈페이지 www.humanistbooks.com
유튜브 youtube.com/user/humanistma **포스트** post.naver.com/hmcv
페이스북 facebook.com/hmcv2001 **인스타그램** @boooook.h

편집주간 황서현 **편집** 이은서 이성근 김대일 김선경 **디자인** 김태형
조판 아틀리에 **용지** 화인페이퍼 **인쇄** 청아디앤피 **제본** 민성사

ISBN 979-11-7087-017-3 04840
979-11-6080-785-1 (세트)

휴머니스트 세계문학

시즌 1. **여성과 공포**

001 프랑켄슈타인 메리 셸리 | 박아람 옮김

002 회색 여인 엘리자베스 개스켈 | 이리나 옮김

003 석류의 씨 이디스 워튼 | 송은주 옮김

004 사악한 목소리 버넌 리 | 김선형 옮김

005 초대받지 못한 자 도러시 매카들 | 이나경 옮김

시즌 2. **이국의 사랑**

006 베네치아에서의 죽음·토니오 크뢰거 토마스 만 | 김인순 옮김

007 그녀와 그 조르주 상드 | 조재룡 옮김

008 녹색의 장원 윌리엄 허드슨 | 김선형 옮김

009 폴과 비르지니 베르나르댕 드 생피에르 | 김현준 옮김

010 도즈워스 싱클레어 루이스 | 이나경 옮김

시즌 3. **질투와 복수**

011 폭풍의 언덕 에밀리 브론테 | 황유원 옮김

012 동 카즈무후 마샤두 지 아시스 | 임소라 옮김

013 미친 장난감 로베르토 아를트 | 엄지영 옮김

014 너희들 무덤에 침을 뱉으마 보리스 비앙 | 이재형 옮김

015 밸런트레이 귀공자 로버트 루이스 스티븐슨 | 이미애 옮김

시즌 4. **결정적 한순간**

016 노인과 바다 어니스트 헤밍웨이 | 황유원 옮김

017 데미안 헤르만 헤세 | 이노은 옮김

018 여행자와 달빛 세르브 언털 | 김보국 옮김

019 악의 길 그라치아 델레다 | 이현경 옮김

020 위대한 앰버슨가 부스 타킹턴 | 최민우 옮김